Meu amor, Meu bem,
Meu querido

Meu amor, Meu bem, Meu querido

Será que um verão pode mudar o que sabemos sobre o amor, a família, o destino e o próprio coração?

DEB CALETTI

Tradução:
Maysa Monção

Publicado sob acordo com Simon Pulse,
um selo da Simon & Schuster Children's Publishing Division
Copyright © 2004 by Deb Caletti
Copyright © 2013 Editora Novo Conceito
Todos os direitos reservados.

Esta é uma obra de ficção. Os nomes, personagens, lugares e acontecimentos descritos são produtos da imaginação do autor. Qualquer semelhança com nomes, datas e acontecimentos reais é mera coincidência.

1ª Impressão — 2013

Edição: Edgar Costa Silva
Produção Editorial: Lívia Fernandes, Tamires Cianci
Preparação de Texto: Ana Issa
Revisão de Texto: Erika Sá, Patrizia Zagni, Alline Salles
Diagramação: Vanúcia Santos
Impressão: Intergraf Ind. Gráfica Ltda.

Este livro segue as regras da Nova Ortografia da Língua Portuguesa.

Dados Internacionais de Catalogação na Publicação (CIP)
(Câmara Brasileira do Livro, SP, Brasil)

Caletti, Deb
    Meu amor, meu bem, meu querido / Deb Caletti; tradução Maysa Monção. -- Ribeirão Preto, SP: Novo Conceito Editora, 2013.

    Título original: Honey, baby, sweetheart.
    ISBN 978-85-8163-158-5

    1. Ficção norte-americana I. Título.

12-14902   CDD-813

Índices para catálogo sistemático:
1. Ficção : Literatura norte-americana 813

Rua Dr. Hugo Fortes, 1.885 – Parque Industrial Lagoinha
14095-260 – Ribeirão Preto – SP
www.editoranovoconceito.com.br

Para Sam e Nick,
vocês são a alegria e a razão.

Agradeço de coração a Ben Camardi, como sempre, e a Jen Klonsky, amigo e editor. E também a toda ótima equipe da Simon & Schuster, mas, em especial, a Jennifer Zatorski e Samantha Schutz. E ainda a Anne Greenberg, por ter me incentivado a começar, e a Scholastic Ltd., no Reino Unido, pela bondade a distância.

Minha gratidão se estende aos familiares e amigos, com cujos amor, apoio e entusiasmo sempre pude contar. Várias vezes vocês me fizeram perceber que mulher de sorte eu sou. Evie Caletti, Paul e Jan Caletti, Sue Rath e Mitch, Tye e Hunter, Renata Moran e sua turma, Ann Harder, a família Harper, Irma Lazzerini, Joanne Wishart, Mary Roukes e a Jim Roukes, em memória — amo todos vocês.

Capítulo 1

A primeira coisa que descobri sobre Travis Becker foi que ele estacionava a moto no jardim da frente de casa. Dava para ver os rastros dos pneus desde cima até abaixo, na colina, cortando belamente o gramado como se fosse um campo de golfe. Aquilo era tudo o que eu deveria saber até então.

Nem sempre sou precipitada. O que aconteceu durante o verão, nas férias escolares, não foi precipitação. Foi um momento, um único momento que pode mudar as coisas se você decidir tentar ser uma pessoa diferente. Tenho certeza de que decidi no momento em que vi a superfície de metal brilhando sob o sol e querendo ser tocada, como se fosse mesmo um convite.

Charles Whitney — ele também tomou uma decisão como essa —, lá pelos idos de 14 de agosto de 1945, quando jogou a bituca do cigarro no meio da rua e pisou com o sapato; e o mesmo fez minha mãe, quando decidiu roubar Lillian.

"Precipitada" é a última coisa pela qual você pode me chamar. "Tímida" é a palavra mais adequada. Sou notavelmente conhecida por ser solitária, caráter dominante. Você sabe a que me refiro — a Gorda, o Altão, o CDF. Eu sou a Garota Calada. Cheguei a ouvir, anos atrás, enquanto saía do banheiro: "Conhece Ruby McQueen?", alguém perguntou. Acho que foi Wendy Craig, em cujos tornozelos eu havia dado uma bela de uma pancada no jogo de hóquei. E em seguida alguém respondeu: "Ah, tá falando da Garota Calada?".

A culpa desse meu comportamento calado se deve a duas situações, embora minha mãe diga que eu sempre fui do tipo observadora e que faço pesquisas antropológicas sobre a raça humana — tal qual Jane Goodall, em *Os chimpanzés de Gombe*. Ela tem razão quanto a personalidade ter um papel nisso. Às vezes, me sinto mais frágil e distante do mundo em relação às outras pessoas; muito sensível, o tipo cujo coração se transfere para objetos inanimados: um único pé de meia, um campo de neve marcado por pegadas, uma única fruta no galho de árvore. Mas é verdade que experiências humilhantes podem minar a sua confiança, como sal em água.

Estava tudo indo bem no 6º ano, até que escorreguei em uma pilha de papéis brilhantes na garagem, quebrei o cóccix e tive de levar uma boia inflável para me sentar na carteira da escola. Antes disso, eu costumava levantar a mão e me sentar na fileira da frente sem medo de ser observada. Mas eu tinha dores de barriga de humilhação só de pensar naquela boia. "Parece um vaso sanitário", Brian Holmes disse, e a já citada Wendy Craig gargalhou. E ele tinha razão: alguns vasos têm essa tampa fofa que geralmente decoram banheiros cafonas.

Com perdão do trocadilho, eu estava começando a deixar tudo para trás. Tinha quase apagado da memória Mark Cummings e Dede Potter jogando frescobol com boia, durante o almoço, e tentava me lembrar do que minha mãe dizia: que Brian Holmes iria, com certeza, ficar careca e daria aulas de revisão de Matemática e que Mark Cummings era gay e ainda não sabia. E aí aconteceu novamente: a experiência de humilhação, parte dois. Justo quando você acha que está pronto para sair na chuva e se molhar de novo. Dessa vez, a culpa tinha sido minha. Eu colocara uns miniabsorventes debaixo dos braços para disfarçar o suor durante o exame de Ciências, e um deles caiu, enquanto eu andava até a prancha de papéis. Em casa, pareceu uma ideia genial colocar os absorventes sob a manga da camisa. Por que ninguém havia pensado nisso antes? Mas assim que comecei a falar, vi que o do braço direito tinha escorregado quando fiz um gesto leve. Tentei manter o braço colado ao corpo como soldado. "Apenas porque um organismo é unicelular não significa que não seja curioso." Por fim, tive de virar a página na prancha e então o miniabsorvente escorregou como num tobogã íngreme, caindo no chão de modo vitorioso e higienicamente branco. Todo mundo riu.

Depois disso, virei a Garota Calada. Parecia a coisa mais segura a fazer enquanto me sentia embaraçada como a amada que é perseguida por um ex-namorado. Novamente, minha mãe deu uma de sábia: "Dê risada", ela disse. "Todo mundo está muito ocupado tentando esquecer suas próprias humilhações para se lembrar da sua. Você não é diferente de ninguém. Por que você acha que anos depois ainda sonhamos que fomos para a escola pelados?" E, de novo, aquilo poderia ser verdade. Mesmo assim eu achava que se por acaso nascesse uma espinha em mim, ela apareceria bem no meio da testa como um sinal indiano, e se a resposta a uma pergunta fosse "espermatozoides", com certeza seria eu a ser chamada. Acredito que é melhor ter baixas expectativas.

As Pessoas Caladas, isso eu posso dizer, têm amigos que não se importam muito com elas e sabem que conteúdo não é o que vai dentro do sachê de café da Starbucks. A minha amiga Karen Jan ganhou o troféu na Maratona de Matemática para Jovens (percebi no bordado da camisa dela as iniciais MMJ, mas não comentei nada), e Sarah Elliot e eu viramos amigas porque o máximo que a gente conseguia fazer na aula de Educação Física era sentar com as pernas abertas em V. No inverno do ano passado, Sarah deu um passe torto no jogo de basquete e atingiu a cabeça da sra. Thronson, a técnica da equipe feminina de vôlei, atual campeã estadual. Numa hora, a sra. Thronson, de costas largas como um trator, estava tocando o apito: "Triiiiiiiiiii!". E, no minuto seguinte, "puft", tinha caído de joelhos, como se estivesse rezando e pedindo perdão por nos ter obrigado a participar daquela luta. Às vezes, não temos noção da própria força.

Se você fosse bonzinho, ou fosse um dos meus amigos do tempo pré-boia inflável, iria puxar o meu saco e me lançar olhares em sinal de apoio. Mas, então, talvez, eu disse "talvez", quando fosse a minha vez de ler em voz alta na aula de Inglês (porque ler em voz alta significa que a sra. Forrester pode dar nota em vez de ensinar), você notaria que meu tom de voz é mais claro e forte do que pensara. Quando eu lesse Fitzgerald, naquela parte sobre a luz no final das docas, em *Gatsby*, você perceberia a sra. Forrester pousando na mesa a caneta vermelha e erguendo a xícara de café a meio caminho da boca, a sobrancelha delineando levemente um olhar concentrado. E aí você se perguntaria se existiria mais alguma coisa para mim. Mais do que a ponta do meu casaco esvoaçando atrás de mim quando vou para casa. Pelo menos, é isso o que espero que você pense. Talvez você pense apenas no que tem para comer no almoço.

A velha Anna Bee, uma das Rainhas Caçarolas[1], me falou isso uma vez: que havia mais para mim. Ela pegou um dedo, meio torto de tantos anos de jardinagem, e pôs nas minhas têmporas, olhando bem no fundo dos meus olhos, e disse aquilo, que eu logo entenderia. Gostei. Era como se a minha vida fosse emocionante, cheia de aventuras, um livro de ficção, só que ninguém sabia. Parecia que eu tinha segredos profundos.

E acho que, num verão, somente naquele verão, aquilo foi verdade. Eu tinha mesmo uma vida emocionante e cheia de aventuras, uma vida de livro da biblioteca onde minha mãe trabalha, em Nine Mile Falls. Afinal de contas, o verão é uma época em que grandes coisas acontecem para as pessoas caladas. Naqueles meses curtos, você não precisa ser o que todo mundo pensa que você é, e aquele cheiro de terra no ar e a possibilidade de mergulhar fundo numa piscina dão a coragem que não teve ao longo do ano. Você pode ser atraente e fácil, sem ninguém estar reparando em você, e pode ser alguém sem passado. O verão abre a porta e manda você pra fora.

Era quase verão, embora as férias ainda não tivessem começado, quando vi de relance a moto de Travis Becker no jardim da propriedade da família. Tinha voltado sozinha para casa naquele dia, e não com minha amiga Sydney, como normalmente fazia. Sydney era minha vizinha desde sempre; a gente tinha filmes caseiros da gente na beira da piscina berrando feito loucas.

— A gente gritava por causa daqueles maiôs que vocês metiam na gente. Eles são como aqueles que as velhinhas que estão se recuperando de uma cirurgia do coração usam nas piscinas públicas. Pelo amor de Deus, eles têm sainhas! — Sydney disse uma noite, quando a gente assistiu aos filmes em casa.

— Vocês eram bebês! As velhinhas, por sinal, só vão precisar de cirurgia do coração depois que virem o que as garotas usam na praia hoje em dia.

---

[1] Rainhas Caçarolas: grupo de mulheres que prepara receitas da tradicional culinária norte-americana. Neste caso, uma brincadeira que faz referência a esse grupo bastante conhecido nos Estados Unidos (N. E.).

— Particularmente, acho que a Sydney começou a gritar naquela época e nunca mais parou — disse a sua mãe, Lizbeth, deixando de lado umas pipocas que Sydney tinha jogado nela.

Lizbeth provavelmente tem razão. Sydney era uma dessas pessoas que não têm medo de se expressar, nem em palavras, nem no modo de se vestir, nem buzinando num teste de direção. Uma vez, ela ficou de castigo depois de ter tirado o peixe dourado do aquário e ameaçado jogá-lo em seu irmão durante uma discussão. Sydney e toda a família dela, na verdade, faziam que você pensasse que adquirir poder é possível, se você atingisse o ponto em que não ligasse para o que os outros pensam. Sydney era um ano mais velha que eu e a única amiga que não sabia mais de algoritmos do que o necessário para manter a sanidade mental. Ela era quase da família.

— Você é bem legal e bem bonita — ela disse para mim depois do acidente com os miniabsorventes. — Lembre-se de que o Ensino Médio é um grande jogo em que a loira, a garota perfeita, está sentada à margem, enquanto todo mundo atravessa um campo minado tentando não parecer estúpido. No mundo real, é tudo invertido. — Parecia um pouco a minha mãe falando. — Ser loira e perfeita não prepara você para nada na vida, a não ser para se casar com o acéfalo ex-jogador de futebol americano chamado Chuck e ter uma placa de automóvel onde se lê "Gostosona". No ano seguinte, quando Sydney entrasse na faculdade, eu sentiria muita falta dela.

Mas naquele dia fatídico, Sydney tinha dentista, e eu voltei para casa sozinha. Eu quis ir pelo caminho de que mais gostava: o mais longo. Quando sai da escola, você segue em frente pela Street Market, passa pelo sebo e pelo teatro, onde levam peças cuja estrela principal é Clive Weaver, o carteiro, e então há dois caminhos para ir para casa. O de Sydney é o mais rápido, ou seja, descendo a rua e cortando a Olsen's Llama Farm e o viveiro de Johnson. Mas eu gosto de ir pela rua principal, a rua Cummings, a mesma que pegamos de manhã quando meu irmão e eu somos deixados na escola, por minha mãe, de carro, antes de ela ir para o trabalho. Nine Mile Falls fica entre três montanhas, e a rua Cummings é a que dá para o vale da montanha maior, o monte Solitude.

Quando você vai por esse caminho, pode olhar para tudo mais de perto — as ruas curvas com nomes de árvore que vão para os bairros agradáveis; as casas pequenas do lado direito da rua, com seus canteiros e jardins repletos de velhas rosas. E se você for para bem longe, chegará ao jardim estupendo da casa de George Washington, pelo menos é assim que nós a chamamos, a casa grande e colonial que é bem estranha e surpreendente no meio das outras do nordeste da cidade, como também é estranho e surpreendente encontrar um carro decente na concessionária do Ron, que fica logo adiante da casa. A concessionária de Ron é um edifício caindo aos pedaços com velhos viciados estacionados na frente e uma calota com o nome "Ron's" pregada na cerca. Se estiver procurando um carro que ande, é melhor ir para outro lugar.

Tem um pouco de tudo na rua Cummings. Minha mãe diz que é como uma estante de livros viva: cada propriedade tem a sua história. Se isso for verdade, então é uma estante organizada por Bernice Rawlins, a ajudante louquinha de minha mãe. Quando ela arruma os livros na biblioteca de Nine Mile Falls, você nunca sabe o que encontrará em cada estante. Uma vez, ela colocou o livro *Como continuar sendo amante para o resto da vida* na seção infantil, com *Horton e o mundo dos Quem*!

O melhor pedaço da Cummings é, no entanto, a Moon Point, que faz parte do monte Solitude. Praticantes de *paragliding* se lançam da Moon Point aos montes — uma vez contei 35. Pareciam borboletas coloridas voando tão perto do chão pouco antes de aterrissarem que, se você estivesse dirigindo um conversível, se preocuparia com a possibilidade de um passageiro inesperado cair dentro do seu carro. Há algo sobre os ventos ali: como eles fustigam a montanha e redemoinham tudo ao redor. Não sei bem como funciona; só sei que vem gente de toda parte para praticar *paragliding* na Moon Point. Há mesmo uma escola por ali, sediada no antigo celeiro, o Clube de Paragliding de Seattle. O logo do clube — asas carregando um coração nas alturas — foi pintado nas laterais do celeiro, bem grande e colorido.

Você pode encontrar todo tipo de gente na Moon Point — os profissionais que carregam seu equipamento de *paragliding* enrolado nos invólucros de néon e presos atrás das costas de maneira precisa; e as pessoas que não têm a menor ideia do que os *paragliders* fazem pendurados nas árvores. Meu irmão mais novo, Chip Jr., viu um deles de dentro do carro. "Tem um *paraglider* naquela árvore", ele disse, com a cara colada no vidro, olhando para cima. Não acreditei nele, pois, afinal, sua brincadeira favorita era dizer que tinha visto o governador no banheiro masculino quando ele saía em pesquisa de campo pelo capitólio estadual. Mas com certeza havia um cara pendurado por um fio, com as pernas balançando, e o *glider* preso de um modo impossível nos ramos.

Adoraria ver esses *paragliders* acenando e descendo suavemente pela Moon Point, com as pernas sobrevoando a gente. Quando eles se preparam para aterrissar, os pés tocam o solo, e eles correm para frente, por causa do movimento contínuo do *glider*, descendo como um pôr do sol. Nunca me canso de olhar para eles e já os vi uma centena de vezes. Sempre penso na sensação de liberdade que deve dar.

Naquele dia, fiquei na Moon Point por um tempo. Ultrapassei a fila de carros que sempre ficavam parados na frente da escola — carros e caminhões poderosos e enlameados. Procurei meu veículo preferido — a van com uma baleia pintada na lateral e um adesivo no para-lama, escrito: "Eu adoro buraco de estrada"— e fiquei contente quando o encontrei. Um carro com senso de humor. Me sentei no chão com a cabeça virada para cima e contei uns 20 *paragliders* caindo nas costas da montanha arborizada. Fiquei um bom tempo deitada na grama, escutando o barulho do náilon esticado e das asas batendo contra o vento. Pensando na vida. Naquela manhã, antes mesmo de tocar o despertador, ouvi minha mãe passar o aspirador de pó. Era um mau sinal, um começo de um tufão de faxina que duraria três dias, infindáveis borrifos de produto de limpeza com cheiro de limão, líquidos estranhos em panos de chão, o barulho "sheek, sheek" de papel-toalha banhado em detergente para lavar os espelhos. Essa faxina significava que meu pai estava para chegar. Significava que minha mãe iria perder a cabeça, novamente, por um homem que não era mais seu marido, mas cuja aliança ainda mantinha numa correntinha pendurada no pescoço. E significava que meu irmão e eu iríamos ficar catando os caquinhos do coração dela por dias e dias depois que ele partisse.

Observei os *paragliders* até o sol se esconder atrás do monte Solitude. A sombra que gerou roubou, rapidamente, todo o calor de verão. Então decidi voltar para casa passando pela Moon Point, logo depois da igreja de Foothills e seu campanário branco, e pela propriedade dos Becker. Os pedreiros tinham trabalhado naquela casa por quase dois anos. As únicas coisas que permaneceram da propriedade antiga foram pedaços de tijolos e pedras, uma lareira e algo que, antes, era alguma coisa, mas que agora ninguém se lembrava o quê. Um dia, uma escavadeira chegou com uns homens vestidos de colete laranja controlando o tráfego em torno do equipamento que ia e vinha. O trânsito foi prejudicado na rua Cummings por três meses ininterruptos. Primeiro, sentiu-se um cheiro de terra revolvida, em seguida o cheiro de lama e finalmente o de cimento e madeira nova. No dia que começaram a nova calçada e abriram um buraco, minha mãe, péssima motorista, bateu o recorde derrubando cinco cones laranja enquanto atravessávamos uma passagem estreita. O gramado da casa foi feito com o mesmo método que nosso cão, Poe, emprega quando ele agarra uma ponta de papel higiênico e corre — é o mesmo modo de desenrolar. Jardim instantâneo. Verde como dólar, disse o pai de Sydney, mas era tudo falso. Era mais brilhante, como os gramados de desenho animado. O pai de Sydney tinha inveja do jardim do vizinho.

    O muro de pedra foi o que demorou mais tempo. Depois que ergueram o muro, as casas de cimento proliferaram, criando um design intrigante com pequenos ladrilhos. A coisa mais decepcionante do muro e dos portões de ferro que eles colocaram depois é que, uma vez erguidos, você não pode mais ver o que acontece do outro lado. Então a gente inventava uma história. A casa era motivo de fofoca em toda a Nine Mile Falls. Primeiro o proprietário era um magnata do cinema, depois um proprietário rico de uma rede de lojas, em seguida um dono de hotel. Ele teria vindo do sul da Califórnia, da Flórida ou de Boston. Todo mundo concordava que a propriedade fora negligenciada por muito tempo e que se encontrava em um dos mais lindos cenários no verdejante monte Solitude e com um trecho de 25 quilômetros do rio que corria atrás dela.

    A verdade sobre a propriedade dos Becker não era tão interessante quanto as histórias que surgiam sobre ela. John Becker era de Seattle e ganhara dinheiro como acionista da Microsoft. Ele e sua mulher, Betsy, tiveram dois filhos, Evan e Travis. Mesmo depois que soubemos desses fatos, as fofocas não cessaram. Era como se precisássemos tornar esta casa e os seus habitantes maiores do que na verdade eram; talvez o tamanho do lugar requisitasse uma história tão grandiosa quanto. Evan e Travis tinham frequentado uma escola particular, e Evan tinha sido expulso. Travis fora preso. As garotas sempre diziam que estavam namorando um ou outro, ou ambos ao mesmo tempo. A cada quatro ou cinco meses, dizia-se que os Becker tinham se divorciado e planejavam vender a casa, mas nunca se viu nenhuma placa.

 Naquele dia, depois que observei os *paragliders*, algo relativamente raro aconteceu: os portões da casa dos Becker estavam abertos. Não é que isso nunca tivesse ocorrido; é que, para nosso azar, não percebíamos a tempo e o que dava para ver era pouca coisa quando se passava por lá rapidinho, de carro. Desta vez, eles estavam abertos, e eu estava a pé e sozinha. Era mais ou menos como no *Jardim secreto*. Um lugar escondido que impulsiona você a procurar um mistério que jaz além da sua compreensão. Eu estava naquele velho filme — quando acontece a passagem de preto e branco para colorido —, no momento em que a personagem atravessa o portão. Tudo bem, não vou mentir. Eu invadi.

 Parei quando a vista alcançou a casa. Deixei meus olhos percorrerem o lindo jardim e o carvalho pitorescamente plantado, à esquerda, pelos trabalhadores. Foi lá que vi. A moto. A superfície de cromo brilhando, estacionada de modo tão torto e errado no jardim. Pensei num ato criminoso — pensei num rapaz com jaqueta de couro preta falando com um policial, pensei numa pedra sendo jogada através de uma fresta de vidro —, era isso o que a moto suscitava. Se aproximar do precipício, dizer não ou sim, sem me importar com as consequências.

 Naquele instante, uma das portas da garagem se abriu, e levei o maior susto da minha vida. Gelei e não tive certeza se me sentiria mais culpada caso permanecesse onde estava ou fugisse, depois de ter sido descoberta. Não sei por que me senti tão mal se a única coisa que havia roubado era uma visão. Meus pés, por terem falhado, decidiram por mim se eu deveria ficar ou me mexer — eles não saíram do lugar. Então, quando a porta se abriu, da mesma maneira que as cortinas de um teatro, revelando Travis Becker no "palco", eu ainda estava lá, olhando.

 Ainda não sabia quem era Travis, claro. O que vi foi aquele garoto, bem bonito, ai, meu Deus, com um capacete debaixo do braço e me olhando com um sorriso amarelo. De repente, tive a sensação de que algo estava para acontecer. Soube instantaneamente que ele era mau; e que isso não importava.

Capítulo 2

Apesar de tudo, a rua Cummings pode ser perigosa, principalmente para os animais. Tem bastante animal selvagem por aqui. Nine Mile Falls fica no meio do caminho entre o lago Washington e Seattle, a noroeste. Algumas pessoas, pelo menos a minha coleguinha de turma do 4º ano, achavam que isso significava que morávamos em cabanas e matávamos ursos para nos alimentar. Por favor! É seguro e encantador, tanto para nós como para vocês, mas é verdade que tem um monte de animais: veados, guaxinins, coelhos e salmões no trecho de rio que percorre a cidade. Também há coiotes, e lobos, e uma infinidade de outros bichos. Fecharam a minha escola no ano passado porque viram um puma, e um urso marrom uma vez andou rodeando o shopping, provavelmente à procura de artigos para ursos. Um cervo adulto e com chifres percorreu a rua principal uma vez, como se tivesse escapado de um abrigo em que fosse maltratado.

As pessoas dirigem em alta velocidade na rua Cummings. Veículos de pequeno porte voam durante a noite; picapes às vezes também correm; vão tão rápido na direção oposta que o vidro da janela treme e, nos dias de chuva, você pode ser atingido por uma poça-d'água que um carro resolveu jogar em você. Pessoas perderam a vida na estrada, mas claro que é pior para os animais. Quase toda manhã tem um ou dois animais mortos, um pedaço de pelo que descolou do corpo, um flanco grosso de cervo. Você acaba se acostumando a ver coisas como essas, e seu coração se condói de pesar mesmo quando vê um pedaço de carpete que se soltou da traseira de um caminhão.

Às vezes, você tem muita pena desses animais, mas outras vezes não tem pena nenhuma e fica impaciente com tanta burrice. Você se pergunta por que, com tanta calmaria no trânsito, eles vão escolher justo o momento mais errado para atravessar. Quer dizer, o instinto de sobrevivência dos animais deveria funcionar, não? Mesmo assim, quando há o barulho de um caminhão enorme se aproximando e fazendo mais alvoroço a cada segundo, e o vento começa a rugir e a rua, a tremer, os faróis estão acesos na escuridão e "bum!". É aí que o animal escapa da zona segura e encontra o fim. "Você sabe quando as pessoas vão morrer. Elas veem uma luz", minha mãe disse uma vez. "Estes animais veem duas luzes." Não posso deixar de pensar que seja um guaxinim, veado ou gambá suicida. Como se este pequeno gambá não aguentasse mais ficar procurando comida, lutando pela sobrevivência, cansado de ser tão feio, e dissesse para si: "É agora!". Se for o caso, tem um monte de animais com depressão por aí, e muitos, muitos gambás com depressão.

— Dezessete — disse meu irmão, Chip Jr., do banco de trás do carro, um dia depois que vi Travis Becker. Chip Jr. abriu a mochila, procurou algo lá dentro e catou um bloquinho de notas em espiral. Eu o ouvi pressionar a ponta da caneta com o polegar e ticar. Escreveu outro número no caderno e, em seguida, trouxe a caneta para perto de si. Fazia a contagem das carniças. Dezessete era o número de dias em que os dois guaxinins, chamados Romeu e Julieta, por terem se matado juntos, estavam jogados à beira da estrada.

— Será que eu deveria avisar alguém? — perguntou minha mãe. — Nunca sei para quem ligar. — Era um mistério quem coletava os corpos dos animais. Um dia estavam ali; no outro, não estavam mais. Nunca vi quem é que os pegava. Que trabalhinho!

— Bateu o recorde daquele gambá. Catorze dias — Chip Jr. contabilizou.

— O amor é bruto — declarei. Não sabia nada sobre isso. A única pessoa com quem tinha saído até então era com o primo de Sydney, que viera de Montana para visitá-la. Ele era alérgico a picadas de abelhas. Ele pulava feito um índio fazendo a dança da chuva toda vez que ouvia um leve zumbido. Podia ser uma mosca ou a escova de dente elétrica de Sydney.

Minha mãe começou a cantar algo.

— *Romeo and Ju-li-et* — ela cantou.

Abaixou um pouco o vidro do carro e botou o nariz para fora, para inspirar o ar de verão:

— Ahhhh! — exclamou.

Ela estava de bom humor. Eu sabia por quê.

— Meu cabelo está embaraçando — eu disse.

— Já está embaraçado — Chip Jr. acrescentou.

Olhei para ele por cima do ombro.

— Parece pelo de cachorro.

— Para de empurrar o meu assento.

— Não poria meu pé perto do seu bumbum nem por um milhão de dólares — disse Chip Jr.

— Crianças — falou minha mãe. Mas ela não estava prestando muita atenção. Acho que ambos queríamos chamar a atenção dela. Queríamos que ela continuasse a ser a nossa mãe e não se transformasse nesta nova mulher que, sabíamos, apareceria logo. A gente estava jogando bombas pelo caminho, tentando desviar sua atenção, tentando ver se ela se lembrava de quem realmente era. Uma coisa era certa: minha mãe estaria bem melhor se eu e Chip cuidássemos do seu coração.

Passamos pelo lote de terra abandonada na estrada, onde todo dia se vendia algo diferente: pêssegos, equipamentos de jardinagem, peixe fresco, pneus. Naquele dia tinha gente que dava comida para pássaros. Dei uma rápida olhada e, em seguida, passamos pela propriedade dos Becker. Às vezes, parece que a sua mente fez um plano mirabolante e ainda não lhe contou o que é. Meu coração disparou do mesmo modo que o de Chip Jr. quando a família de Sydney comprou uma cama elástica para o jardim da casa deles. O portão estava fechado.

— Olhe — disse minha mãe. Ela fez um som com o nariz como se inalasse algo. O pobre Joe Davis, administrador da pequena igreja de Foothills, tinha um problema nas mãos. Alguns anos atrás compraram uma placa para a igreja, uma dessas que se coloca no chão e tem letras adesivas. "Que feio", dissera minha mãe, "considerando que é uma igreja com campanário digna de um cartão de natal." Às vezes, usam a placa para divulgar as notícias da igreja: "Cultos de Véspera de Natal", esse tipo de coisa, mas é mais frequente escreverem uma citação que Joe Davis ou, talvez, Renny Powell, o jovem que cuida do gramado, presumam que seja algo que todos devemos considerar até que eles decidam trocar a mensagem. O problema é que alguém trocou as letras. Em vez de "Deus é amor", lê-se: "Zeus é amor".

— Que Zeus esteja com você.

— E com vocês também — minha mãe respondeu. Ela não era uma carola de igreja.

A gente chegou à primeira parada, a escola de meu irmão. Mas, em vez de o deixarmos lá, minha mãe estacionou o carro.

— O que a gente vai fazer? — perguntei.

— É que... eu tenho algo pra lhes dizer, crianças. — O vento tinha embaraçado a sua trança de cabelo, dando-lhe a aparência de quem tinha acabado de vestir uma malha pela cabeça.

— Olhe — apontei para ela. — Está tudo encarapinhado.

Ela olhou pelo retrovisor. Ajeitou o cabelo com as mãos, tentando pegar uma ponta e prender com o dedo.

— É o seu pai.

— Se quer nos avisar de que ele está para chegar, a gente já sabe. Pelo menos, eu já sei.

— Eu também — disse Chip Jr.

Minha mãe parou de mexer no cabelo, virou-se para olhar para Chip Jr. e em seguida para mim.

— E como vocês sabem disso?

— Dá pra adivinhar — eu disse.

— Tá na cara — declarou Chip Jr.

Minha mãe fez algo que me incomodou profundamente. Ela enrubesceu. Era um desses olhares para dentro da humanidade de seus pais com os quais você pode viver sem.

— Ah! — ela exclamou. E pôs a mão na testa como se tivesse dor de cabeça. — Bom, pelo menos vocês podiam ficar contentes.

— Eeebaaaaaa! *Mama* eu quero, *mama* eu quero... — eu disse.

— Mamãe, eu quero, mamãe eu quero. Mamãe eu quero mamar.

— Dá a chupeta. Dá a chupeta. Dá a chupeta pro beber não chorar. — Era o nosso tema musical matutino.

— Pega a mamadeira e entra no portão. Eu tenho uma vizinha que se chama Ana. *Mamãe* eu queeeeeeeeero! — cantou Chip Jr. Era quando eu mais gostava dele.

— Parem com isso — pediu minha mãe.

Todos fizemos silêncio. Ela tinha razão. Estávamos exagerando. Depois de uns instantes, tentei consertar.

— Claro que a gente está contente. Ele é o nosso pai, não é?

Meu pai é um artista que trabalha num parque de diversões com motivos do Velho Oeste. Ele é bom no que faz. É um cantor. E lá tem um salão, onde ele toca, e as portas ficam abrindo e fechando, e tem um bar com um balcão, e as mesas têm cartas de baralho coladas em cima. A única coisa que não é muito parecida, em minha opinião, são as garçonetes. Ninguém usava saias tão curtas naquele tempo. E também não havia aventais de enfermeira. E existem mais coisas imensamente redondas no salão Palácio do que numa pista de boliche.

O parque de diversões Montanha-Russa Pepita de Ouro fica em outro estado, no Oregon. Fui lá uma vez. O parque foi construído para se assemelhar a uma minicidade da região das minas, com prédios que imitam construções, como o campo de tiro Cavalo de Ferro, e o armazém. Uma velha maria-fumaça circula pelo local e é assaltada por um bando de vilões mascarados no caminho. A melhor montanha-russa é uma antiga, feita de madeira, que percorre os trilhos de uma mina. Acho que um dos motivos de ser tão assustadora é que parece que alguma coisa diferente sempre vai acontecer. Quando fui, uma mulher na minha frente perdeu o chapéu de laços em uma das descidas. Ele voou e provavelmente deve ter ido parar nos carrinhos de bate-bate, brinquedo que fica logo abaixo da montanha-russa. Perto do Teatro Rio Vermelho, onde passam filmes de John Wayne, para velhos e para quem tem medo de montanha-russa, há o salão Palácio, cujos espetáculos são ao meio-dia, às duas e às quatro horas.

Cada show é diferente — "Cantando ao redor da Fogueira" ou "O Show de Rock'n'Roll Radical" —, mas é o meu pai que trabalha nos dois. A música vem de uma caixa escondida atrás de um campo de feno, ou então ele toca o seu violão e troca de roupa: primeiro aparece de preto e depois como um verdadeiro cowboy, com lenço vermelho e colete de franjas.

Como disse, ele é bom. Afinal, foi por isso que partiu — para entrar no *show business*, embora eu soubesse que ele tinha outra ideia de *show business* na cabeça. E, na verdade, ainda tem. Parece que sempre vai acontecer uma grande coisa — um produtor que vai contratá-lo para um bom negócio, um cantor de música country que está pensando em gravar uma de suas composições. A voz dele é bonita, de verdade. Quando fui lá, as pessoas que foram vê-lo, aqueles que se sentaram na fileira da frente e ficavam se abanando de calor, bebendo Cherry Coke e comendo fritas, aplaudiram bem alto e até assobiaram, quando ele terminou. Bom, as mulheres sempre aplaudiam. Para cada plateia, ele contava sobre essa grande coisa que ia acontecer. Tirava fotos vestido como o boneco Ken com chapéu de vaqueiro. Porém, nunca mais voltei lá para vê-lo. Havia algo naquelas fritas que me entristeceu.

Quando meu pai encontrou minha mãe, ele já era musicista. Às vezes, ele cantava com uma banda chamada Wailin' Five, que tocava em bailes de formatura e em um ou dois bares. Ele trabalhou como carregador de caminhão para uma fábrica de peixes congelados, onde minha mãe era secretária. Ela também estudava Biblioteconomia na época. Minha mãe era a namorada do presidente da fábrica, que tinha o dobro da idade dela e lhe pedia para anotar coisas que lhe vinham à cabeça num bloquinho de notas, mesmo quando saíam para namorar. Hoje ele é um desses caras que vivem com o celular no ouvido, atendendo a chamadas enquanto o filho brinca na escola ou mesmo quando caminha de mãos dadas com a namorada atual. Vi isso acontecer. Uma vez vimos um cara falando ao celular e, ao mesmo tempo, esquiando na pista de gelo do lago Marcy, que é um dos lugares mais bonitos no inverno, circundado por montanhas nevadas que parecem viçosas e macias como rosquinhas cobertas de açúcar granulado. Se você é capaz de parar de admirar isso e atender ao celular, considero que seja realmente uma pessoa bem-aventurada. De todo modo, de acordo com minha mãe, o sr. Albert Raabe era um sujeito desses.

Entretanto, o sr. Albert Raabe cometeu um erro um dia, ao pedir para Chip McQueen, um empregado da fábrica, levar minha mãe de carro para casa. Foi o sr. Raabe em pessoa quem deu essa ordem, pois ele teve um compromisso importante de última hora. O boato se espalhou pela fábrica; afinal, minha mãe era a namorada do dono da fábrica. Eles decidiram mostrar de que lado estavam: colocaram uma placa de "Recém-casados" na traseira do carro de meu pai.

Nem meu pai nem minha mãe sabiam da placa, pois o carro estava estacionado numa vaga estreita no estacionamento da fábrica. Meu pai não entendeu por que todo mundo buzinava para ele. Ele verificou os faróis, as setas, o pisca-alerta e mesmo se o cinto de seu casaco não estava para fora da porta. No início, ele ficou confuso, mas depois ficou chateado. Ele chegou a xingar em voz baixa um motorista de um caminhão de panificadora que buzinou bem alto. E quase bateu num carro que levava crianças e que serpenteava ao seu lado no que parecia ser uma brincadeira nova.

Depois que ele deixou Ann Jogersen em casa, Chip McQueen foi para sua casa, que era ainda a casa paterna. A mãe dele, ou seja, minha avó Ellen, acordou-o no meio da noite. Ela tinha saído para espantar dois gatos que brigavam e viu o carro na entrada. Ela perguntou se havia algo que ele precisava lhe contar.

Meu pai não riu nem ficou zangado. Em vez disso, de modo bem otimista, entendeu o que acontecera como um sinal do destino, mesmo que a placa tivesse sido colocada por dois caras chamados Bill e Larry. Ele decidiu ir atrás de Ann Jogersen e, obviamente, obteve sucesso, caso contrário eu não teria nascido para contar esta história. Ela dizia que o charme dele era como o vento que sopra tão forte por trás, que é quase possível sentar-se no golfo de ar. Ele a levou consigo. Ela sentiu pertencer a ele, dizia, desde o momento em que o ouviu xingar em voz baixa o motorista do caminhão da panificadora. Aquela promessa intensa era excitante, embora ela não tivesse certeza do que se tratava. Tanto ele quanto ela perderam o emprego na fábrica de peixes congelados.

Meu pai era desse jeito com placas. Sete anos depois, num 1º de abril, meu pai ligou o rádio do carro no exato instante em que começou a cantarolar "Follow a dream and you will never get lost"[2]. Ele disse a minha mãe que ele não pretendia ter filhos, nem contas, nem prestação de casa, largou o emprego de contador na Blaine and Erie e pegou o velho violão de detrás do closet. Quando ele arrumou suas coisas para sair, um troféu de beisebol, o sapato do casamento de minha mãe e uma camisola que tinha se soltado do cabide ficaram pelo chão. Ele não colocou nada no lugar. Minha mãe deixou aquelas coisas lá por um bom tempo. Ela passava por cima. Até que deixou de notar a existência delas.

Minha mãe estava certa de que meu pai voltaria para casa e isso porque ela não conseguia se imaginar vivendo longe dele. Ele tinha levado consigo apenas algumas peças de roupa, um pacote fechado de bolacha Negresco que minha mãe acabara de comprar e um enorme jogo de chá de prata, presente de casamento dos meus avós. Isso era sinal, na lógica dela de mulher recém-abandonada, de que ele voltaria logo, pelo menos para pegar mais coisas. Isso lhe dava esperança. Dez anos depois, ela ainda tinha esperança.

A única coisa que a deixava verdadeiramente irritada a respeito dessa história era o pacote de Negresco. Ela saiu e comprou mais seis pacotes e pôs em cima da mesa da cozinha. Ela olhava para eles e começava a chorar. Bom, depois, ela começou a comê-los um por dia. Ela estava quase na metade do quinto pacote quando meu pai deu as caras. Foi a primeira das muitas visitas sem aviso. Eu os ouvi cantar debaixo do chuveiro. Ele estava numa banda nova. E parecia feliz. Quando foi embora de novo, ele levou o sexto pacote de Negresco e mais nada.

Eis o que Peach, uma das Rainhas Caçarolas, diz sobre os homens, as mulheres e o amor: sabe aquela cena de *Romeu e Julieta* em que ele está debaixo da sacada olhando para ela? Um dos momentos mais românticos da história da literatura? Peach diz que de jeito nenhum Romeu iria confessar sua devoção por Julieta. A verdade é que Romeu estava apenas tentando olhar a calcinha dela.

---

[2] Siga seu sonho e você nunca estará perdido (N. T.).

...

Durante todo o dia fiquei apenas esperando uma oportunidade de voltar para casa. A vaga sensação de possibilidade se transformou em um plano. Eu mentiria para Sydney dizendo que teria que ficar até mais tarde na escola, para ter aulas de reforço de Matemática, e assim ela iria embora sozinha. Sabia que havia pouca chance de rever Travis Becker, mas a vida tinha, de repente, virado uma dessas esteiras de aeroporto. Você pisa nela, cambaleia um pouco e daí se vira para a direção para onde ela a está levando. Aquela sensação de que algo iria acontecer me dava energia, como se eu tivesse comido uma dessas barras de cereais que dão aos atletas para correrem mais, e mais velozmente, ainda que na única vez que eu provara daquilo não tivesse me acontecido nada. Duas mordidas, mas eu só viajava, pensando em do que aquilo era composto e se me faria mal, pois mais parecia um biscoito para pássaros.

Precisava de um tipo de suplemento daquele para vencer mais esse dia de estudos. Porque o máximo dos acontecimentos daquele dia foi: Shannon Potts ter ido até o armarinho e gritado "foda-se" quando passou um professor; eu ter conhecido o professor substituto de Matemática; e ver Adam Vores enfiar mais líquido goela abaixo, depois de ter bebido três latas de Sprite diet. Às vezes, isso dá o que pensar.

— Trinta e nove gramas de açúcar, ou o equivalente a 13 colheres, nesta lata de Sprite — disse o professor substituto de Matemática, o sr. Sims.

— É por isso que eu bebo diet — disse Adam Vores.

— Acha que isso é uma brincadeira? Pois não é. O açúcar pode arruinar seu cérebro. E as suas veias. Cérebro e veias.

— Este cara é um poeta — sussurrou Miles Nelson. Sorri para ele. Ele era um Garoto Calado. E usava sapatos com saltinho para compensar um déficit de crescimento que tinha. A gente tinha uma torradeira que tinha uma doença meio parecida com essa. As torradas não pulavam.

— O que foi que disse? — o sr. Sims grunhiu. Ele olhou para Miles. — Eu escutei. Pensa que não escutei? Tenho uma ótima audição. — Miles ficou bem vermelho. — Acha que vim aqui para perder tempo? Eu não perco tempo. Estou lhe ensinando sobre a vida. Essa lição é o meu dom para o mundo.

— A gente deveria corrigir o dever de Matemática — disse Cindy Lee. Ela vivia com tanto medo que acreditava que, se respirasse pela narina errada, isso poderia afetar a sua média final.

— Não sou apenas um professor, vocês sabem — afirmou o sr. Sims. E olhou de relance para nós. Fiquei pensando se algum dia leríamos no jornal que ele fora, finalmente, capturado. — Eu tenho uma empresa que limpa janelas. Vocês não sabem as coisas que tenho visto.

— Vidros? — Adam Vores perguntou.

O sr. Sims o ignorou:

— Eu limpo as janelas dessas casas velhas. Todo dia me pergunto quantas pessoas ainda estariam vivas se não bebessem esse veneno. — E balançou a lata de Sprite.

— Não abra depois de chacoalhar desse jeito — aconselhou Cindy Lee. Eu pensei a mesma coisa.

O sr. Sims suspirou. Abriu o livro de Matemática. E passou a língua nos dedos antes de virar as páginas.

— Trezentos e quarenta e cinco — declarou.

Kim Todd decidiu que o palavrório deste maníaco era preferível a aprender de verdade.

— O que aconteceu com os seus dentes? — ela perguntou. Era como se realimentasse a máquina.

O sr. Sims continuou falando sobre levar um soco na cara durante uma briga, e como a raiz do dente ficara comprometida depois, o que na verdade significava que o seu agressor era uma espécie de homicida e também que tinha se tornado seu arqui-inimigo até que ele percebeu que "quem te irrita controla". Ele esperava que a gente se lembrasse disso.

Olhando para trás, não é de se admirar que eu precisasse de Travis Becker na minha vida.

— O que você quer dizer com ter de ficar depois da aula para estudar Matemática? — Sydney perguntou. — Pensei que vocês tivessem um professor substituto.

— E como você sabe?

— Alguém disse que o cara ainda tem uma bola (de presidiário) presa no tornozelo. Com certeza ele é o professor substituto mais estranho desde aquela mulher que ensinava Arte o dia todo com um periquito no ombro e dizia que Picasso tinha cortado a orelha porque ouvia pessoas sussurrando.

— Picasso não cortou a orelha.

— Ah, vá! Tá me chamando de burra? Você não vai conseguir nenhuma ajuda com esse professor substituto. Não vou deixar você ficar sozinha com ele.

— É aula de Ciências, não de Matemática. Ciências, Química, vou ter prova amanhã.

— Quero que me prometa uma coisa — pediu Sydney. Senti um frio na barriga. Pensei que ela tivesse descoberto minhas intenções secretas. Sou péssima mentirosa. Se quiser mentir, seu corpo inteiro tem de concordar. Nunca tive total cooperação dos outros órgãos. — Se alguma vez no futuro usar alguma coisa que aprendeu em Química, quero que você me ligue. Onde quer que esteja. Mesmo se tiver 80 anos. "Sydney, apliquei uma coisa que aprendi na aula de Química." Promete?

— OK — concordei.

Ela tocou meu braço com o dorso da mão e foi embora. Depois de uns minutos, comecei a andar em outra direção. Parei na Moon Point, mas passei mais tempo olhando o relógio do que os *paragliders*. Saí quando o sol se pôs, atrás do que se tornou o lado escuro do monte Solitude.

Os portões da propriedade dos Becker estavam abertos novamente. Era do jeitinho que eu havia imaginado. Lá, fazendo guarda, estava uma pergunta: sim ou não? Os meus pés responderam primeiro. Travis Becker levava a moto pelo guidão até a entrada da casa. Olhei bem firme. Ele me viu lá, observando-o. Acenou para que eu entrasse e eu obedeci. Eu era como um dos *paragliders* que descem o monte Solitude em direção a Moon Point. Entretanto, em vez de partir do topo e começar a descer, fui como um dos poucos que caem do penhasco, desequilibrado com o peso nas costas. Caí depressa demais.

— Quer uma carona? — perguntou Travis Becker.

Capítulo 3

Sempre achei uma maravilha poder voar, como em *As mil e uma noites*, talvez, sobre um tapete voador, sobrevoando países estrangeiros, cidades com pequenas torres, ou mesmo com minhas próprias asas, levitando contra a gravidade, vendo coisas sob uma perspectiva rara. Pegar carona na moto de Travis Becker foi uma experiência próxima a voar, para mim.

Ele pôs o capacete em mim. Senti que a minha cabeça era enorme e pesada, mole como a de um bebê recém-nascido tentando mantê-la no lugar. Ele prendeu o fecho no meu queixo, muito apertado, me machucando a pele. Tentei afrouxar com o dedo.

— Precisa ficar firme — ele me disse. E deu um cutucão na parte de cima do capacete com um sorriso. Por um instante, pensei que ele fosse se inclinar e me beijar, assim sem mais nem menos. Era estranho vê-lo de verdade, no jardim da sua casa, quando anteriormente o havia visto apenas conversando pelos corredores na escola, ou uma vez na fila do mercadinho. Ele tinha cabelo loiro, com risca para um lado e uma mecha caindo para o outro, queixo quadrado e uma boca que quase poderia ser chamada de feminina. Os olhos dele eram bonitos de um modo antiquado; facilmente poderia ter sido um príncipe mimado e doente de muito tempo atrás, um artista condenado dos anos 30 ou Vronsky, de *Ana Karenina*; elegante, o tipo de cara por quem as mulheres se atiram embaixo do trem. E ele parecia ter consciência disso; às vezes, ele vestia roupas que pareciam de outro tempo: um casaco comprido azul-marinho com duas fileiras de botões, uma boina e um cachecol, uma jaqueta tipo Nehru, mas naquela época eu não sabia disso. Só percebia que ele olhava para você como se tivesse um segredo, como se soubesse de algo, e você não. Provavelmente, o segredo era dinheiro.

Travis arrastou a moto e estendeu a mão para mim a fim de que eu pudesse passar a perna de lado. "Espere um pouco", ele disse. E eu obedeci. Pus os braços em volta de Travis Becker, ao redor do peito, que era firme e definido, sob a camiseta de malha. Dava para sentir o cheiro da colônia — de musgo, um cheiro que dá vontade de soltar os cabelos. "Talvez", pensei, "eu não tenha de ser sempre a mesma." Mesmo assim estava nervosa naquele jardim, naquela casa. Pude ver um relógio antigo atrás da cortina, mas me detive a tempo, antes de ser pega olhando. Estava contente que ia embora; a qualquer momento a mãe dele poderia aparecer, usando uma calça informal e uma blusa, que teria custado uma semana do salário de minha mãe na biblioteca, e dizendo para tirar as mãos dali.

A moto roncou para a vida, cruzou a entrada da casa e atravessou o portão. O arco acima do portão era maravilhoso, e era como se eu estivesse andando na montanha-russa do parque de diversões Pepita de Ouro, com a estranha sensação de que algo estava para acontecer, embora tivesse quase certeza de que não. A gente acelerou na rua Cummings e passou pelo meu bairro, onde ninguém sabia que eu estava a toda com Travis Becker. Quero dizer: ninguém sabia que eu estava abraçada a Travis Becker, descendo de moto! As mangas da camiseta dele voavam contra o vento. Eu estava passando na minha rua e me sentia ótima, apavorando!

Em seguida, Travis Becker acelerou. Logo depois da minha vizinhança, quando a rua Cummings torna-se uma linha reta em direção às fazendas que vendem árvores de natal, Travis Becker deu de cara com o posto de gasolina. Houve uma súbita sacudida para trás quando ele mudou de marcha. Eu me inclinei para a frente e segurei firme nele, lutando contra a sensação de que iria me soltar e cair. Eu nunca tinha andado de moto antes, mas sabia que aquela não era uma velocidade normal; era alta velocidade. Bem alta mesmo.

Eu me segurei firme. Meu coração batia loucamente; tinha certeza de que ele podia sentir isso. Então pensei que estava num lugar em que não deveria estar, muito fora das minhas perspectivas, fazendo algo errado. Quis sair dali. A ideia que tinha tido, de invadir aquela propriedade quando seria provável que ele estivesse lá, me pareceu idiota e desconcertante. Meu Deus, a minha realidade era outra.

Travis Becker riu alto contra o vento:

— Iuuuuuupi! — gritou. O cabelo dele chicoteava selvagemente. Ele estava sem capacete.

Um grito de "vai mais devagar" ficou preso na minha garganta. Eu não disse nada, nem poderia. Eis o motivo: tinha medo de parecer estúpida, que é o que acontece, claro, quando você faz as coisas mais estúpidas possíveis.

Pensei na possibilidade de esbarrar em uma pedrinha. Imaginei como seu corpo é projetado para frente quando tropeça em algo. Pensei na ferida na pele se seu corpo bate no asfalto a uma velocidade dessas.

Fechei os olhos atrás de Travis Becker e, quando pensei que não iria mais aguentar, ele acelerou ainda mais. Atingiu uma maior velocidade, e eu fechei os olhos, bem fechados, e rezei para sair daquela com vida, muito embora não desse para culpar Deus nem mais ninguém por não ter ouvido ninguém e ter me metido nessa confusão. "Eu não estou aqui", implorei para que minha mente acreditasse. "Estou em outro lugar." Podia sentir o suor que corria aos borbotões. Se saísse daquela viva, me envergonharia de ter suado tanto.

Ele diminuiu a velocidade novamente, virou em uma das fazendas de árvore de natal, parou e desligou o motor. Algumas daquelas árvores eram mais altas que Travis Becker; outras não alcançavam o meu joelho. Desci da moto; as pernas tremiam. Ele apoiou a moto no chão e desceu. A cara dele estava vermelha; os olhos vidrados e brilhantes; raios de eletricidade azul paralisante. Abri o fecho do capacete e tirei-o.

— Sabe a que velocidade estávamos? — perguntou ele.

— Não.

— A mais de cem. A mais de cem por hora, e você nem ao menos gritou.

— E por que eu deveria gritar? — perguntei. Para falar a verdade, tinha vontade de vomitar. Bem em cima do seu tênis de mauricinho.

— Ah, corta essa! — Ele riu. — Você é corajosa! — "Corajosa". Que palavra poderosa! Poderia ser assim, se era isso o que ele pensava de mim. Poderia ser muitas coisas que não havia considerado antes.

Travis Becker saiu correndo:

— Você não me pega! — gritou. E desapareceu no meio das árvores. Dava para ver um pedaço da camiseta amarela dele por entre a folhagem espessa e verde. Acho que Travis Becker era meio louco.

Corri atrás dele:

— Pego, sim! — berrei. Detesto Educação Física, como vocês já sabem. Acho que é uma punição cruel da qual deveríamos nos proteger. Mas corro bem. E rápido.

Corri para uma árvore, o suficiente para ver que estava adiante de mim. Fui ao seu encalço.

— Eu tô vendo — gritei.

— Impossível — ele berrou e saiu em disparada.

— Você tá de amarelo, seu burro — soltei.

Fui até a fileira de árvores de que ele tinha se aproximado. As suas costas estavam contra o tronco, e ele ofegava bem forte:

— Desisto. — Ele estava agachado com as mãos nos joelhos. — Do que você me chamou?

— De burro, seu burro — afirmei. Não sei por que disse isso. Por um instante, correndo entre as árvores, de camiseta amarela, ele me lembrou do meu irmão quando fazia um forte de neve e se escondia atrás dele, sem saber que o pompom do seu gorro de lã estava aparecendo, um perfeito alvo móvel.

Travis Becker olhou para mim e riu:

— Sabe de uma coisa? Eu gosto de você — ele disse. — Vamos! Tenho de voltar. — Ele fingiu cambalear de cansaço.

— Você é um riquinho patético — disse e bufei. Tinha aprendido rápido o meu papel.

— Que merda! — Soltou outra gargalhada. — Sua piranha, devoradora de homens.

Claro, esta era eu: Ruby McQueen, a devoradora de homens. Podia mandar fazer uma camiseta com esses dizeres.

Nós subimos na moto outra vez. Quando o abracei, percebi que a camiseta dele estava suada de tanto correr. Voltamos numa velocidade normal. Não havia mais nenhum teste para passar.

Passamos pela entrada da casa dele e estacionamos no jardim. Desci da moto e tirei o capacete. Com certeza, meu cabelo estava uma beleza.

— Por que você estaciona na grama? — perguntei. — Sua garagem tem vaga para seis carros.

— Porque eu posso — Travis Becker disse. — E gosto de ver a moto no jardim. — Ele fez um gesto como se emoldurasse o que estava vendo, à semelhança de um diretor de cinema. — Sabe o que fizemos hoje?

— Isso é alguma pegadinha? — questionei.

— A gente deu um gás. É assim que se chama atingir os cem quilômetros por hora.

— E cento e vinte quilômetros por hora, como é que se chama? — continuei. Não estava me reconhecendo. Nem mesmo sabia se gostava dessa nova "eu". Talvez a tivesse encontrado dentro de um livro ou algo do gênero. Ela não tinha medo, era isso. Mas, para falar a verdade, ela estava me deixando nervosa.

— Cara, você é demais — disse Travis Becker. Ele pegou uma mecha do meu cabelo e pôs atrás da minha orelha. Ele me olhou um pouco, como se tivesse ficado surpreso com o que via. — Espere aqui. Quero te dar algo. — E caminhou em direção à casa. Esperava que ele fosse rápido. Não parava de pensar que a qualquer instante a sra. Becker iria aparecer e deduzir que eu invadira a casa dela. Ou, no caso de ela não me reconhecer, pediria que eu limpasse as vidraças.

Travis Becker voltou saltitando de alegria. Tirou uma caixa de veludo preto que metera dentro da camiseta e me entregou. Pensei que fosse uma brincadeira. Quer dizer, sabia que eles eram ricos, mas me presentear com uma caixa de veludo, eu, uma estranha a quem ele conhecera apenas havia algumas horas, parecia ridículo. Algumas pessoas não dariam nem o seu número de telefone.

Abri. Era uma dessas caixas pretas macias, com tampa que parece o casco de uma tartaruga. Havia um cordão de ouro dentro, preso com dois ganchinhos brancos. Travis Becker tirou o cordão, pegou de novo a caixa e deixou-a cair no gramado.

— Levante o cabelo para eu colocá-lo em você — ele disse.

— Não posso aceitar.

— Claro que pode.

— Isso é loucura. Não sei nem mesmo qual o seu nome. Nem você o meu.

— Você não sabe quem eu sou? — Ele riu.

— Bem, na caixa de correio tá escrito Becker. — Claro que não tinha nenhuma caixa de correio. Provavelmente, entregavam as cartas por baixo da porta, fugindo de algum animal perigoso ou algo assim.

— Travis.

— Ruby McQueen — eu me apresentei. Sempre odiei o meu nome. Lembra o de uma garota de rodeio em um filme pornô ou talvez algo pior, como a segunda colocada numa competição para concurso de beleza no Texas. Meus pais tinham lá os seus motivos quando escolheram meu nome. Antes de eu nascer, minha mãe sempre lia literatura do sul dos Estados Unidos, e meu pai, que sonhava com um estrelato em Nashville, pensou que meu nome daria um ótimo nome artístico.

— Ruby, como a pedra — declarou Travis Becker.

— E como os chinelos. "Não há nada como estar em casa..."[3] Eu não aguento mais. Onde foi que arranjou este colar? Você costuma dar um colar para qualquer garota que suba na sua moto?

— Bom, eu ia dar para alguém. E daí mudei de ideia. Então, cale a boca e levante o cabelo. Não, espere. Tenho uma ideia melhor. Feche os olhos. — Pegou um dos meus braços e o estendeu. Depois, fez o mesmo com o outro. E eu senti o cordão de ouro gelado no meu pulso. Quando abri os olhos, o colar dava duas voltas, como uma algema.

— Ei, tá ótimo — ele afirmou.

— Muito engraçado. Tire isso de mim.

— Você é minha prisioneira.

— Tire logo.

---

[3] Há uma marca de sandálias de dedo chamada Ruby nos Estados Unidos. Também significa "rubi", a pedra preciosa (N. T.).

— Dê-me um beijo de agradecimento antes. — Ele se inclinou e virou a minha cabeça. A boca dele tocou o canto da minha. Mudei de ideia e deixei que ele me beijasse. Já me beijaram antes: uma vez foi o primo de Sydney e outra, o Ned Barrett, do 8º ano, atrás do ginásio, depois do concerto de férias. O armário de Ned Barrett foi, por dois anos, colado ao meu, e ele tocava baixo na orquestra. Ele estava voltando para a sala de música quando, de repente, entusiasmado por causa das férias, eu acho, ele me chamou. Achei que ele precisava de ajuda com o instrumento, mas em vez disso, ele me beijou. E o baixo ficou no meio do caminho como um ser fuxiqueiro. Porém, o beijo de Travis Becker foi diferente. Ele sabia o que fazia, sem sombra de dúvida.

Fiquei tonta com o beijo e me esqueci da sra. Becker e de tudo o mais.

— Agora, tenho que ir embora — ele disse. Ele tirou o cordão do meu pulso e enfiou-o no bolso da minha calça. — Não diga não ou a gente vai deixar de ser amigos. É o seu prêmio por não ter gritado.

— Não sei o que dizer.

— Diga obrigada.

— Obrigada. Também pela voltinha na moto.

Deixei-o lá dentro do bolso da calça durante o caminho para casa. Podia tocá-lo, enrolá-lo entre os dedos. Para dizer a verdade, não me sentia muito bem. Era um tipo de ouro liso, tão escorregadio e frio que quase parecia molhado. Sabia que não me pertencia, como também a moto de Travis. Mas eu toquei o fundo do bolso e senti os elos do cordão. Esse toque era a única prova de que aquela tarde tinha realmente existido.

Gosto de associar as personalidades humanas aos cachorros que vejo. O cão de Sydney era grande, um golden retriever desengonçado. Ele seria um desses atletas cordiais, bom de corrida com obstáculos, mas não muito esperto. A minha amiga Sarah Elliott tem um terrier. Ele tem uma barbicha e olhos bondosos, compreensivos. O rei Artur, em *The Once and Future King*. Fowler, um dos bibliotecários que trabalham com minha mãe, tem um poodle que se comporta como uma garota loira na escola: sempre se maquiando por trás do livro de Matemática e que, aparentemente, tem alguma deficiência mental de tanto balançar o cabelo, porque pensa que ser chamada de "mimada" é um elogio. Fowler não é o tipo poodle, mas ele o seguiu até em casa, depois de ter se perdido, e não o deixou mais, o que demonstra que até mesmo os poodles têm seus momentos de humildade.

O meu cachorro, o Poe, entretanto, não é nada disso. Ele é um terrier Jack Russell, mas, mais do que isso, ele é uma criança de pré-primário hiperativa. Uma vez, ele roeu a porta do quarto da minha mãe, deixando um buraco do tamanho da cabeça de um homem. Outra vez, ele ficou inconsciente depois de correr feito um doido, com as meias sujas de meu irmão na boca, e cair nos degraus da entrada. Ele acha que o aspirador de pó é um estranho invasor, o qual, confesso, ele derrotou algumas vezes. A maçaneta foi comida e reduzida de tamanho consideravelmente, e a gente tem de usar um pano de prato para abrir a porta sem se machucar. No inverno passado, ele foi beber água do seu potinho, mas, como tinha congelado, ele ficou com a língua colada lá. Acho que ele acha que o nome dele é "Seu Cachorro Burro", porque minha mãe vive o chamando dessa forma. Provavelmente ele pensa que em alemão significa "Cachorro Muito Inteligente".

Quando cheguei em casa, Poe estava bem mais alerta do que de costume. Estava andando atrás do sofá como artista de circo, mas sem a sainha de bailarina. Ele tomou impulso e pulou para cima de mim, arranhando as minhas pernas. A alegria dele devia ter algo a ver com o carro que estava parado na porta de casa, um Ford Windstar, com placa do Oregon.

— Onde está papai? — perguntei a Chip Jr. Ele estava sentado no sofá, com os joelhos tocando o queixo. E vendo TV. Chip Jr. raramente via TV. Geralmente ele ficava no quarto, construindo casas com carta de baralho ou o Taj Mahal com Lego. Não estou brincando.

— Na cozinha.

— E por que não está lá?

— Tenho de assistir a isso. — Dei uma olhada na televisão. Um lagarto enterrava alguma coisa. Close em uma pilha nojenta do que deveriam ser seus ovos compridos e amarelos. Claro, devia ser a nossa TV. Era tão velha e decrépita que transformava tudo em sobras de pudim. Se transmitisse os Jogos de Inverno, tudo ficaria amarelo, até a neve, e nem mesmo um garoto estranho de 8 anos teria imaginação suficiente para entender essas imagens. As bibliotecárias, pelo menos a que morava comigo, não davam a mínima para a tecnologia. Nem para aparelhos elétricos. Um par de meias é capaz de fazer a nossa máquina de lavar fazer tanto barulho e balançar tanto que pode andar até o corredor.

— E por que tem de assistir a isso?

— Porque é sobre lagartos, merda — disse, fazendo tipo, como se esclarecesse tudo.

— Merda, merda — repeti.

— Merda, merda. E você é uma lerda — Chip Jr. disse com a boca perto do joelho.

— Lerda, lerda. A perna da velha.

Ele pensou um pouco.

— A quem lhe dá a mão, você joga pedra.

— Tá, eu vou para a cozinha — disse e fingi me proteger com um capacete e joelheiras. Vi que Chip Jr. deu um sorrisinho, mesmo que escondido atrás dos joelhos.

Meu pai estava a mesma coisa, só o cabelo estava um pouco mais comprido. Ele é o tipo de homem por quem as mulheres ficam babando, mesmo que você não goste de pensar em seu pai nesses termos. Ele é muito bonito, é verdade, quer queira, quer não. Tem cabelo castanho-escuro, bem comprido, e às vezes tem de tirar com a mão, meticulosamente, as mechas que caem na cara; está sempre de barba por fazer, nariz grande, olhos escuros, como se tivesse acabado de acordar ou olhasse para o nada. Todo mundo diz que eu me pareço com ele (com exceção da barba, creio). É verdade que tenho cabelo escuro, comprido e liso, e olhos escuros. Mas também tenho traços da minha mãe: queixo pontudo, pernas finas e compridas e pulso de ave, se as aves tivessem pulso. Fazia muito calor naquele dia, quase 27 graus, e meu pai estava de camiseta, colete de algodão e bota de cowboy, e com isso você é capaz de entender que a vaidade dele falava mais alto que o conforto.

Minha mãe cozinhava algo com vinho e cogumelo. O cheiro perfumava toda a cozinha e quando ela se virou para mim, vi que estava de batom e sorria. O rosto dela estava vermelho de felicidade e de vapor, e ela vestia algo que nunca vira antes — um vestido de verão, com estampa de cerejas, justo o bastante para marcar as suas curvas. Aquilo foi dando nos nervos. Quando meu pai vinha, minha mãe deixava de ser a bibliotecária eficiente que encontrava os dados da população do Uruguai e se transformava, de um minuto para o outro, na dona de casa dos anos 1950, com avental e pegador de panela. Era uma transformação de ficção científica. "Diga a ele para dar o fora", eu disse uma vez para ela. "Está falando assim do seu pai", ela rebateu. "Há coisas que não pode entender. Temos uma história juntos. Não é algo que se possa simplesmente descartar." Dito deste modo, parecia que estava despejando um bando de coisas desconexas dentro de uma panela de sopa. Uma cenoura, uma uva, uma esponja. Por fim, ela suspirou. E voltou à mesma ladainha que fazia quando questionávamos a sua autoridade. "Lembre-se: sou sua mãe e estou no controle." E vinha com a metáfora do "carro da vida". Só que tem um problema: minha mãe não sabe dirigir de marcha à ré e voltar no tempo. Uma vez ela estraçalhou um vaso de plantas por ter dado a ré depressa. E no que diz respeito a meu pai, era tudo sempre para trás.

— E esta minivan? — perguntei.

— Um amigo me emprestou. Não vai me dizer "oi"? Jesus, olhe só para você! Está tão bonita. Vem cá me dar um abraço.

A barba dele arranhou meu rosto. Quando era pequena, ele costumava fazer isto de propósito: esfregar a barba dele no meu rosto até que eu lhe pedisse para parar. Ele cheirava a colônia de musgo, bem forte. Era estranho estar na cozinha com ele. Quando você convive com a imagem de alguém na cabeça, então ela se transforma em todo tipo de coisa: vilão, herói, fantasma, formas que não seriam possíveis na vida real. Meu pai verdadeiro era bem menor, diminuído pela sua humanidade. Meu pai imaginário podia atravessar as portas e aparecer do nada; meu pai verdadeiro se perfumava toda manhã e cortava as unhas dos pés.

Para minha mãe, ele não parecia nem um pouco menor, no entanto. A julgar pelo brilho em seu olhar, a falta dele fazia que ela o imaginasse possuidor de uma força que a realidade não poderia alterar. Ela se apegaria aos detalhes de sua visão pessoal, do mesmo modo que fazemos quando lemos um bom livro de ficção. Ela gostava da imagem que criara. Não havia dúvida de que se ela visse o filme, teria odiado e reclamado de que não tinha nada a ver com o original ou com as intenções do autor.

— Tem uma cadeirinha de bebê no banco de trás da minivan — eu lhe disse, por cima do ombro. — Não é muito bom para a sua imagem.

Ele me ignorou. E pôs a mão no fundo do bolso. Nisso, lembrei-me do que tinha dentro do meu, o colar, e, ao pensar nisso, senti um arrepio, algo bem forte.

— Olhe só o que trouxe para você.

Tirou a mão do bolso e abriu a palma da mão, como se fosse revelar um tesouro. Havia seis cristais pontudos, como lápis apontado, mas de uma cor bonita, redondos, translúcidos, delicados, uma cor que você desejaria possuir.

— São tão bonitos.

— Quartzos-rosa. Ainda não trabalhados, recém-extraídos da terra. Ponha-os debaixo do travesseiro. Eles trazem harmonia. Pegue.

Relutei em estender o braço para que ele me entregasse os cristais. Era um pouco como a Feiticeira Branca nas crônicas de Nárnia, com seu Manjar Turco. Uma simples mordidinha, e você não teria mais escolha a não ser voltar várias vezes para comer mais. Com meu pai, parecia sempre haver duas escolhas extremas. Você podia aceitar entrar no barco e descer a correnteza do rio de sonhos, olhando para o sol e sem poder ver a queda-d'água adiante; ou você poderia recusar e ficar de lado, observando as pessoas entrarem no barco, com um mapa numa das mãos e o coração apertado na outra.

Peguei os cristais e agradeci. Ele me disse que fez um negócio especial com alguém que os trouxera do Brasil. Tentei manter um dos pés na margem do rio e pensei que os cristais vinham do armazém do parque de diversões ou da lixeira perto do Pepita de Ouro, perto dos imensos quebra-queixos, das falsas tiaras e das moedas do tamanho de uma unha de bebê.

Meu pai se aproximou por trás da minha mãe, roubou um cogumelo da panela e enfiou-o na boca. Ela deu uma cotovelada nele. Ele pegou outro, soltou uns gemidos de "que delícia" e colocou as mãos na cintura dela.

— Você não deveria estar cozinhando. Vamos sair.

— Tem tudo aqui em casa.

— Quero cuidar de você. Quero sair com a minha família. Conheço um restaurante indiano ótimo, no centro da cidade.

— Não, Chip, está bom assim — disse minha mãe. E dava para ver que ela estava falando a verdade. Dava para ver que, com certeza, ela tinha saído mais cedo do trabalho para comprar todos os ingredientes da receita que fora escolhida com carinho dentro de um livro de receitas da biblioteca. Gastara mais do que podia, a julgar pelo tanto de coisa que havia em cima do balcão da cozinha, junto às embalagens do supermercado e a uma garrafa de vinho.

Ele fingiu morder o pescoço dela. Estava ficando meio constrangedor ali.

— Minha querida, não me diga que deixou de ser espontânea — ele disse.

Ela recuou diante da repreenda. Em seguida, desligou o fogão e chacoalhou a panela para mexer os cogumelos.

— Esta é a nossa entrada.

Tirou uma tigela de dentro do armário da cozinha, uma tigela bonita, não de plástico, ou reaproveitada de alguma embalagem, e despejou os cogumelos. Minha mãe estava sendo sincera, ainda que tivesse de fingir. Já tinha percorrido um longo trecho do rio e, mesmo que eu forçasse a vista para vê-la, só poderia enxergá-la bem pequenininha, a distância.

— Ei, C. J.! — meu pai gritou. Chip Jr. não gostava de ser chamado de C. J. Ele era esperto o suficiente para associar as pessoas que preferem as iniciais aos nomes à gente que possui adesivos da Associação Nacional de Armas. — Ponha o sapato! A gente vai sair para jantar.

Meu pai foi até a sala. Bom, primeiro ele gritou para Chip Jr. e depois se aproximou dele. Ele fazia as coisas na ordem inversa. Era um dos problemas principais dele: era amante do dramalhão ilógico, do caos da febre do momento. Ele parecia não se importar com essa irresponsabilidade, como se a espontaneidade fosse sua irmã mais nova. Nosso cachorro, Poe, correu para ele com alegria renovada e pulou em seu joelho.

— Sim, meu amor. Meu amorzinho — meu pai cantarolou para ele. Tive o terrível pensamento de que era assim que ele chamava as suas namoradas.

— Mudança de planos — minha mãe falou para Chip Jr. — Vamos dar uma volta.

— Mas você foi ao supermercado! — contrapôs Chip Jr. Havia algo um tanto acusador no modo como ele disse.

— E daí? Vou guardar os mantimentos. Ponha o sapato. — Cara, ela estava animada. A gente comia bem quando meu pai vinha nos ver.

Depois de alguns minutos de alvoroço, estávamos prontos para sair. Poe ainda rodeava meu pai, tão perto como vagalume na luz. Minha mãe se inclinou e o enxotou para a porta de trás.

— Ele vem também, não vem? — meu pai perguntou.

— Poe? No carro? — eu me espantei.

— É melhor que ele fique aqui — disse minha mãe e empurrou-o para dentro.

— Ah, não. Ele quer vir. Eu amo este cachorro. — Meu pai acariciou o cão embaixo do pescoço. — Fui eu quem lhes dei este cachorro.

— E a vida nunca mais foi a mesma — ela continuou. Deveria ter dito: "Largou o cachorro com a gente e se mandou".

— Vim para ver todos vocês, até mesmo meu cão. — E pegou Poe. O cão não tinha feito tantos movimentos desde aquele dia devastador em que se acabara nos degraus da entrada dos fundos da casa. — Vamos, Poe, vamos dar um passeio.

— Chip — avisou minha mãe. Mas Poe já estava saindo.

— Você vai se arrepender — comentou meu irmão.

Tinha mais comida amarela no restaurante indiano do que nos comerciais de fast-food que passavam na nossa TV. Entretanto, tenho de confessar que estava uma delícia, saindo fumacinha, comida bem temperada e com um monte de sabores desconhecidos. A música para encantar cobras soava esquisita e, melhor que isso, não era algo que meu pai podia cantar junto. A gente tinha ido com o carro de minha mãe, a pedido de meu pai, porque ele estava sem gasolina, e tudo correu bem no caminho. Poe se comportou muito bem, sentado entre os meus pais, como se estivesse indo à igreja. A gente começou a relaxar. Os olhos de minha mãe ardiam diante da luz vermelha da vela. Meu pai pegou a mão dela e afagou seu rosto. Chip Jr. leu a carta de vinhos em voz alta.

Meu pai cantava algo para nós quando saímos; o braço de minha mãe estava entrelaçado ao dele, e ela sorria. Quando voltamos para o carro, ela soltou o braço para abrir a porta. E então ela deu um grito.

— Uau! — completou Chip Jr., de maneira brilhante.

Parecia que tinha passado um vendaval dentro do carro. Poe tinha feito um buraco em cada banco da frente e de trás, e tudo estava coberto de estofo amarelo. Tinha penugem para tudo quanto era lado: no chão, nos bancos, no painel do carro. Algumas tinham grudado no teto, como se ele tivesse tossido com alegria e espalhado um punhado pelo ar. O grito não acordou Poe, que estava enrolado feito uma bola perto do ventilador, roncando tranquilo e sonhando com a confusão e a devastação.

— Seu Cachorro Burro! — minha mãe gritou, ao abrir a porta.

— Cachorro mau — meu pai disse, sem muita convicção. — Bem, acho que ele ainda é um filhote.

— Ele vai fazer dois anos daqui a alguns meses! — ela desabafou. Parecia que ia chorar.

— O tempo voa — ele continuou.

— Eu disse que você iria se arrepender — completou Chip Jr.

— Olhe para ele — pediu meu pai. Poe levantou a cabeça diante de tanta comoção e olhou ao redor ainda sonolento. Tinha uns pedaços de estofo amarelo embaixo da boca dele. — Ei, bela barba, Poe. — Pelo bem da minha mãe, eu segurei o riso, mas na verdade era muito engraçado. Minha mãe tentava atirar para fora toda aquela sujeira, como se seus braços fossem uma pá.

No banco do passageiro, ela ficou de cara amuada o caminho todo de volta. Consertar o estofado se revelaria muito caro, e então ela optou por costurar uns panos indianos por cima das falhas de tecido. Isso resolveu o problema por cima, mas não ajudou muito com as molas, que vez por outra machucavam quando você menos esperava.

— O que é isto? — perguntou meu pai, sentindo algo ao redor do banco e dirigindo somente com uma das mãos. Ele levantou um objeto preto. — O cachorro roera até mesmo o *dial* do rádio! — Ele balançou a cabeça, sem acreditar no que via. Em seguida, atirou um botão para cima como se fosse uma moeda da sorte.

— Merda! — exclamou Chip Jr.
— Chip Jr.! — repreendi-o.
— Mas é mesmo uma merda. — Ele levantou o sapato e me mostrou. Juro que o cão sorriu.

Em casa, tarde da noite, vi meus pais no batente da porta do quarto de minha mãe. Meu pai segurava a aliança que ela trazia pendurada numa correntinha; imaginei que ele tivesse puxado por dentro do vestido, sabendo que estaria ali. Ele pegou a mão dela e pôs o anel no dedo. Ela deixou-o ali, ainda preso à corrente, até que me viu. Ambos pularam para trás, assustados. Então, ela tirou a aliança do dedo.
— Ruby — ela disse.
— Tô indo para a cama — respondi.
Fui correndo para o quarto. Botei a mão no bolso da calça. Peguei o meu colar e fechei a palma da mão.
Num átimo, pensei que os nossos corações tinham sido comprados por um preço muito barato.

Capítulo 4

Ande com Zeus e nunca estará sozinho, dizia a placa na frente da igreja Foothills. De longe, na rua Cummings, podia ver o pastor Joe Davis sentado na grama, com os cotovelos nos joelhos, as palmas no queixo, olhando para a placa. Isso me fez lembrar-me de meu irmão na noite anterior, observando os lagartos. Era manhã, ainda muito cedo para ter trânsito, e imaginei que Joe Davis pensava que não havia muitas pessoas para testemunhar essa demonstração desconcertante de falta de esperança. O violador de anúncios desconhecido ataca de novo.

Meu pai tinha me enviado para uma missão matutina, pois, assim que acordou, teve uma vontade louca de "alguma coisa com framboesa". Desta vez, esperava não encontrar Travis Becker fora de casa, ou então que ele não me visse. Eu dirigia o carro de minha mãe, que ainda carregava a cena do massacre de Poe.

Joe Davis se virou quando escutou o barulho do carro. Levantou-se e acenou, o que me fez concluir que ele tinha problemas de visão, apesar de não usar óculos. Com certeza, ele pensou que eu fosse minha mãe, e então confirmei essa suspeita quando ele foi ainda mais enfático nos gestos, me pedindo para sair. Minha mãe tinha o pressentimento de que as idas frequentes de Joe para a biblioteca não eram apenas porque ele queria trazer para casa os romances policiais. Pobre Joe, queria aproveitar esta ocasião para falar com minha mãe enquanto ela não estivesse por trás do balcão da biblioteca. A técnica dele de acenar poderia ter sido um pouco mais sutil.

Não quis ser rude, então girei o carro para a outra pista e abaixei o vidro. Joe Davis veio correndo e contente para bem perto do carro, até que percebeu quem era. Ficou desapontado.

— Ah, oi, Ruby.

— Está acontecendo algum incêndio?

— O quê?

— Um incêndio. — Eu acenei como ele, para brincar um pouco, e me arrependi imediatamente. Joe ficou roxo de vergonha.

— Pensei que você fosse Ann. Queria mostrar a ela o que andaram fazendo por aqui.

— Desconfia de alguém? — Sabia que ele gostava de romances policiais. Esperava que essa conversa redimisse o erro anterior.

— O coronel Mostarda no conservatório com o castiçal — ele disse. — Sabe o que é mais estranho? Estou começando a gostar disso. Dá para imaginar esta criatura como se fosse um cachorrão amigo e leal, ao seu lado em uma noite de inverno, dormindo enrolado feito uma bola.

Concordei e sorri. Acabei gostando de Joe Davis. Ele mesmo era uma pessoa confortante, o tipo de homem que você imagina andando de meias furadas. Ele vestia um short cáqui com muitos bolsos e uma camiseta da Wilderness Society, e o seu relógio de pulso tinha parado às 16h10. Quando não era verão, ele geralmente usava uma blusa de lã velha e jeans, roupas que eram a cara dele. A igreja de Foothills era pequena e, embora Joe Davis morasse numa casinha dentro do terreno da igreja, aparentemente não tinha muito o que fazer como pastor, pois também trabalhava meio-período como carpinteiro. Com frequência, seu caminhão podia ser visto estacionado pela cidade, no estacionamento da biblioteca, no café Java Jive, ou em alguma entrada de casa, e a parte de trás do caminhão aberta, mostrando as ferramentas e tocos de madeira desarrumados.

— Bom, vou dizer à minha mãe que te encontrei.

— Sim, por favor. Vou vê-la na segunda. Tenho um montão de multas para pagar.

— Você? Um pastor?

— Infelizmente falar com Deus não me exime de pagar as contas, promover eventos, entupir banheiros e discutir com meu cunhado. E isso tudo só essa semana.

— Talvez Deus esteja de férias — sugeri.

— Talvez eu tenha a cabeça nas nuvens — admitiu Joe Davis.

Fiz sinal de adeus. A coisa mais engraçada foi que ele não disse nada sobre o estado do carro. Ou ele era mesmo muito educado ou cego. Talvez não se consiga perceber direito as coisas qundo se está apaixonado, do mesmo modo que um guaxinim não é capaz de ver o trânsito da rua Cummings antes de atravessar.

Passei por uma vendinha, na esquina, onde cacarecos eram vendidos — naquele dia, eram mantas com estampa de pavões e cabeças de leão — e pela Moon Point. Os *paragliders* já haviam estacionado o carro e começado a escalar o topo da montanha. A van com a baleia e com o adesivo "Eu adoro buraco de estrada" também estava lá, vazia. Peguei uma caixa de framboesas e umas rosquinhas no mercadinho e fui para casa. Ao chegar, dava para ouvir a voz dos meus pais de fora da casa.

— É só por algumas horas. Não entendo por que os vizinhos se importariam, se é isso o que está pensando — disse meu pai.

— Não se trata apenas dos vizinhos. — A voz de minha mãe estava cansada. Tenho certeza de que era muito mais fácil amar meu pai em pensamento.

— Então o que é? Não achei que você fosse se importar. Quer dizer que eu deveria ter perguntado primeiro? Você costumava adorar ouvir a minha banda.

— É que... bem... achei que tivesse vindo passar o tempo conosco.

— E vim! — A voz dele tinha se alçado um pouco. — Tá certo? Eu vim. Olhe, Seattle tem um monte de cantoras e não quero ficar preso somente a uma. Quero ouvir o maior número possível delas. O que há de errado em desejar qualidade?

— Não há nada de errado nisso. Também quero qualidade.

— Tenho que ser honesto. Você está se tornando irritante.

Odiei aquilo, de verdade. Odeio quando as pessoas usam a palavra "honesto" para encobrir a sua crueldade. Você toma um conceito moral como "honestidade", associa-o a algo ruim, e pode quase transformar um insulto em algo correto. E se somos sensíveis, vamos acreditar no insulto. Esquecemos que algo honesto pode não ser verdadeiro.

— Irritante? E você diz que veio me ver e também as crianças. Você veio para cá para usar a minha casa como lugar de ensaio. Isso não é irritante?

— Ei, achei que não iria se importar porque, francamente, não vejo problema. Pensei que ficaria contente de ajudar um amigo.

Meu Deus! Dava para ouvir o som da faca sendo enfiada no peito.

— Um amigo? Jesus!

— Que merda, Ann, não vai começar.

Fez-se silêncio e em seguida ouviram-se passos. Eu me virei, fui para a entrada de casa e de lá até o carro, e depois voltei tudo como se tivesse acabado de chegar. Minha mãe abriu a porta e a deixou fechar atrás de si. Não foi bem uma batida barulhenta, mas poderia ser.

Ela estava de camiseta regata e rabo de cavalo, porque fazia calor e em algumas horas estaria insuportavelmente quente. Também estava descalça, o que, somando tudo, lhe deixava mais jovem e mais vulnerável do que normalmente, por exemplo, quando pagava as contas, quando fazia cálculos na calculadora ou passava a roupa de trabalho a ferro.

— Framboesas — eu disse. Chacoalhei a embalagem no ar.

Para começo de conversa, nem sei se ela havia me visto. Estava prestando atenção numa van que se aproximava de casa devagar. O motorista passou por nossa casa, parou e depois deu marcha à ré.

— Que ótimo. Maravilha. Já começou.

— O quê?

— O ensaio. Para escolher a cantora da nova banda do seu pai. Aqui. Hoje. Uma mulher. O baixista e o baterista estão para chegar. Acho que agora são eles.

— A invasão começou — eu disse. — Lembra-se do que aconteceu da última vez? Eles assaltaram a geladeira. Tudo o que sobrou foi a mostarda francesa com pontinhos pretos.

— Meu Deus! Tinha me esquecido disso. — Ela esfregou a mão na testa. — Isso é loucura.

A van que andava de marcha à ré parou, e um cara de cavanhaque e trança comprida meteu a cabeça para fora do carro.

— Aqui é a casa do Chip?

Minha mãe não fez questão de responder; apenas levantou o polegar. Um minuto depois, o cara de cavanhaque e seu amigo de camiseta desbotada, do Grateful Dead, estavam descarregando o equipamento, suando e subindo os degraus para dentro de casa. Poe ladrava como louco. Você pode imaginar a ansiedade dele neste momento se pensar que o máximo de adrenalina que ele recebia era quando tirávamos o aspirador de pó de dentro do closet. Ele conseguiu escapar por um vão da porta quando trouxeram um amplificador. E daí correu até nós, em busca de uma explicação. Minha mãe o pegou e o aproximou do queixo dela.

Nós nos sentamos nos degraus da entrada de casa. Chip Jr. veio se juntar a nós.

— O cara de trancinha se chama Mambo. "Chá-chá-chá!" — ele disse.

A gente observou Poe catar uma mangueira de jardim aos pedaços, que ele tinha estraçalhado poucos meses antes. O surdo e os címbalos da bateria soaram, alertando Poe de que haveria música de fundo. Tirei as framboesas da embalagem e pus debaixo da torneira. Nós comemos e deixamos cair um suco vermelho em cima dos pés. Chip Jr. fez uma mancha em cada dedo e um showzinho de bonecos em que cada personagem foi, por fim, devorado em grande estilo.

Carros começaram a chegar, desovando mulheres de todo tipo na entrada de casa. Algumas vinham aos pares, outras com o namorado e uma veio acompanhada da mãe. Você devia ter visto o figurino delas: minissaia de couro, top de oncinha com elástico. E os cabelos. Você poderia ver menos cabelo em uma exposição de sheepdogs. Vozes de todo tipo esganiçavam através dos buraquinhos da tela da porta e se dilatavam no calor do dia, brigando para prevalecer sobre os instrumentos e sobre o baterista exibido, cujos solos pareciam como quando se levanta uma tampa de panela e tudo começa a pular de dentro dela. O sr. Baxter, o vizinho da frente, saiu para lavar o carro, mas era evidentemente uma desculpa para nos bisbilhotar e conferir a barulhada. Chip Jr. foi para dentro espiar e voltou com um boletim de notícias.

— O Mambo está bebendo o vinho que você comprou. Direto do gargalo.

Minha mãe suspirou. Era como se esvaziasse o corpo, ela parecia uma blusa que você joga no chão ao chegar em casa, depois de usá-la o dia todo no calor.

— Você quer dar o fora daqui? — perguntei. Pensei em Joe Davis, sentado no chão ao lado da placa adulterada. Pensei no silêncio que fazia ali. Pensei em como seria bom para a minha mãe dar uma volta de carro com as janelas abertas, o que é uma espécie de cura para muitos problemas. — Eu dirijo.

— Neste caso, vou usar meu capacete — disse Chip Jr.

— Não — minha mãe respondeu. — Não posso.

— Espere um pouco. Onde estou com a cabeça — continuei. — Hoje é sábado, dia das Rainhas Caçarolas. — Todo sábado minha mãe liderava um grupo de estudos de literatura, composto, em sua maioria, de idosas. Elas se autodenominavam "as Rainhas Caçarolas", porque as senhoras de idade sempre levavam comida para a casa das recém-viúvas, na esperança de arranjar marido. Mesmo se a única entre elas capaz de fazer algo do gênero fosse a sra. Wilson (agora sra. Thrumon, depois de seu segundo casamento), quem nomeara o grupo e, mesmo que entre elas houvesse um membro do sexo masculino, todas se chamavam assim. De acordo com minha mãe, elas aceitaram Harold porque ele tinha sido *chef* e fazia ótimos brownies. Além disso, elas mandavam nele.

— Não vou ao encontro das Rainhas Caçarolas hoje. Eu avisei que não iria porque ia passar o dia com seu pai. Fowler deve ir no meu lugar.

— Fowler? Elas vão comê-lo vivo!

Eu só as havia encontrado uma vez, mas soube que elas se tornavam bem valentonas quando ficavam descontentes. Pensei na vez em que Harold se rebelara avisando que, dali em diante, não seria o único a levar os brownies para as reuniões. Parece que isso deu início a uma pequena rixa, com a Peach e a sra. Wong atirando coisas nele — tipo docinhos embalados e um pacote de Kleenex — que tiraram de dentro da bolsa.

— O Fowler levará o poodle dele. Não tem problema. Ele não vai nem mesmo ter de comentar o livro. Posso voltar a ler na semana que vem do ponto onde paramos.

— Elas precisam de você.

— Há! Acho que é o contrário.

— Então, vamos sair daqui já. — Me levantei. Vi Sydney por perto, irrigando o centro do jardim. Ela acenou e, então, abriu a torneira até que o jorro de água ficou da altura de uma verdadeira fonte e entrou para a casa dela.

— Ruby, obrigada. Sei que está querendo ajudar, mas está tudo sob controle. OK? Tudo sob controle. Tenho de ficar aqui. Algumas dessas pessoas podem querer passar a noite aqui, ou algo assim.

Eu me sentei de novo. A cantoria finalmente parou. E ouviram-se risadas.

— Dou quatro vírgula cinco — disse Chip Jr.

— E eu, três vírgula dois — argumentou minha mãe.

— Dá para você ficar deitado? — dirigia-me a Poe, que estava andando em círculos, sem parar, num pedaço do gramado, tentando se certificar de que era possível ver tudo de todos os ângulos, eu acho. Por fim, acalmou-se e respirou pelo nariz.

Sydney saiu novamente, verificou a água do jardim e veio para perto de nós. Atirou para cada um de nós uma garrafa de refrigerante de laranja.

— É uma festinha? Tô chateada porque não me convidou. — Sentou-se e cruzou as pernas.

— Meu pai está ensaiando.

— Deu para perceber. Primeiro, eu pensei que minha mãe tinha posto o tênis na secadora de novo. "Ba-bamp, ba-bamp, ba-bamp." Mas então ela gritou para que eu acompanhasse o desfile das peruas. — Ela levantou o peito e ajeitou o cabelo. — Então, eles têm que trincar o vidro para passar no teste?

— Não quero conversar sobre isso — disse Chip Jr. Os lábios já estavam da cor de laranja.

— O que não tem remédio... — disse minha mãe. Ela abriu a garrafa com os dentes. Sydney percebeu que minha mãe estava triste. O baterista, que deveria acreditar que o silêncio não é de ouro, começou de novo. Outro carro parou na nossa rua, o motorista olhou para o número da casa, como se o barulho não indicasse o endereço certo. Era uma dessas picapes que parecem ter sido usadas num assalto mirabolante.

A gente observou a garota estacionar, um pneu sobre a calçada. O cabelo dela parecia o de uma menina de três anos de idade. Vestia uma camiseta com os dizeres "Fofa" em letras brilhantes.

— Ei, boneca — Sydney chamou. — Desculpe, mas o ensaio acabou. Eles já encontraram a cantora para a banda.

— Malditos! — a menina disse. Ela entrou no carro, bateu a porta, ligou o motor e saiu cantando pneu.

— Nossa! Que irada! — exclamou Sydney.

— Um viva para Sydney, a espanta-peruas — disse Chip Jr. Pegou a garrafa de refrigerante pela boca e bateu palmas. Minha mãe imitou, batendo a palma da mão no pulso e segurando também a garrafa de refrigerante. Sydney se inclinou para agradecer. Foi um rápido momento de felicidade até que a garrafa de minha mãe se espatifou no chão. Um líquido pegajoso escorreu pelo braço dela. Ela olhou para o chão como se tudo aquilo fosse um símbolo do que estava errado no mundo. Achei que ela fosse chorar ou que eu fosse chorar por ela.

Poe veio rapidinho lamber o que tinha se transformado rapidamente numa poça doce. A barba dele ficaria suja e grudenta pelo restante da tarde. Era o seu dia de sorte. O que sempre acaba acontecendo é que devemos a nossa sorte ao azar de outra pessoa.

De noite, minha mãe já havia perdoado meu pai. Pensei em quantas vezes perdoamos só porque não queremos lidar com a perda, mesmo que a pessoa não mereça perdão. No dia seguinte, fomos todos ao lago Marcy nadar. Foi quase um dia perfeito, e o ar cheirava a doce, sol e água fresca ao mesmo tempo. Nós pulamos na água, Chip Jr. mergulhou e minha mãe se sentou no ombro de meu pai, e ele a derrubou na água. Fizemos um piquenique em cima da toalha de praia e dava para sentir a madeira do cais quente através do tecido. O cabelo de meu pai secou de modo engraçado, e minha mãe ficou com marca de biquíni. Fomos para casa cansados e satisfeitos depois de um dia de sol e lago. A minha mãe estava feliz de verdade. Depois daquela noite, antes de meu pai ir embora de novo, o céu escureceu de repente, como no verão do noroeste dos Estados Unidos, e houve um clarão e uma chuva rápida. A chuva aqui é meio mal-educada. Ela sempre vai e volta como num acesso de raiva.

Chip Jr. e eu demos adeus a papai jogando água nele. Fui para o quarto sentindo dor de barriga. Sentia um vazio por dentro, uma tristeza e uma culpa, embora não soubesse do quê. Minha mãe acompanhou-o até o carro. Eles ficaram lá um tempão. Escutei a chuva cair no teto, os galhos das árvores balançarem e a lata de lixo tombar. A gente devia botar a culpa no vizinho, o sr. Baxter, pela chuva — ele tinha lavado o carro no dia anterior.

Estava me preocupando com minha mãe havia tanto tempo lá fora. Apaguei a luz e fechei a cortina; a janela estava aberta, apesar da chuva, por causa do calor. A chuva trazia o cheiro de terra molhada e asfalto, e eu respirei fundo. Eu me agachei e espiei da janela. Dava para vê-los na entrada de casa. Meu pai afagou o rosto dela e em seguida a beijou. Olhei para o outro lado e quando voltei a observar, ele estava afastando o cabelo molhado da face dela. Aquele sentimento vazio, a perda, eu acho, estava me corroendo por dentro, do mesmo modo que uma colher raspa uma abóbora que será decorada.

Mas foi só depois que ele entrou na van e ligou os faróis — que iluminaram a minha janela e a parede do quarto —, que ele abaixou o vidro do carro e chamou por ela. O carro ia de marcha à ré, e o pé dele estava no breque. Então ele disse para ela que a cadeirinha de bebê era dele. Ele e sua namorada tinham tido um filho. Pouco depois, ele partiu.

Nos últimos três verões, eu havia trabalhado no viveiro de Johnson. Libby Wilson, que comprara a casa do casal de aposentados Johnson, havia cerca de cinco anos, era uma velha amiga da minha mãe. O pai de Libby e o meu avô trabalharam na mesma empresa, quando elas eram pequenas, e Libby era uma das poucas pessoas por ali que poderia juntar as memórias de seus pais às dos pais da minha mãe, um dos quais morrera quando eu era bebê e o outro quando eu tinha dois anos. Libby usava sandália de couro e vestido ornado com bordado e tinha olhos que o observavam longamente, dando a sensação de que ela sabia das coisas. Ela era uma das minhas pessoas favoritas. Se você a visse reparando numa folha, com as mãos fortes e bondosas, entenderia o porquê.

Gostava de trabalhar no viveiro de Johnson. Gostava de transportar as mudas da estufa para o mundo real. Havia flores com brotos compridos, viçosos, bem como gérmens vegetais, que pareciam pequenos, duros e seguros, como criança pequena mostrando o muque. Gostava de descarregar as flores e as marias-sem-vergonha, gostava dos gerânios fedorentos e das lanternas chinesas. Gostava da turfa pesada, dos botões moles e do cheiro de casca de árvore. De me perder entre as fileiras de plantas, de frutos e de treliças, e depois voltar pelos labirintos complicados dos tubos de ferro ou por entre as fontes de água de irrigação. Gostava que os clientes tivessem a unha suja e, é sério, uma expressão de satisfação e humildade, ao perguntar onde se encontrava um bonsai, ou cacto, ou semente de abóbora, ou a cura para uma magnólia doente.

Naquele verão, quando finalmente chegaram as férias, também gostei de estar a dois minutos, a pé, da casa de Travis Becker.

A vez que o vi, depois da nossa primeira volta de moto, ele estava no mesmo lugar no jardim, como à minha espera, e como se soubesse que eu voltaria.

— Oi, de novo — ele cumprimentou.

— Ei, meu riquinho patético favorito. — Bem, não sabia de quem era esta voz. Eu era como um desses brinquedos chatos de criança que falam ao puxar uma cordinha.

— Andei pensando em você — ele falou.

Comecei a estremecer, dos pés à cabeça. Emoção.

— Eu não — disse. Peguei o colar por dentro da blusa e mostrei-o para ele. Meu Deus! Eu me senti poderosa. Nunca tinha me sentido assim. Entendi por que as pessoas gostavam tanto dessa sensação.

Travis deu um passo na minha direção. Ele passou os dedos no meu cabelo, parou na altura da nuca e me puxou. Ele me beijou com vontade. De certo beijava muito bem.

— Vamos dar uma volta — propôs. A boca dele brilhava do beijo.

Eu montei na garupa. Quando ele acelerou desta vez, eu encostei o rosto nas costas dele e fechei os olhos. Respirei fundo, imaginando ondas entrando e saindo. Ouvi o barulho do mar e disse a mim mesma que não seria o vento que me faria voar, o meu corpo se estraçalhando no asfalto, não seria a feiura mecânica de um motor no seu limite... Quando a gente diminuiu a velocidade, Travis acariciou a minha perna. Foi um toque delicado, terno, carinhoso. Mas pode ser que eu estivesse enganada.

Depois disso, eu o via todos os dias, ao voltar para casa, do trabalho. Geralmente, ele estava lá fora, esperando por mim — esperando por mim! — ou fazendo algo na moto. A gente daria uma volta, se deitaria na grama ou conversaria. A primeira vez que vi seus amigos, me afastei, mas Travis gritou para mim.

— O quê? Vai me ignorar agora? — Então, me juntei a eles, e Travis sussurrou em meu ouvido: — Deveria pelo menos conhecer os meus amigos.

E me apresentou a Seth, um cara com rosto magro e olhos fundos de tanto fumar e que fingia não se importar com nada, e uma garota loira cujo nome era Courtney, com brincos compridos e uma blusa tão pequena que poderia servir à boneca Barbie.

— Falando em ignorar as pessoas... — disse Courtney. E pôs as mãos na cintura.

— Essa não! — Seth reclamou.

— Briguinha de namorado — Travis me contou.

— Ele tem me ignorado desde que parei de beijá-lo porque tinha acabado de passar o *gloss*.

— Não é verdade — defendeu-se Seth.

— É, sim. Ele mal fala comigo. Quero dizer, quando acabei de passar *gloss*. — Ela olhou para mim e virou os olhos. — Meu Deus! Dá para acreditar? — Correu a mão pelos cabelos compridos e brincou com a ponta deles.

— Ah, tá — disse Seth, com uma vontade incrível de conversar.

Eu balancei a cabeça como se Seth tivesse acabado de cometer um crime horrível.

— Eu não iria querer beijá-la com essa baba na boca — disse Travis Becker. — Melhor beijar um caranguejo.

— Tem gosto de vela — afirmou Seth. Bem, pelo menos ele tinha dito uma frase completa.

— Tá certo. E o que acontece quando a gente não tá arrumada? — Courtney mexeu nos cabelos e soltou-os de uma vez. Em seguida, pôs uma mecha por trás da orelha.

— Estes dois nunca param de brigar — falou Travis.

— Mentira — disse Courtney. — Não brigamos ontem à noite. A gente estava tentando decidir qual é a nossa música. Procurei no site da Music Madness. Queria que fosse "She's everything", mas Seth queria "Love doesn't die".

— "Like hell"... — Seth disse.

— Ou "Billy doesn't walk here anymore", o que é totalmente estúpido, porque não é uma música romântica. É uma música sobre um cara que leva um tiro, pelo amor de Deus!

— Ótima música — disse Seth.

Courtney virou os olhos.

— Vocês dois têm uma música? Deem uma olhada no musicmadness. com. — Sabia que isto era uma burrice: escolher uma canção do mesmo modo que se compra um seguro de carro. Mas também pensei outra coisa. Fiquei contentinha que Courtney tivesse sacado que eu e Travis estávamos juntos. E fiquei contentinha que Travis não a desmentisse.

Algo soou; era o celular de Courtney. Ela enfiou a mão no bolso e pegou um aparelho cor-de-rosa. Aproximou-o do ouvido:

— Courtney — anunciou. E pôs a mão na frente do celular. — É para você. É o Brandon — disse para Seth. — Ligue para o número dele — continuou falando. E deixou Brandon, quem quer que ele fosse, sem resposta, pois, em seguida, ela pôs o aparelho na cintura. Sem querer, me lembrei dos trabalhadores da lei quando guardam seu bloquinho de anotações depois de examinar a cena do crime.

— Por que você fez isto? — Seth perguntou. Ouviu-se outro toque de celular. Era de um carro esporte conversível que estacionara à frente. As letras da placa do carro formavam os dizeres: "Brinquedinho da mamãe".

— Ele que ligue no seu celular. Detesto que todo mundo fique me ligando.

Seth entrou no carro, xingando. Courtney o seguiu.

— A gente vai ter mesmo de encontrar o Brandon — ela afirmou.

Fiquei feliz por eles terem ido embora. De repente, fiquei exausta. As pessoas que conhecia geralmente falavam "celular" para se referir à célula.

Travis os acompanhou até o carro. Seth ligou o motor, mas ainda dava para ouvir Courtney de onde eu estava.

— A sua amiga com certeza é uma pessoa quieta — ela comentou.

E aqui vai uma coisa estranha: eu não quis mais sumir desesperadamente, desaparecer debaixo do balde-d'água que me jogavam na cara. Por alguma razão, desta vez não senti nada disso. Em vez disso, me lembrei de minha mãe e Fowler conversando uma noite, discutindo vivamente sobre uma classe cheia de Courtneys que aparecera na biblioteca naquele dia. As luzes da biblioteca já tinham sido diminuídas, as portas estavam sendo fechadas, a bolsa de minha mãe estava sobre uma cadeira, como se, pacientemente, esperasse para dar um passeio, e o ambiente estava tão tranquilo que me deu vontade de levar o dedo à boca e pedir que elas se calassem.

— Monstros da mídia munidos de cartão de crédito — disse minha mãe.

— Com pais que dizem sim para tudo, eles não precisam pensar em nada. Apenas em continuar sendo "o máximo". Vi um cara outro dia de BMW e celular que tocava "The wall", do Pink Floyd. "We don't need no ed-u-cation…", tocando como *ringtone*. É o fim, cara.

— Qualquer um que passe muito tempo dentro de um shopping vai querer um. Isso é tudo o que sei — disse minha mãe.

— Viver na superficialidade — disse Fowler. — Isso é uma doença.

Vi Courtney no banco de passageiro do carro com a placa "Brinquedinho da mamãe". Ela era uma patricinha, de celular cor-de-rosa no bolso da calça e brincos de argola tão grandes que uma criança pequena poderia brincar de bambolê. E ela acreditava que até mesmo o amor poderia se fabricar e comprar; sem dinheiro na mão e sem juros por um ano. Travis veio em minha direção. Eu dei as costas para ele. Queria ir para casa. Muita "patricice" me dava ânsia e tive a sensação de que essas pessoas não eram a minha turma e aquele não era o meu lugar. Eu não poderia conviver com alguém que tivesse uma cadeira cativa no jóquei-clube. Eu gostava das aulas de Ciências, dos seres unicelulares. Queria muito continuar atrás das grades, mas, agora, era como se estivéssemos na Disneylândia e fosse bem pequena, e o barco do brinquedo dos Piratas do Caribe tivesse parado no meio do caminho. Alguém tinha que acender a luz. "Zap", a mágica se acabara. Se viver na superficialidade era uma doença, então provavelmente era contagiosa, e Travis estava infectado.

Travis veio até mim e pôs os braços na minha cintura. Eu o repeli. E então Travis Becker disse algo que fez a diferença:

— Fico contente por você não ser igual a ela. — E por causa disso, eu faria qualquer coisa por ele. E realmente fiz. — Quero levá-la para um lugar especial hoje — ele disse pouco depois.

Montei na moto dele, e nós atravessamos a cidade, pegamos a estrada até a saída para Snoqualmie Falls. Era um dia lindo para ver as cachoeiras, um daqueles dias em que se pode ter uma bela vista do noroeste do país, onde o verde é tão bonito que doem os olhos e tudo parece limpo e novo. As quedas-d'água, mais altas que Niágara, caíam num poço encoberto de névoa branca, e havia uma cabana na beira, cercada de pedras e abetos. Mas a gente não foi para lá para ver as cachoeiras. Travis passou pelo estacionamento, pegou uma estradinha que dava a volta no rio Snoqualmie. Os trilhos de trem acompanhavam o leito sinuoso do rio. Quando Travis desligou o motor da moto, ainda dava para ouvir o estrondo das cachoeiras e ver a espuma branca no topo.

— Esta é uma visão dos bastidores? — perguntei.

— Ah, não. Acredite. Vamos ficar bem perto. — Travis apontou os trilhos de trem abandonados.

— Nenhum trem passa por aqui há uns cem anos — eu disse. Pelo menos, parecia que não. Tinha erva crescendo em volta deles. Vegetação alta e seca que crescia entre os vãos.

— Procure a luz — pediu Travis. — Observe e escute. Você vai escutar primeiro e, depois, ver. Vamos indo.

Não acreditei nele. Não acreditei que um trem passaria por aqueles trilhos velhos; talvez houvesse um a cada década. Não acreditei que a gente pudesse andar por ali se os trens viessem com regularidade. Uma coisa era a motocicleta; outra, trens, com um desfiladeiro de um lado e uma montanha de outro.

Andamos de mãos dadas por um tempo. Eu me equilibrava nos trilhos, apoiando-me no ombro de Travis e o outro braço ia aberto. Travis descrevia a comida do restaurante elegante da pousada.

— Nacos de lagosta — ele disse. — Ah, meu Deus, é maravilhoso. Você vai adorar. Tenho de levá-la para lá um dia desses. Lombo assado de cervo. Uma delícia.

— Parece algo que se come apenas quando não se tem outra opção.

Ele me ignorou.

— E o café da manhã? Claro que você sabe que o restaurante é conhecido no mundo todo.

— Ah, sim, claro, "querido" — ironizei.

— Espere — falou.

— O quê?

— Escute.

Eu parei.

— Tá chegando — avisou.

— Muito engraçado.

Travis segurou minha cintura e riu:

— Que palhaço! — exclamei e ri.

Ele pôs um dedo nos meus lábios.

— Meu Deus, Travis! — Ele tinha razão. Um trem estava se aproximando. Dava para ouvir. O ritmo pesado, cadenciado, cada vez mais alto e mais alto. — Vamos, Travis!

Ele segurou minha cintura e eu tentei empurrá-lo.

— Diga quando vir a luz.

— Ah, meu Deus, Travis. Me solte. Me solte, pelo amor de Deus! Eu tô vendo. Porra!

Ele me agarrou e basicamente me jogou para fora dos trilhos. O chão tremia. O barulho era assustador. Nunca ouvi nada tão alto. Uma enorme rajada de vento soprou meu cabelo para dentro da boca. O ar tiniu, ressoou como se fosse explodir. Enterrei os dedos no chão, agarrando sujeira e gravetos.

— Abra os olhos — Travis gritou.

— Ai, meu Deus! — suspirei.

— Abra-os! — Travis disse. Ele estava parcialmente apoiado em mim. Abri os olhos. O trem tinha passado atrás da minha cabeça. Dava para senti-lo precipitando-se. As rodas giraram tão rápido que um fio de ar correu entre o chão e a montanha. Travis me apertou contra o ruído que perambulava. Havia pedras literalmente caindo nas minhas costas. Enfim, o trem passou. Virei a cabeça, observei o aço da roda diminuir de tamanho. Tinha esperanças de ainda estar viva, mas não tinha certeza.

Travis olhou para mim e disse:

— Ruby! — Nunca tinha escutado ninguém me chamar daquele jeito. Ele pegou a minha mão e a aproximou do coração dele. E, então, colocou a dele no meu peito. — Você tá sentindo? Os nossos corações em uníssono? Eles estão batendo no mesmo ritmo.

Eu não tinha medo de nada, porque era isso o que ele queria de mim. Talvez fosse melhor eu ser quem ele queria do que quem eu pensava que era. De qualquer modo, tudo o que sei é que fiz a minha parte, que era segurar a onda e segui-lo. Daquele dia em diante, as coisas se aceleraram demais. Travis Becker era um pouco louco. Mas os nossos corações batiam em uníssono, e era isso o que importava.

Capítulo 5

Comecei a usar aquele cordão o tempo todo. Ainda me sentia meio esquisita, com uma sensação de que havia algo errado, mas eu o usava do mesmo jeito. Como disse, faria qualquer coisa por ele. Ele me desafiou a ficar parada no meio da rua Cummings, enquanto me beijava, e eu obedeci. A buzina do caminhão que passou ficou ressoando na minha cabeça por várias horas, depois que Travis me puxou pela mão para o outro lado da calçada. A buzina na minha cabeça; meu coração na garganta. Ele tinha me levantado, e eu tinha prendido as pernas na cintura dele, enquanto ele me girava. "Ai, meu Deus!", gritei. "Ruby!", ele exclamou de entusiasmo, como se meu nome fosse um grito de guerra.

Então, um dia, Travis Becker apareceu no viveiro de Johnson e me desafiou a ir com ele, naquele instante, andar de moto e largar o balcão e o cliente que eu estava atendendo. Bondosamente, Libby Wilson nos observou, segurando um pacote de sementes de hortaliças. E eu saí de lá, assim, sem mais nem menos. Achava que devia estar apaixonada por Travis Becker. O amor era algo horrível e maravilhoso, o que mais?

Tinha certeza de que, ao usar o cordão, minha mãe me faria perguntas, mas não foi o que aconteceu. Também pensei que Libby lhe contaria que eu tinha saído mais cedo do trabalho, mas isso também não ocorreu. Minha mãe, para quem geralmente eu contava tudo, e que sabia de tudo, estava envolta numa grande tristeza. A gente evitava falar do meu pai e dessa pessoa no mundo que era meu parente e do Chip Jr. Eu estava indo além, mas evitava pensar nisso. Minha mãe parecia ter o problema oposto: aquele pensamento tinha invadido a sua cabeça, do mesmo modo como quando ela se preocupara porque os musicistas tinham invadido a sua casa. Ela tinha um ar pesado; reconhecia-se a sua forma humana, mas essa forma aparecia, a distância, muito vaga em comparação com a realidade física.

A falta de concentração da minha mãe era óbvia. Ela tinha posto a chave do carro dentro da geladeira, cozinhava coisas estranhas para nós e não comia nada: nem cachorro-quente, nem iogurte, nem laranja. Os olhos dela estavam vermelhos, o rosto abatido, demonstrando aquilo que ela não dizia. Ela parecia prestes a chorar. Dava para ver que a luz do quarto dela ficava acesa mesmo tarde da noite. Eu não queria ser uma preocupação a mais na vida dela. Minha mãe era uma pessoa boa, uma pessoa rara. Ainda se sentia culpada pela vez que colocara o boné de beisebol sobre uma embalagem grande de ração para cachorro, para que fizesse as vezes de passageiro, e ela pudesse dirigir na pista de carros com mais de um passageiro.

Eu estava zangada com ela. Ela deveria ter aprendido a lição. Já tinha sido abandonada várias vezes.

Se eu fosse Libby Wilson, teria me dedado para ela, mas não foi o que ela fez. Ela me chamou no escritório, uma salinha cheia de pilhas de livros e engradados de plantas estocados, e me apontou uma cadeira de couro velha para que eu me sentasse. Libby era meio parecida com aquela cadeira: grande, velha e com rugas bondosas. Assim que me sentei, senti vergonha e algo pesado dentro do peito.

— Ele tem o rosto muito bonito — disse Libby.

Eu cruzei as mãos no colo. Não sabia o que responder. Certamente, ela tinha razão.

— E ele gasta dinheiro como se fosse água. Honestamente, não gosto disso. — Ela tocou o vaso branco de cacto em cima da mesa.

— Me perdoe pelo que fiz — adiantei.

— Ruby... — Ela suspirou. — Como é que eu posso te dizer? — Ela levantou a cabeça, como se fosse encontrar as palavras no teto. — Uma vez abandonei minha mãe em uma sessão de quimioterapia por um homem. Eu me odiei todos os dias da minha vida depois disso. Sei que algumas coisas nos deixam malucas. Ele gostava de *enchiladas*, eu gostava de *enchiladas*. Mas eu *odeio enchiladas*. Está me entendendo?

— Prometo que não vai acontecer novamente.

— Para dizer a verdade, há um monte de coisas que eu queria te falar agora, mas a mais importante é que, como você sabe, nunca tive a sorte de ter tido filhos, mas, se tivesse uma filha, queria que ela fosse como você. Então, já sabe. Continue sempre verdadeira.

Pela primeira vez desde que nos conhecemos, voltei direto para casa e não parei para ver Travis. Era quase um alívio voltar para casa fazendo outro caminho, por trás do viveiro, o caminho que costumava pegar com Sydney. Libby estava certa. O rolo com Travis estava ficando maior que eu, saindo de controle. Eu me senti forte e decidida, orgulhosa de andar a passos largos, de estar passando por cima disso. Era como se eu tivesse tirado um peso de cima dos ombros. Entretanto, quando cheguei em casa e permaneci sozinha por um momento, aquele inquieto sentimento do verão me preencheu, e eu soltei as palavras de Libby como um balão. Elas flutuaram naquele balão até que não puderam mais ser vistas. Eu me arrependi de não ter parado para ver Travis. Ele tinha me dado algo que eu queria, isso era claro. O que eu ainda não tinha era certeza do que era aquilo. Não pensei que ter algo que se queria poderia deixar uma pessoa tão mal.

Mais tarde, Chip Jr. voltou da casa do seu melhor amigo, Oscar. Durante todo o verão, ele ia para lá quando minha mãe ia trabalhar, já que a mãe de Oscar ficava em casa. Se eu dissesse que ela era a sua babá, ele me mataria. Chip Jr. me encontrou na cozinha. Eu descascava uma laranja na pia e olhava pela janela. Pensava, tanto com culpa como com prazer, no rosto lindíssimo de Travis, no cabelo dele, fino, loiro e sedoso. Pensava neste pacto sinistro que parecia que a gente tinha estabelecido, nesta parceria excitante que estava indo longe demais. Ultimamente, não conseguia pensar em mais nada. A vida escondida que eu levava tomara conta de mim, então pensei nas coisas que fazia antes, no que pensava, como passava o tempo. Que ninguém soubesse disso, me deu uma sensação gostosa de ser única. Como um agente da CIA, eu estava aprontando, fazendo grandes coisas e ninguém nem ao menos percebia. Quis ter ido vê-lo.

— O que você está olhando? — Chip Jr. perguntou.

— Todos estes buracos que Poe cavou no jardim. Parece a superfície da lua.

— A gente deveria colocar uma bandeira.

Comi a laranja. Minhas unhas estavam cheias desta gosma branca da fruta e eu joguei-a nele.

— Dedos de múmia — eu disse.

— Gosto mais de maçãs. Não espirram. — E, falando nisso, ele teve vontade de comer uma. Abriu a geladeira, mexeu nas frutas dentro da gaveta, até que encontrou uma mais saborosa. Ele deu uma baita mordida, fazendo barulho.

— Você deveria tê-la lavado.

— Eu adoro pesticida. Hummmmmmm.

Ele mastigou ruidosamente e pareceu que estava pensando um pouco. Nós nos sentamos em silêncio, comendo, até que voltamos a falar.

— Qual é a coisa mais pesada do universo? — Chip Jr. perguntou, com a boca cheia de maçã.

— Uma baleia azul. — Escorreguei numa casca de laranja enquanto imaginava se era um desafio científico.

— Não. Eu disse a coisa mais pesada.

— Um arranha-céu.

— Não.

— Uma montanha.

— Na-não.

— Uma cadeia de montanhas.

— Não.

Estava me cansando deste jogo.

— Eu desisto.

Ele olhou para mim por um longo tempo. Ele me viu. Ele me viu e quis que eu me visse também.

— Um segredo — falou. — Um segredo é a coisa mais pesada do universo.

Bom, Chip Jr. era um menino muito esperto para meu gosto.

...

— Gosto de te ver com cabelo molhado. Você parece mais corajosa — disse Travis Becker.

— Corajosa? — A gente tinha acabado de dar um mergulho no lago Marcy. A ideia tinha sido minha. Estávamos sentados no cais, no mesmo lugar que tínhamos vindo com meu pai, naquele dia que saímos para passear.

— Macio. — Ele me puxou pelo pescoço e me beijou. — Humm, baby — ele disse. Eu tinha posto o braço nos ombros dele. Estava molhada, fresquinha, embora o sol fosse rapidamente mudar aquele quadro. A boca dele estava fria da água do lago.

Ele correu os dedos pelo meu corpo, tentando sentir meu seio por cima do biquíni. Tirei a mão dele dali. Em seguida, empurrei-o com o ombro e ele acabou caindo na água. Espirrou bastante água. Uns garotos da idade de Chip Jr. riram do outro lado do cais. Um minuto depois vi a cabeça de Travis sair da água.

— A-há! — eu lhe disse. — É isto o que você ganha.

— Menina má — ele gritou. Nadou até a beira do cais e subiu. A água escorreu do corpo dele. O calção de banho, tipo anos 1950, com abacaxis e palmeiras, colou nele como se estivesse com medo e não quisesse ir embora.

— Bem-feito.

Para se vingar, ele me agarrou, eu gritei e saí correndo. Tapei o nariz pouco antes de entrar água e, um instante depois, vi bolhas dentro d'água ao meu lado: era Travis que tinha acabado de pular na água. Eu tentava escapar, nadando, mas ele vinha em minha direção, um abacaxi brilhante na água escura, o cabelo boiando feito planta aquática.

Ele pegou o meu braço e me deu um caldo. A cara dele era esbranquiçada debaixo d'água, inchada de ar, e o cabelo dele continuava fazendo aquela dança maluca. Tentei me soltar. Nunca gostei de brincar na água. Havia um emaranhado de membros quando tentei me livrar dele. Não estava nada divertido. Queria que ele me soltasse. Lutei para voltar à superfície. Dei uma pancada forte no braço dele, mas ele me segurou rápido.

Ele sorriu para mim, um sorriso amarelo, e eu dei um chute nele, para que ele entendesse que a brincadeira tinha acabado. Eu precisava tomar ar. Comecei a me desesperar. Peguei nos dedos dele e comecei a abri-los, a tirá-los do meu corpo, mas ele só ficava ali, nadando bem devagar e esperando. Três segundos, cinco, dez, eu dei um pontapé, lutei e, finalmente, me soltei dele, subindo para a superfície, ofegante.

— Travis... — Eu estava a ponto de... não sei o quê. Gritar, deixá-lo, abandoná-lo para sempre. Meu Deus do céu, ele me assustou me segurando contra a minha vontade.

— Você não sabia que eu faço parte da equipe de natação — ele disse alegre.

— Nunca mais... — E tomei fôlego.

— Nunca mais o quê? — E bateu a água com os pés, sorrindo. — Você fica linda quando está zangada. Sabia disso?

Nadei para a beira do cais. Assim que toquei o solo, perdoei-o. Não foi apenas por causa do elogio, embora seja verdade que os elogios são capazes de oferecer algo além da própria intenção daquele que elogia. Eles têm a força de um tônico medieval, uma mágica transformadora que pode tomar conta de uma vida. Tudo de que precisa é a combinação certa dos ingredientes: necessidade, incerteza, um buraco para preencher e um mago confiável para misturar tudo. Mas não foi apenas por causa do elogio. Se tivesse deixado os sentimentos de debaixo d'água subirem à tona, e tivesse escutado, eu teria uma escolha quanto ao que estava para acontecer. Achei que Travis Becker só estivesse brincando. Ele não sabia o que estava fazendo quando me segurou debaixo d'água por tanto tempo. Fiz uma edição dele; transformei-o em ficção. É bem mais fácil do que se pensa.

Depois que nos secamos, deixamos o cais e fomos para a grama, à sombra das árvores: abetos, sempre-vivas, um bordo com folhas gigantescas. Meu medo estava passando, embora ainda restasse um pouco no estômago, como um convidado indesejado que continuasse lá, depois de a festa ter acabado e todo mundo ter ido para casa. O lago espalhava-se na nossa frente, brilhando com o sol da tarde. Um bando de mosquitos se juntou numa poça, para uma conferência, e diversos patos faziam barulho à beira do lago, com o bico enfiado nas penas. A gente se beijou. Talvez fosse o cenário — a água com pequenos raios de luz, parecendo conter tanta esperança e expectativa — que me fez querer dar outra chance a Travis Becker, outra chance para que ele se tornasse quem eu queria. Parei de beijá-lo e contei-lhe sobre minha família, meu pai, e de como me sentia observando os *paragliders* caírem ao redor de Moon Point. Queria que ele me conhecesse, que soubesse o que eu pensava. Ele ouviu com paciência ou interesse; não tive bem certeza. Ele se apoiou nos cotovelos e correu os dedos sobre a grama.

Catei um dente-de-leão e soprei as suas sementes brancas pelo ar. Fiquei observando-as flutuar devagar e belamente, a esmo. Muitas delas giraram e foram para perto de Travis Becker, pousando gentilmente no cabelo dele, que estava ainda mais claro e loiro, depois do sol e água. Ele tinha um brilho que até mesmo a natureza notava e queria se aproximar.

Travis levou a mão à cabeça.

— Estou cheio de coisas no cabelo — ele comentou.

— Ai, meu Deus! — exclamou minha mãe. — E agora? — Esperava que ela gritasse, me xingasse, mas tudo o que fez foi observar o buraco com certo espanto. E era mesmo espantoso que um cachorro tão pequeno pudesse fazer tanto estrago.

— Foi minha culpa também — ela admitiu, como uma boa pessoa. Por estar distraída, minha mãe se esquecera de soltar Poe para o jardim (ele costumava dormir na cozinha). Percebi que algo estava errado quando cheguei em casa naquela tarde. Escutei Poe arranhar a porta de correr da cozinha e bater o rabo e, depois, é claro, senti o cheiro forte, invasivo, para não dizer desastroso.

Abri a porta, já sabendo que o pior tinha acontecido. Talvez minha imaginação não seja muito boa, porque, muito embora eu esperasse pelo pior, a verdade me chocou. Havia um buracão na parede, tão profundo que o encanamento estava à mostra. As marcas de unha no papel de parede indicavam que Poe havia cavado até fazer um buraco. Depois desse ponto, deve ter sido mais fácil abocanhar os pedaços de parede e destruir. O chão estava imundo de poeira, pedaços grossos de plástico e restos de papel de parede. Aparentemente, ele tinha se divertido com um par de meias de Chip Jr. que havia sido deixado na cozinha; pude ver um trapo do elástico debaixo da geladeira; outro pedaço da meia estava dentro da tigela com água e flutuava como bolinho chinês em sopa.

Destroços de plástico estavam por toda parte; pequenas pegadas de cachorro o incriminavam. Poe se agarrou às minhas pernas como se estivesse muito contente de ter sido libertado. Pelo jeito, ele tinha tentado cavar para fora da sua cela. Talvez ele sentisse claustrofobia, como alguém preso dentro do elevador, lutando por espaço, ar e liberdade. E, então, novamente, já era apenas um ótimo dia em sua vida de destruidor.

Poe parou de pular nas minhas pernas. Correu ao redor da alvenaria e cheirou os destroços como se tudo aquilo fosse uma surpresa para ele.

— Cara, você está em apuros — eu lhe disse.

Chip Jr. e eu decidimos avisar a minha mãe. Nós fizemos uma limpeza. Deixe eu te contar: os restos de plástico e sujeira estavam por toda parte. Até em cima do pote de café, no balcão. Quando minha mãe chegou em casa, a gente tinha dado um jeito em tudo, menos no buraco, é claro. O buraco atravessava a parede da cozinha, na altura do tornozelo.

Segurei Poe nos braços, enquanto minha mãe examinava os danos. Com certeza, temi por sua integridade física. Pus o nariz nos pelos dele. Ele cheirava a cachorro: um misto de feno e carpete molhado.

— Eu apenas... Não sei onde ando com a cabeça ultimamente — disse minha mãe.

Ela esfregou uma mão no rosto. Mechas de cabelo estavam presas por uma tiara, dando-lhe um ar inapropriadamente alegre, ao curvar a cabeça.

Queria que ela gritasse. Queria que ela ficasse vermelha de tanta fúria. Queria que ela gritasse: "Seu cachorro burro!", que os olhos dela se intumescessem de raiva, que a voz dela se alçasse a um volume constrangedor. Mas em vez disso, fez a pior coisa. Começou a chorar. Ela se sentou na mesa da cozinha, segurou a cabeça e chorou. Seus ombros balançavam. Chip Jr. havia deixado um pacote de cereais em cima da mesa, depois do café da manhã, que ficara intacto, apesar do alvoroço de Poe. Sem saber o que fazer, ele despejou o cereal numa tigela. Eu pus Poe no chão e passei o braço no ombro de minha mãe, que se levantava sob minha mão.

Poe correu para o buraco e pôs a cabeça para dentro. Visto de trás, apesar de tudo, ele parecia orgulhoso e curioso.

Disse à minha mãe que iria ao cinema, à noite, com Sydney. Foi uma mentira estúpida, descuidada. Sydney poderia aparecer em casa a qualquer hora, ou aparecer dirigindo, sozinha, para sua própria casa. Às vezes, as mentiras, especialmente as ruins, são como luz na estrada. São um sinal de um acidente que está para acontecer.

Nós nunca tínhamos saído à noite juntos, Travis e eu. Ele se ofereceu para me pegar em casa, mas eu recusei. Nós nos encontramos no Yellow Submarine e comemos um sanduíche.

— Então, quando é que vai me dizer o que vamos fazer hoje à noite? — perguntei.

Ele havia dito que era uma surpresa. Na verdade, ele tinha uma expressão de prazer, de presunção, desde que chegamos; e manteve-a até o momento em que lambeu um pouco de mostarda no canto da boca. Naquela noite, ele estava vestido como um frequentador do tênis clube dos anos 1950; shorts de algodão e o cabelo com uma risca para o lado.

— Tudo bem. Vou dar uma pista: digamos que iremos para a casa de uns velhos amigos meus.

— Ah, é? Vai ter uma festa?

— Não. Vai ser uma surpresa para eles.

Não gostei do tom da conversa. Travis estava muito satisfeito. Ele tinha pegado vários guardanapos do porta-guardanapos e, quando a gente foi embora, eles ficaram lá, numa pilha sobre a mesa, dando bandeira.

Nós fomos com a moto de Travis até Seattle e atravessamos a ponte do lago Washington. Ela separa Seattle de uma série de bairros do subúrbio, tais qual Nine Mile Falls. A ponte é reta, como um colchão de ar flutuando sobre as águas agitadas. Quando a atravessamos, veio um vento frio que penetrava nas roupas, e o poste de luz transformava o lago em algo negro e austero. Eu enfiei as mãos nos bolsos da jaqueta de Travis e fiquei contente de ter meu próprio casaco. Até chegar a hora de encontrar os amigos de Travis, meu cabelo pareceria um pinto recém-saído do ovo.

Travis saiu da ponte, e eu fiquei satisfeita com o ar mais quente que vinha, porque ele diminuíra a velocidade. Mais uma volta e chegamos ao que era certamente uma área nobre da cidade, com vista para o lago e para as luzes da região leste, de onde vínhamos. As casas eram grandes e luxuosas, colunadas e com telhados para neve, com janelas antigas e águas-fortes, entradas com estátuas de leões emparelhadas, jardins que fariam Libby babar, por trás de uma cerca viva tão bem aparada quanto um cabelo de um idoso que fora ao barbeiro. Dava vontade de passar a mão.

Quando passamos por uma casa de estilo georgiano, de três andares, numa esquina larga, Travis diminuiu a velocidade, parou e desligou o motor. Ele levantou a viseira do capacete:

— É pra lá que a gente vai — anunciou.

Eu abri o fecho do capacete e olhei.

Na entrada, uma escada levava a duas enormes colunas e vasos de plantas na forma de cone, adornados com zimbro, de ambos os lados da porta. A luz da entrada estava acesa, mas a casa parecia às escuras. Dava para ouvir o cricrilar de grilos atravessando a noite.

— Parece que não tem ninguém em casa — comentei. O que, para falar a verdade, era um alívio. Eu estava de calça jeans, camiseta regata, jaqueta de sarja e, de repente, o visual parecia bem inapropriado. Tinha certeza de que as pessoas usavam roupas de gala naquela casa. A única que tinha um vestido de baile dentro da minha casa era uma boneca que a minha avó McQueen havia me dado quando eu tinha 3 anos. Dei o nome de Coronel para a boneca, porque tinha ouvido aquela palavra em algum lugar e achara bonita. Coronel estava no fundo de um armário, ainda de roupinha, mas sem sapatos, e de cabelos embaraçados, como se a festa tivesse sido de arromba.

Travis não me respondeu.

— Eu morava nesta rua. Na casa com tijolos.

— Naquela lá? — Nossa! Era enorme e tradicional como um internato para meninos. Tinha hera sobre as paredes. — Deve ter, tipo, uns cem quartos, né?

— Bem, o primeiro andar é quase todo uma sala de estar.

— Ah! Nossa! — exclamei. Eu estava parecendo o monossilábico Seth.

— O meu quarto ficava no último andar. Segunda e terceira janelas. Eles achavam que desse jeito eu não escaparia de casa.

— Por que vocês se mudaram?

— Vizinhos perigosos. — Travis deu um sorrisinho. — As pessoas estavam sempre sendo roubadas.

— É, parecem bem perigosos — eu disse. O único som além dos grilos era o barulho dos postes de luz, e o único ser capaz de meter medo era um gato laranja do outro lado da rua, os ombros dele se moviam com estilo, andar de malandro, a passeio, procurando encrenca.

— E minha mãe queria uma piscina e, você sabe, aqui chove dez meses por ano.

Travis descansou a moto e me ajudou a descer me dando a mão. Ele moveu a moto para estacioná-la. Olhei de novo para a casa escura. Era tarde e não parecia haver ninguém lá dentro.

— Travis, acho mesmo que não tem ninguém em casa.

— Psiiiu, silêncio. Vai estragar a surpresa. — Travis prendeu os capacetes no guidão da moto. Não tinha a menor vontade de acordar essas pessoas tocando a campainha, forçar uma visitinha a uma hora dessas. Elas teriam de correr para vestir smoking e chinelos de plumas, ao contrário de minha mãe, que uma vez tinha atendido o homem da FedEx com calça de pijama de flanela e camiseta com a estampa "Eu fugi de Alcatraz"[4], que Fowler tinha lhe trazido de uma viagem a São Francisco.

— Aonde você vai?

— Apenas me siga. E, por favor, feche o bico.

— E por que você não entra pela porta?

— Vamooos.

Em vez de subir os degraus da entrada, Travis foi em direção à esquina da rua. Ele alcançou o topo da cerca no fundo da propriedade, tateou e então abriu um portão com um ombro.

— Travis.

---

[4] Alcatraz é uma ilha localizada no meio da baía de São Francisco, na Califórnia, Estados Unidos. Inicialmente foi utilizada como base militar e, mais tarde, foi convertida em uma prisão de segurança máxima (N. T.).

Nervoso. Apavorado. Roendo por dentro.

— Estou falando que está tudo bem. Agora, corra já para dentro, OK? Merda, eles estão nos esperando.

Eu o segui para dentro do portão, e ele o fechou em seguida. Bati o pé numa pedra; era um caminho pelo jardim. Ficava difícil enxergar na escuridão. A luz da rua fora bloqueada por uma árvore enorme, lilás, que fazia uma sombra gigantesca. Eu podia ver as silhuetas das flores desfalecidas e, depois, quando minha vista se ajustou, também vi largos degraus de pedra rodeados por um jardim em curvas de nível. Podia ver as rosas delgadas e sentir o cheiro da lavanda e o perfume forte de minha mãe, jacintos.

Passamos por uma mesa e cadeiras de ferro, pintadas de branco, com as costas redondas e trabalhadas de tal forma que parecia que se sentar numa delas seria uma tortura de terceiro mundo. Travis se aproximou de uma porta envidraçada dividida em três segmentos e pôs a mão na maçaneta.

— O que está fazendo, Travis?

— Ruby! Eu conheço estas pessoas. Pensa que estou invadindo a casa? — Ele enfiou a mão num dos bolsos e puxou um molho de chaves. — Acha que eu teria a chave de um lugar que eu não conhecesse como a palma da mão? Se alguém tem a chave, é uma invasão?

Travis segurou o molho de chaves debaixo de uma fresta de luz que vinha da rua e observou. Havia um monte delas, identificadas com pequenas etiquetas. Olhei para baixo; havia um par de tênis femininos à beira da porta. Estava começando a temer o escuro, este lugar estranho que pertencia à mulher dos tênis, não a mim.

— Quantas pessoas te deram as chaves? — perguntei, ao ver o molho.

— Achei. — Ele separou a chave, colocou-a na fechadura e virou a maçaneta. Uma rajada de vento frio atingiu meu rosto. Aquelas pessoas não estavam em casa. Não aparecia ninguém por ali havia algum tempo. Travis tirou os sapatos.

— Você vai entrar?

— Não, Travis. Não sei o que está fazendo, mas não tem ninguém aqui.

— Estava ficando apavorada. Tinha tido essa mesma sensação naquele dia, no lago, quando ele me deu um caldo. Precisava de ar. Ouvia os grilos cricrilando, e mais nada. Era só silêncio e frio, um ar seco. Me senti enjoada, vendo se aproximar ondas de medo.

— Eu não vou entrar.

— Merda! Nunca pensei que você fosse cagona. — Amansou o tom de voz. — Ruby, relaxe. — E me estendeu a mão. Eu a segurei. Ele me puxou para dentro, com delicadeza. — Eu sei que eles não estão aqui. Eles saíram de férias, tá? Eu venho aqui alimentar os gatos deles. Entendeu?

Gatos. Meu coração ainda estava disparado, perguntando se não era mais seguro ir devagar.

— Você disse que a gente ia ver os seus amigos.

— Não disse isso. Falei que a gente ia para a casa deles. Dá para a gente conversar aqui dentro, por favor? — Tirei os sapatos, ele também, e entramos.

Comecei a me sentir idiota. De verdade. E aliviada também.

— Sinto muito, Travis — eu disse.

O piso do chão era frio. O lugar todo parecia uma geladeira. Havia um cheiro esquisito — de flores, madeira velha, algo como lustra-móveis. Eu o segui, através da cozinha, para uma sala de estar com móveis de estilo antigo e uma lareira de mármore. As luzes da rua passando através das frestas da cortina transformavam tudo em amarelo. Havia um grande tapete oriental com estampa de plantas e franja de cetim, além de pratos de decoração na cornija da lareira.

— Talvez seja melhor se você esperar aqui — ele sugeriu. — Sente-se. A menos que queira se sentar em uma das camas. — Ele passou a mão na minha bunda.

— Tenho certeza de que eles iriam adorar se isso acontecesse — respondi. Eu me sentei no sofá com estampa floral coberto de almofadas bordadas e olhei por cima do ombro enquanto Travis subia as escadas, que eram curvas, largas e cujo corrimão lustrava de tanto brilho. Fiquei de boca fechada, olhei para o prato de doces na mesinha, que estava cheio de docinhos com embalagens cor-de-rosa, roxa e dourada, torcidas nas extremidades. Acabei me perguntando onde as pessoas que moravam nestas casas mantinham o lixo, os cadarços soltos dos sapatos e as pilhas, que, com toda a certeza, ainda funcionavam.

Havia porta-retratos numa escrivaninha com pernas curvadas, num dos cantos da sala. Olhei de soslaio para eles, sob a luz fraca e amarela — uma combinação de poses de estúdio com sorrisos formais —, a mulher que deveria ser a dona daqueles tênis, de cabelos grisalhos e loiros e saia comprida, o homem de cabelos grisalhos, dois garotos magros e altos, varapaus, que pareciam gêmeos, e uma menininha bem vestida que parecia meio tosca, todos à frente de um pano de fundo de veludo. Havia muitas outras também: os meninos com o pai e mais alguém, com roupas e óculos para esquiar; um casal mais velho, o homem, inclinado para frente, e frágil, e a mulher sentada num banco de jardim com um bebê nos braços. Eu me sentei na casa dessas pessoas agradáveis, ao redor de pratos de doces, fotos de férias em estação de esqui e tênis sujos de jardinagem pensando em como elas se sentiriam caso soubessem que havia uma estranha no sofá da casa delas. E aí algo me ocorreu. Aquela imprecisão das imagens... era porque Travis não tinha acendido a luz.

Não dava para ouvir Travis no andar de cima. Diferentemente da minha casa, em que se ouvia até a respiração de alguém no outro cômodo (na verdade, dava até para ouvir alguém pensar), esta casa era tão grande e firme que não se podiam ouvir os passos de Travis acima da minha cabeça. A única coisa que ouvia era o tique-taque do relógio, que estava na cornija à minha frente, um som que me causava desconforto no silêncio e na escuridão. Tique-taque, tique-taque.

O que foi mesmo que Travis dissera a respeito de vir para cá? Tentei me lembrar de pedaços de conversa, captar algo da memória. Ele disse algo sobre fazer uma surpresa. Se eles sabiam que ele viria, como é que isso seria possível? Me senti mal novamente e me levantei. Não queria ficar sentada no sofá da casa dessas pessoas, me apoiar nas almofadas que, talvez, a senhora do banco do jardim tivesse costurado.

— Travis?

Chamei-o da escada. No silêncio parecia que minha voz poderia quebrar algo. Eu caminhei de meias, esfregando uma mão na outra para me esquentar no frio. Através da janela envidraçada, do outro lado da porta, dava para ver as luzes do lago, as quais o vidro estilhaçava em prismas abstratos e indistintos.

Cinco minutos depois, de acordo com o relógio na cornija — horas e horas, de acordo com o que sentia dentro do peito —, Travis desceu as escadas.

— Como vão os gatos? — perguntei. Travis pôs as mãos no meu rosto e me beijou. Ele me puxou para baixo, até que eu ficasse na altura dele no meio da escada.

— Eu já te disse que é muito bonita? — ele perguntou. Não iria mais beijá-lo ali, numa casa vazia com um relógio assustador. Eu me forcei a ficar de pé. Queria dar o fora dali.

— E os gatos?

— Você sabe que não tem gato nenhum.

— Que porra, Travis. — Pânico, medo, trovões. — Do que está falando? O que está me dizendo?

Travis se levantou de onde estava na escada. Foi até a entrada, pegou uma caixinha de música que estava em cima da mesa. Virou-a de cabeça para baixo. Girou o mecanismo que a fazia tocar.

— Não mexa nisto. O que você veio fazer aqui? O que estamos fazendo aqui, Travis?

Tocou uma música doce que eu desconhecia.

— Você sabe o que viemos fazer aqui.

Ele pôs a mão num dos bolsos da jaqueta e pegou um punhado de joias — de ouro, de prata, pingentes e relógios.

— Que merda, Travis. Que merda!

Não conseguia respirar. Sabia o que estava vendo, mas não podia acreditar. E, então, um raio de luz atravessou a cortina e preencheu a sala.

— Ai, meu Deus — eu disse. E peguei o braço dele. Tive vontade de sair correndo, mas meu corpo tinha congelado. A caixinha de música ainda estava tocando.

— Não saia daí — Travis disse com calma. — Provavelmente é alguém manobrando o carro. — Mas no rosto dele havia medo. Pela primeira vez, vi um traço de medo no queixo dele.

A gente esperou. Nenhum sinal de campainha ou passos.

— Viu só? — falou Travis. — Era apenas alguém manobrando. Nada de mais.

Corri para a porta de trás, pelo caminho de onde viemos, tentei calçar os sapatos, mas minhas mãos tremiam. Travis foi até a geladeira, um modelo moderno, preto, de cromo brilhante. Ele abriu a porta. Uma luz brilhou no rosto dele, satisfeito; pegou uma lata de Coca diet, abriu e tomou.

Tremi o percurso todo da ponte. Tremi como se estivesse com febre alta. Durante todo o caminho tive de me segurar em Travis Becker na moto. Me sentia culpada, perturbada; com certeza não estava bem. As minhas mãos eram muito pequenas para tanta culpa, para lidar com o que tinha acontecido.

Entrei no carro de minha mãe, onde o deixara estacionado. Travis Becker foi até a janela e bateu no vidro. Eu abaixei, e ele enfiou a cabeça para dentro.
— Adorei o seu jeito irritada — ele afirmou.

E isso, na verdade, foi bom, porque bem naquele instante comecei a fechar o vidro mesmo com a cabeça dele para dentro. Ele soltou um gemido de surpresa e recuou, antes que a minha fúria arrasasse aquele pescocinho lindo. Eu ainda trazia comigo o cordão que ele me dera e, de repente, me dei conta de seu peso horroroso. Arranquei-o e acabei machucando a pele, mas não me importei. Segurei-o firme na mão. Dirigi com o cordão ainda na mão. Pelo vidro retrovisor, pude ver Travis Becker debaixo do poste de luz. Havia uma expressão de satisfação como se a gente tivesse acabado de virar amantes.

Não há nada que te faça se sentir tão culpada quanto entrar numa casa silenciosa, cheia de pessoas dormindo, pessoas que estão tendo doces sonhos e que não têm nenhum motivo para suspeitar da sua maldade. Até o inocente barulhinho da geladeira me fazia sentir ódio de mim mesma. Tirei os sapatos perto da porta e pisei descalça no chão. Talvez estivesse me aperfeiçoando em andar sem fazer barulho em casas silenciosas.

Quando estava voltando para casa, parei na rua Cummings, num ponto em que as árvores estavam repletas de frutinhas e folhinhas retorcidas e murchando nos galhos. O cordão de ouro estava firme na mão, como um corpo morto, enquanto olhava ao redor para verificar se ninguém me observava jogando-o em cima dos galhos acúleos. Podia ter sido um presente do Dia dos Namorados, comprado por um homem que saíra mais cedo do trabalho, que o tinha escolhido a dedo na vitrine, e, então, senti um nó na garganta porque aquilo era uma mentira, uma sujeira, eventualmente coberta por frutas podres e folhas secas, neve e lama. Fiquei contente que tinha acabado.

Ainda havia uma luz acesa vinda do quarto de minha mãe. Colei o ouvido na porta, mas não ouvi nada. Girei de leve a maçaneta, a fim de não fazer nenhum barulho, e abri a porta. Minha mãe dormia em cima da cama, com os óculos tortos, dando-lhe à testa uma visão de 100%. Tinha uma das mãos em cima de um livro, cujas páginas estavam viradas para o colo. Devia ser um bom livro — estava aberto quase pela metade e eu sabia que, nas últimas semanas, ela não tinha podido ler nada, o que para mim era um sinal assustador da sua depressão. Girei a cabeça para ler o título: *A vida multiplicada por dois*, de Charles Whitney. Tirei-o da mão dela. Li um trecho:

"Eu a vi duas vezes naquele dia, a mulher a quem chamarei de Rose, porque era isso que ela era para mim. Linda, perfeita, às vezes brutal ao se proteger das minhas tendências autodestrutivas. Era 14 de agosto de 1945, Dia da Vitória sobre o Japão, dia de comemorações nas ruas de Nova York, quando vi um pedaço do tecido da saia dela que me chamou a atenção. Foi um momento cinematográfico — vi um pedaço da saia e olhei para cima. Ela se virou e olhou para mim. Com aquele olhar, algo fora decidido. A minha vida toda, embora ainda não soubesse. Derrubei o cigarro no chão e esmaguei com a ponta do pé. Uma ação definitiva, uma espécie de ponto final, e aquela era a ação mais definitiva na qual podia pensar. Em seguida, ela se virou e desapareceu na multidão."

Marquei a página que ela lia com a orelha do livro. Cuidadosamente, tirei os seus óculos. Se acordasse bem naquele instante, ela só poderia me ver, aquela pessoa que ela pensava conhecer, e não quem eu realmente era.

Minha mãe se espreguiçou:

— Ruby! — disse com voz de sono.

— Shhhhhhh — fiz.

Puxei a coberta para ela e apaguei a luz.

Capítulo 6

— Ruby, a gente não costuma fazer estas coisas aqui — disse Joe Davis. Ele vestia shorts cheios de bolsos, como sempre, e uma camiseta do Sea World com estampa de uma baleia dando um salto.

— O que quer dizer com isso? Você não tem uma dessas casinhas em que a gente fala por um buraquinho?

— As igrejas católicas têm.

— Ah, tá.

Nós nos sentamos no escritório de Joe Davis, para onde tinha ido quando terminei de trabalhar no viveiro. Nunca estivera lá antes. Achava que o escritório deveria se parecer, sei lá, com uma igreja. Tinha uma mesa que ele deveria usar apenas para acumular um monte de coisas, bem como duas cadeiras velhas e uma mesinha, um armarinho cinza e feio com um aquário em cima, um peixe rodeando um castelo de mentira na água a ser trocada. O lugar estava lotado de livros, não apenas empilhados na mesa, mas em prateleiras na parede. Todo tipo de livros. Não apenas religiosos, mas livros sobre beisebol, vida marinha, caiaques, livros finos de poesia e romances policiais. Havia uma caneca de chá em cima da mesinha, com o pacotinho de chá dentro e o barbante caindo para o lado, e um porta-lápis com um único exemplar dentro e um coral enorme, branco e ondulado. A única prova de que eu estava no escritório de um pastor era um crucifixo acima da porta e um retrato de um Jesus Cristo tristinho, de sandálias e túnica branca. E ainda havia mais duas outras gravuras na parede: a de um deserto e a da ponte Golden Gate ao pôr do sol. E por que eu nunca vira um retrato de Jesus contentinho? Reconheço que ele teve uma vida dura, mas, se me perguntar, a mensagem que passa não é sobre a alegria de viver, afinal?

— Sinto desapontá-la — disse Joe Davis. E parecia mesmo ter se arrependido. — Não precisa confessar, no entanto. Você só precisa me dizer o que está pensando.

— Gosto da ideia de uma casinha com um buraquinho — comentei.

— Posso me esconder atrás da mesa. — Ele foi para trás da mesa e ficou escondido por trás de uma pilha de livros. — Que tal? — A voz dele saíra um pouco abafada.

Eu ri:

— Vai acabar derrubando isso tudo.

Vi ele alçar uma das mãos para segurar a pilha de livros.

— Está certo. Manda bala.

Eu ri novamente. Vi a sua cabeça por trás dos livros.

— Estou es-pe-ran-do — cantarolou de modo falsamente entediado. — Na verdade, acho que prefiro voltar a me sentar. Meus joelhos estão doendo.

— Tudo bem — eu disse. Joe Davis se sentou novamente. Ele cruzou as mãos sobre a barriga, como se tivesse acabado de comer algo delicioso e estivesse, agora, esperando o filme começar. Parecia que ele teria de esperar um bom tempo, então lhe contei sobre Travis. Disse-lhe o que tinha acontecido na noite anterior. Expliquei-lhe que era possível que eu estivesse apaixonada por Travis Becker. Uma parte de mim não queria abrir mão dele. Evitei o olhar do Jesus tristinho. Ele me olhava com bastante decepção. Queria que também Ele tivesse uma camiseta do Sea World.

— Nossa! — exclamou Joe Davis, quando eu terminei de falar. — Há muitas coisas a serem consideradas. Posso ver que está se sentindo muito mal com tudo isso.

Reagi com um nó na garganta e lágrimas nos olhos à sua empatia.

— Você não deve me mandar fazer alguma coisa, como rezar uma novena?

— Me desculpe, Ruby.

— Não diga nada. Isso é coisa de católico?

— Sim. De qualquer modo, acho que o que deve fazer é conversar com a sua mãe.

— Não posso.

— Por que não?

Sabia que ele estava apaixonado por minha mãe e eu não queria expô-la, fornecendo-lhe coisas negativas sobre ela. Explicar-lhe por que não dava para conversar com ela, neste momento, seria como confessar que ela ria dos canais religiosos e era incapaz de fazer um ovo frito e resolver seus próprios problemas, além de sempre deixar que outra pessoa repusesse o rolo de papel higiênico que havia terminado. Algo que ele descobriria somente se tivesse saído com ela algumas vezes.

Pensei por um instante. Lembrei-me de algo que ouvira uma vez a respeito de confissões entre fiéis e pastores.

— Isso fica entre nós, certo? — perguntei.

— Certamente.

— Ela está de coração partido agora. Tudo está partido. Até a cozinha está caindo aos pedaços. O nosso cachorro cavou um grande buraco na parede.

Joe Davis estremeceu com empatia. Cruzou as pernas. Ele também usava sandálias. Talvez os homens bons usassem sandálias.

— Não posso lhe dizer mais nada que esteja partido — eu disse.

— As coisas se quebram antes de serem consertadas.

— O que acha que devo fazer?

Joe Davis se inclinou para frente, pôs um cotovelo no joelho e coçou a nuca.

— Sabe o que foi que aprendi neste emprego? Que as pessoas que pedem conselho já sabem o que devem fazer.

— Eu deveria ir para o Sea World — respondi. Ele me olhou como se eu fosse louca, então apontei a camiseta dele. De repente, queria um pouco mais de humor, depois de ter despejado aquele peso em cima de Joe Davis.

Joe ergueu a mão fechada.

— Pelos poderes de Shamu[5]!

---

[5] Shamu foi a primeira orca a sobreviver mais de 13 meses em cativeiro e foi estrela de um show em Sea World, em San Diego, nos anos 1960 (N. T.).

— Eu teria uma baleia nos bons tempos.

Joe Davis se vergou e jogou a cabeça para trás como se tivesse dores.

— Eu amo o Sea World — disse ele. — Mas se há uma coisa que me incomoda, é que eles vendem peixe com fritas lá.

— Eca!

Em seguida, Joe Davis ficou sério novamente. Olhou para mim.

— Ruby, é isto, sobre esse garoto: às vezes a gente está tão convencido de que alguém está nos jogando um colete salva-vidas que não percebe que o que essa pessoa está fazendo é nos afogando.

Eu me lembrei daquele dia no lago Marcy, a mão de Travis apertando o meu pulso, a falta de ar, o sorriso escroque dele debaixo d'água esverdeada. Joe Davis tinha acertado em cheio e nem sabia.

Balbuciei algumas palavras de gratidão. Devia algo para ele, eu acho, por ter sido tão bom comigo.

— Bom, pelo menos eu nado bem — eu disse. Não acreditava nisso e duvido que ele acreditasse. Sabe quando você só fala o que acha que deve?

Quando saí do escritório da igreja, reparei na placa: "Zeus é o melhor amigo do homem". Parecia que Joe Davis andava se divertindo com o engraçadinho que alterava as placas.

No caminho de volta para casa, parei para observar os *paragliders*. Queria ver bravura e precisão. E aquele dia era o dia da baleia, afinal, porque, para a minha surpresa, acabei vendo-o. O cara da van com a baleia pintada e o adesivo "Eu adoro buraco de estrada". Ele estava de shorts, sandálias e uma camiseta com estampa de um coração alado, o logo do Clube de *Paragliding*. Não era muito mais velho que eu e tinha cabelo encaracolado, bagunçado, e uma barba curta. Ele estava recolhendo a mochila de dentro da van e me pegou no flagra.

— Você vai subir? — perguntou ele.

— Só estou olhando — respondi. Acho que devia uma explicação por ficar lá babando nele. — Sempre adorei a sua van.

— É? — Sorriu ele. — Então, vai ter de ver isto. — Ele pousou a mochila no chão e se inclinou no banco do motorista. — Continue olhando — pediu.

Olhei para a baleia pintada no carro. Espirrava água da cabeça. Como um chuvisco. Uma baba caindo pelos cantos. O cara da van de baleia apareceu novamente:

— Não é careta? — perguntou, seus olhos eram alegres.

— Putz, patético. Muito mal.

— Eu sei. Você já foi lá pra cima?

— Não — respondi.

— Ah, mas você tem que ir. Tá vendo aquela manchinha lá em cima? A plataforma de voo? — Eu fiz que sim com a cabeça. — Lá do alto parece que a montanha tem um ponto careca.

— O Clube dos Homens Carecas.

— É isso aí.

Ele pegou suas coisas e acenou para mim. E, depois de um tempo, fui-me embora. Minha mãe tinha chegado cedo em casa naquele dia; e quando eu cheguei, ela já estava na cozinha preparando o jantar. Estava perambulando descalça, de calça jeans cortada em shorts, com um livro aberto numa das mãos. Ao mesmo tempo, ela lia e mexia o molho de tomate dentro da panela. Chip Jr. já tinha voltado da casa de Oscar. Ele estava construindo o que parecia ser o Empire State Building, na mesa da cozinha, com pedaços de espaguete. Poe nem mesmo veio cumprimentar. Estava com a atenção voltada para a minha mãe e em qualquer coisa que fosse espirrar da panela; os olhos dele estavam fixos na mão dela como se sob o efeito hipnótico.

Minha mãe também praticamente não me cumprimentou.

— Bom livro, né? — perguntei. Era o mesmo que eu vira no quarto dela uns dias antes, *A vida multiplicada por dois*, de Charles Whitney, tão grosso que ela tinha de se esforçar para mantê-lo aberto só com uma mão. Devia ter dedos de pato para isso.

— Mmmm... hummmm.

Ela parou de mexer o molho e foi para o balcão terminar de preparar a salada. Poe a seguiu, com os olhos ainda fixos nas mãos dela e nas fantásticas possibilidades. Minha mãe pegou algumas folhas de alface do escorredor de saladas e juntou-as às da tigela, sem parar de ler. Aos poucos foi errando o alvo até que se formou uma imensa pilha de folhas de alface no balcão, e não dentro da tigela. Aquilo era melhor que ver TV.

— Mãe — disse Chip Jr.

Ela levantou os olhos do livro.

— O que é? Ai, que merda!

Ela pegou as folhas e enfiou-as dentro da tigela, irritada, como se elas tivessem se comportado mal. Uma caiu no chão, para o deleite de Poe. Ele pulou em cima, correu para longe e fungou. Então, ele se sentou e olhou de novo, como à espera de algo. A folha de alface parece que seria um dejeto rejeitado. Foi mesmo. E ele comia até mesmo calcinha!

— Deixa eu te ajudar — ofereci. Vi que o molho de tomate engrossava na panela, borbulhando feito lava. Peguei a panela na hora certa. Era um dos maiores problemas de minha mãe, o jeito com que se entregava a uma coisa, excluindo tudo o mais. Ela transitava de um mundo para outro e tinha dificuldade de encontrar a porta certa pra voltar depois.

— Hora de largar isto — ela disse, constatando o óbvio. De certo modo, isso era muito ruim. Estava louca para comer e acabei vendo que ela não parava de ler, mesmo que o molho de tomate espirrasse no queixo dela.

— Ei, você aí. Preciso falar com você — ela disse para mim, como se só agora tivesse reparado na minha presença. Marcou a página do livro com a sobrecapa e se sentou, longe das possíveis gotas de molho no fogão. Ai, meu Deus. Meu estômago revirou. Fiquei nervosa.

— Minha nossa, Poe — falou Chip Jr. Ele agitou as mãos, abanando o ar. Poe continuava de olhos fixos em minha mãe, como se nada tivesse acontecido.

— Cão, o seu nome não foi uma homenagem ao poeta, contista, nem ao pai da literatura de mistério — minha mãe disse para ele. — Seu nome é uma corruptela de Sr. Peido Potente, o rei dos cães exilados.

Era a primeira brincadeira que ela fazia em dias e dias, desde a última visita do meu pai. Brincadeiras, um jantarzinho, um livro — minha mãe voltava para nós de novo.

Ela escorreu o espaguete, passando-o debaixo de um jato de água quente e nos serviu. Despejou o molho, deixou cair meio que ao acaso um pedaço de pão para Poe, que levou o prêmio para a sala, onde podia espalhar as migalhas sobre o carpete. Eu esperei. Estava lutando bravamente para tentar reprimir a sensação ruim de que havia um monte de coisas sobre as quais ela gostaria de conversar comigo. Talvez eu tivesse me esquecido de fazer alguma coisa que ela tivesse pedido. Regar o jardim? Pôr gasolina no carro? Não invadir a casa de alguém, enquanto Travis Becker roubava as joias?

Minha mãe comeu um pouco, olhando para o prato. Enquanto o silêncio crescia, tive certeza de que ela não teria dificuldade de falar comigo se o caso fosse falta de gasolina ou de água no jardim. Lá fora, alguém cortava a grama. Chip Jr. fazia um experimento científico com o macarrão. Na primeira garfada, ele enrolou o macarrão no garfo e segurou-o o mais alto que pôde. Na segunda garfada, pegou apenas um fio de macarrão e sugou-o até que, no fim, tudo entrou pela boca, como o último carro da montanha-russa Tornado, no parque de diversões Pepita de Ouro.

— Ruby — minha mãe disse por fim. — É sobre aquela noite.

— Ô-ô — disse Chip Jr.

— Que noite? — Eu estava lhe dando todas as oportunidades de que isso se referisse a qualquer outra coisa. Dava para perceber que minha voz estava muito alegre.

O cortador de grama parou de fazer barulho. E a cozinha ficou em silêncio de uma hora para a outra. Estudei a massa no prato. Poe tinha voltado. Ele se sentou do meu lado, ofegante: "Heh, heh, heh". Não sei o que ele achava tão engraçado.

— A noite que você foi ao cinema com Sydney.

— Ah, tá — eu disse.

— Ela ligou depois que você saiu, convidando para comer uma pizza na casa delas.

Eu não disse nada. Só fiquei olhando para o prato de macarrão, esperando encontrar alguma solução. Era uma daquelas vezes em que você não se entende, em que não sabe como é que foi se meter naquela encrenca. Momentos como aquele estavam se tornando frequentes. O meu verdadeiro eu tinha saído de férias, e eu estava sendo teleguiada por alguém que fazia festinhas de arromba e fumava na cama.

— Tá saindo com um garoto? — minha mãe perguntou. Acho que ela pensa que a maioria dos problemas é sentimental. Provavelmente, ela tem razão.

— Sim — respondi.

— Eu sabia! — completou Chip Jr.

— Ah, Ruby! — Minha mãe suspirou. — Você sabe que quando começa a mentir, está entrando em território perigoso, em que alguém pode se ferir. Se precisou mentir, é porque ultrapassou aquela linha e entrou em território perigoso.

— Eu sei disso. — E sabia mesmo.

— Quem é ele?

— É o garoto rico que mora no castelo — disse Chip Jr.

— Um dos filhos dos Becker? — perguntou minha mãe.

— E como é que você sabe? — Virei-me para Chip Jr.

— O irmão de Oscar viu você jogá-lo nas águas do lago Marcy.

— Espião! — disse. Será que todo mundo precisava saber da minha vida?

— Sim, claro — concordou meu irmão. — Na verdade, isto é uma câmera disfarçada. — E mostrou um pedaço de pão.

— Cale a boca.

— E isto é um microfone em miniatura. — E pegou um tomate-cereja da salada. Falou perto dele: — Sim, ela está aqui.

Eu me virei na cadeira. Um tanto quanto bruscamente; porque ela caiu com um estrondo, e Poe saiu correndo assustado. Não sei por que eu estava tão zangada. Fui para o meu quarto. Bati a porta. Pude ver os retratos na parede — fotos minhas e de Chip Jr. na escola, flagrando-nos no auge da feiura, com dentes muito grandes dentro da boca e olhar tolo — balançarem no lugar. Um segundo depois, minha mãe bateu à porta. Eu já sabia que ela faria isso. Parecia um filme para adolescentes da Disney. Bom, devo ter aprendido com eles.

Minha mãe chacoalhou a maçaneta. Depois, desistiu. Pude ouvi-la se agachar perto da porta; dava para perceber que ela ainda estava lá, sentada no chão. Ela ficou em silêncio por um bom tempo, mas aí sua voz abafada atravessou a porta e chegou aos meus ouvidos.

— Ele é um cara legal? — ela perguntou.

— Não — respondi com sinceridade.

— Bom, então você está tentando parar de se encontrar com ele. Pelo menos, é o que eu espero.

— Certo.

Ela não disse nada por um longo tempo, tanto tempo que pensei que tivesse se levantado e ido embora. Eu fiquei no mesmo lugar. Meus pensamentos precisavam se recompor. Estava quase pegando no sono quando ouvi umas cartas sendo distribuídas do outro lado da porta.

— Eu vou ganhar. — Ouvi Chip Jr. dizer.

Eu me levantei e olhei pelo buraco da fechadura. Minha mãe e Chip Jr. estavam ambos perto da porta, com um leque de cartas na mão. Minha mãe estava sentada num canto, apoiava a cabeça com uma das mãos e suas pernas estavam esticadas. Chip Jr. estava de pernas cruzadas. Poe estava deitado feito uma esfinge, mastigando uma meia.

— Ele pode ver as suas cartas — avisei a minha mãe.

— Não posso nada. Quer jogar? — Chip Jr. perguntou.

Eu me sentei em volta deles. Eles abriram espaço para mim e recomeçaram a partida. Não era assim que deveria acabar a cena do filme para adolescentes da Disney, mas tudo bem, minha mãe não via muita TV mesmo.

— Cara, essa mão está horrível — ela disse.

— Eu andei pensando — minha mãe disse para mim dentro do carro, enquanto dirigia até o meu trabalho. Desde que ela me perguntara sobre Travis Becker, ela me tratava feito uma criança doente, estudando meu rosto à procura de um sinal de febre ou me rodeando como se a presença dela por si só fosse fazer que eu melhorasse.

— Se é sobre Travis Becker, não quero conversar — eu disse.

Ela me olhou de relance, como se eu tivesse dito: "Você tem de ficar de olho no trânsito enquanto estiver dirigindo". Era fácil entender aquele olhar — ela não podia compreender —, a gente sempre conversara, ela estava magoada. As mães passam tudo através do olhar. Na verdade, não havia muito o que entender. Eu não queria conversar porque estava escondendo alguma coisa. Os segredos ficam bem escondidos.

Nós passamos por um lugar da rua Cummings onde os vendedores expõem seus produtos. Naquele dia, vendiam cerejas frescas em cestinhas, em cima de uma mesa de madeira. Uma mulher com um chapéu de verão, regata e shorts estava sentada numa cadeira dobrável. De cabeça baixa, ela lia um livro, e as cerejas estavam queimando debaixo do sol quente. Os braços dela, balançantes, ficariam da cor de pimentão até o meio-dia, caso ela não tomasse cuidado. Quando passamos pela propriedade dos Becker, fiz um esforço para não virar a cabeça.

— Ouça — disse minha mãe —, sei que essas coisas são difíceis. Se realmente não quer mais ver este garoto, é melhor se manter ocupada. É tudo o que tenho a dizer. Quando sobra tempo, é quando a mente trai. Se der um pouquinho só de espaço, ele vai ocupar um espação. E um belo dia você vai estar com o telefone na mão e não vai saber como é que isso aconteceu. — Ela estava dando um show de mãe; dirigindo o Carro da Vida. — Tome o meu exemplo. Eu estive nesta situação uma centena de vezes. É uma batalha estranha, poderosa.

— Faz uma semana — eu disse. Ela tinha razão. Era mesmo uma batalha estranha e poderosa. Meus pensamentos se dirigiam para Travis de um modo descontrolado, como um viciado em chocolate ou em bebida. Era uma compulsão. Pensava que eu estava apaixonada por ele. Mas eu nem ao menos gostava dele. Detestava o que ele tinha feito, mas queria ver aquele cabelo loiro de novo. Era como se ele tivesse tomado conta do meu corpo, um visitante malquisto trazendo ansiedade, intriga e miséria.

— Se for capaz de passar por essa fase, o restante você nem vai sentir. Hoje à noite Sydney e Lizbeth vêm dormir em casa. Que tal? E no sábado você pode vir comigo para a reunião das Rainhas Caçarolas.

— Não, mãe, não quero ouvir conversas de médicos.

— Não é assim. Quando foi a última vez que foi? Quando tinha 14 anos?

— Não sei — resmunguei. Se foi aos 13 ou 14, não importa; tudo de que me lembro é que ao sair de lá tinha dor na bochecha de tanto sorrir e na garganta de falar com "voz de mais velha".

— Quero que você venha. E Libby? Não pode falar com ela pra fazer hora extra?

— Isso parece um plano de estratégia militar — afirmei.

— Tem que ser assim. Tem que ser — ela repetiu, como se ela própria não tivesse se ouvido da primeira vez. — Ouça, pessoalmente, estou cansada de ser patética em nome do amor. Seu pai teve outro filho. Um bebê! Assim já é demais!

— Ele podia ter te avisado há muito tempo.

— Veja só, filha... Estou escavando coisas de vinte anos. Pensa que é fácil? Você está envolvida há alguns meses e não está sendo fácil. Passe a minha bolsa. — Ela tateou pelo chão, onde estava uma sacola da biblioteca de Nine Mile Falls, vendida na feira de livros do último ano. A bolsa dela estava sempre cheia de livros, revistas, cartas e talvez até uma bola de boliche, de tão pesada. Juro que devia pesar uns 50 quilos.

Procurou dentro da bolsa com uma das mãos, dando rápidas olhadelas e deslizando o carro displicentemente pela pista.

— Eu cuido disso — falei. — O que exatamente está procurando?

— Um cartão-postal. Da praia. Tá no bolsinho de dentro, o da frente.

Remexi e encontrei o postal. Estava entre o extrato bancário e a taxa do lixo. Era um pôr do sol na praia com palmeiras.

— Este aqui?

— Dê-me. Não olhe.

Eu lhe entreguei, mas antes vi o que estava escrito no verso. Era a letra do meu pai: "Com saudades...".

Ela baixou o vidro do carro e jogou fora o cartão. Ele flutuou no ar a certa velocidade. Do espelhinho, deu para ver que se dirigia para uma esquina e, no fim, fez um movimento diferente, como esses pássaros engraçados que parecem correr para a fonte de água. No fim, perdeu um pouco da sua graça e caiu reto. Os pneus de uma picape passaram-lhe por cima e o cartão tremeu. Não dava mais para ver. Fiquei imaginando-o lá no chão, com a foto da praia voltada para cima, dando a algum animal a última vista tentadora da sua vida na Terra antes de ser atropelado na estrada.

Minha mãe fechou o vidro do carro.

— É uma guerra — disse ela.

Aparentemente, minha mãe já tinha passado na Libby antes que eu fosse trabalhar naquele dia. Eu estava na sala de estoque das plantas, amarrando o avental, quando Libby chegou. Vestia seu *batik* longo, um lenço na cabeça, e seus olhos estavam ainda mais azuis; em contraste com a sua pele que se tornava cada dia mais bronzeada. Ela pegou uma garrafa-d'água, tomou um gole e molhou a testa.

— O ano todo a gente reclama da chuva, mas, quando o tempo melhora, a gente não aguenta — ela disse. — Se hoje for tão quente quanto ontem, vou ligar todas as mangueiras e ficar de joelhos. Para o diabo os clientes.

— Eu vou imitá-la — eu disse.

— Ruby, queria te perguntar: eu sei que é verão, mas vou precisar de ajuda por mais algumas semanas. Que tal trabalhar até as cinco e meia? Tenho um monte de entregas para fazer neste horário de verão e não estou dando conta. — Libby mexeu a garrafa de água.

— Tem algum motivo especial para me pedir isto? — perguntei. Minha mãe saía do trabalho às cinco e meia.

— Bem, como eu disse... — Libby balançou a cabeça e começou a rir. — Que merda, Ruby! Sou péssima mentirosa.

— Você levanta muito a voz.

Ela olhou para mim pela primeira vez desde que chegara à sala de estoque.

— Eu sei. Sou assim desde criança. A mentira fica presa na minha garganta e não quer sair.

— A minha mãe te ligou.

Ela balançou os ombros:

— Ela só faz isto porque ama você.

— Eu sei.

— Mas eu realmente preciso da sua ajuda. Tenho um vaso de vivazes para plantar.

— Eu vi.

— Rich e Allen podem levantar seis sacos de areia, mas são incapazes de salvar uma planta. Se você lhes disser alguma coisa, eu mato você. — Ela tomou um gole-d'água. — Se quiser ficar até mais tarde hoje, eu te levo para tomar uma Coca e comer cebola frita depois. Tem cebola frita no Smelly's? Eu vi numa propaganda e tô morrendo de vontade de comer cebola frita.

— Acho que sim, mas desta vez não vai dar. Minha mãe vai sair mais cedo do trabalho. Vem gente dormir em casa.

— Minha nossa! Até posso vê-la convidando aquelas velhinhas do clube do livro para passar a noite em sacos de dormir na sua casa!

— O encontro com as velhinhas é amanhã.

Libby começou a rir.

— Você é bem engraçada — eu disse.

— Ah, Ruby — ela disse. Tentou parecer séria, mas tinha um sorrisinho no canto da boca. Ela me deu um beijo na testa e ajeitou meu cabelo antes de sair. Sempre fazia isso, desde quando eu tinha 3 anos. E eu me sentia forte e segura, assim, porque percebia que há pessoas no mundo que realmente se importam com a gente.

Carreguei este sentimento comigo o restante do dia, ao mexer com dálias e procurar cestinhas na cor roxa, plantinhas de tomate, sementes e fertilizante natural, bem como vasinhos de terra para semente de pessegueiro e cinamomo. Mal deu para pensar em Travis Becker. Depois do almoço, saí e fui cuidar das plantas.

Libby tinha razão: estava muito quente. Quando chegou a hora de fazer um intervalo, saí para junto da pequena fonte e esculturas de jardim e caminhei até um monte de terra onde cultivamos três árvores maiores. Elas precisam ser regadas com mangueiras mais grossas; a fonte de água não dá conta sozinha. Tem um lago estilo japonês lá, também, onde mantemos diversas espécies. É fresquinho e agradável. O som da fonte de água passa uma sensação de tranquilidade. Não havia ninguém por perto, e eu abri uma das mangueiras e deixei a água escorrer em algumas raízes de faia e de alfarrobeira que esperavam pela água fria, antes de eu mesma tomar um bom gole. Queria derramar um pouco de água na cabeça — estava bem tentada a realizar esta deliciosa possibilidade —, mas, em vez disso, joguei um pouco d'água na nuca e no rosto e respirei.

— Aí está você — disse Travis Becker, como se ele não tivesse parado de procurar por mim desde que o deixara no estacionamento do Yellow Submarine. Ele olhou fixo para mim; eu não o vira chegar por trás da árvore, não escutei seus passos por causa do barulho da água que saía da mangueira. Levei um susto com a sua voz e acabei me molhando toda.

— Você me assustou — eu disse.

— Essa não! — Ele apontou para o meu shorts molhado.

Eu fiquei vermelha, embora, na verdade, já estivesse vermelha de sol, mas talvez ele não houvesse notado. Era ótimo que ele tivesse me encontrado bem naquela hora, pois a minha regata estava manchada, suada, e o meu avental, sujo de terra, além de ter as franjas com as pontas molhadas.

Ele não parecia se importar. Se inclinou e me beijou, assim, sem mais nem menos. A boca dele era quente, ao contrário da minha.

— Hummm — ele disse. — É como tomar um refresco. Senti sua falta.

Ele estava de boina, shorts e uma camisa escura. Você vai dizer que ele estava ridículo. Mas não estava. Dava para imaginá-lo, cruzando a Pont Neuf, em Paris, fumando um Galoise, um na multidão de *Paris é uma festa*. Como disse, ele tem um rosto atemporal. Tudo em volta dele parecia estar errado — menos ele. Vê-lo me deu mais prazer do que devia. Para mim, ele parecia estar bem.

— Por onde você esteve? — Travis perguntou. — Minha garota destemida deu pra trás.

Senti a raiva correr nas veias. Queria arrancar a boina dele e jogar no meio do lago. Fiz uma tentativa, mas Travis recuou, como se tivesse antecipado o meu movimento.

— Essa é a Ruby que amo — ele declarou. — Senti falta do jeito como prende o cabelo. Senti falta dos seus olhos arregalados de medo.

Eu me virei de costas. Havia um passarinho no chão, por trás dos cedros. Estava tentando carregar um graveto enorme no bico, mas era mesmo muito grande para ele. O passarinho cambaleou uns passos, descansou e tentou de novo. Me lembrei da minha mãe carregando a árvore de natal para dentro de casa.

— Sinto falta dos seus pulsos. Eles são tão pequenos que parecem quebráveis. Sinto falta do jeito que me olha, como se não se importasse comigo.

— Como assim? — Fiz cara de quem não entendeu. Mas era mentira, e ele sabia.

— Você é especial, Ruby. Nunca conheci ninguém igual a você. A gente estava ficando tão íntimo. — Ele se aproximou de mim e eu permiti. Correu as mãos pelas minhas costas até a altura do avental e puxou minha cintura para perto dele. Ouvi vozes; eram Allen, um dos trabalhadores do viveiro, e mais alguém, um cliente.

— A bomba de água deve ser suficiente para fazer circular tudo ao menos uma vez, digamos, a cada duas horas — escutei Allen dizer.

— Siga-me — disse Travis Becker. Ele deu uma volta pelo caminho sujo, mirando as estátuas do jardim e as fontes, como se fosse um cliente olhando sem compromisso. Sei o que deveria ter feito. Deveria ter amarrado o avental e andado para o outro lado, na direção do vaso de planta e, depois, entrado. Deveria ter encontrado um comprador procurando algo que matasse pulgões e bichas-amarelas.

Em vez disso, vi que Travis pegou o caminho de acesso exclusivo dos funcionários, andando rápido em direção às estufas, e eu o segui. Há várias estufas por ali; uma grande e quente e outra pequena, além de outra fresca que Libby usa para suas "preciosas" — as orquídeas. Era para lá que Travis estava indo; e pronto para abrir a maçaneta da porta de vidro, apesar da placa que dizia "Somente funcionários". Eu estava quase correndo — senti o nó do avental afrouxar nas minhas costas. Travis precisava sair dali e, de certo modo, me sentia muito, mas muito mal, porém precisava dele. Ele deixou a porta entreaberta; entrei para o ambiente fresquinho. Aquelas orquídeas, eu me sentia uma delas. Escondida e crescendo solitária, secretamente, esperando que alguém abrisse a porta de vidro para ser vista, descoberta.

Travis permaneceu num canto, cercado de vidros, inclinado nas prateleiras que exalavam o cheiro das orquídeas e olhando para mim.

— Venha cá — ele disse.

— Tome cuidado. Não era para você estar aqui.

— Este lugar fede.

Travis não se virou para ver as plantas atrás de si. Eu gostava daquele cheiro: de terra molhada misturada com perfume. Perfume cor-de-rosa, se a cor rosa tivesse um cheiro. Essas flores eram tão delicadas, tão difíceis de crescer, que demorava de três a cinco anos para se ver um botão. Eu tinha de tirá-lo dali antes que Libby nos visse. Dava para ver Allen e o cliente, do lado de fora, que tinha barba grande e pisava numa das pedras na borda do lago de peixes.

— Este é um dos lugares mais frescos da cidade pra se passar um dia quente — ele disse. — Aqui e o congelador da rua do Mercado.

Senti um arrepio quando o ouvi falar assim, a mensagem era clara: ele tinha estado em lugares que não deveria.

— E como você conhece esta estufa? Isso é propriedade privada.

— Gosto de conhecer os lugares no meu bairro — ele disse. — Quer vir mais para cá?

— Travis, você tem de sair daí.

— Venha cá primeiro.

— Estou falando sério.

— Um beijinho.

— Que merda, Travis. — Tinha um olho no cliente; outro em Travis.

— Só um beijinho e então vamos embora. Baby, vem *aqui*.

Eu fui. Ele me abraçou para se esquentar. E me beijou, a língua dele dentro da minha boca. Ele puxou meu corpo contra o dele. Estava preocupada de que ele pudesse cair nas orquídeas e esmagá-las. O beijo foi tão barulhento que me senti como que perturbando as orquídeas, tão abertas e gentis para ouvir.

— Agora — ele disse. E segurava o meu pulso. Pegou uma caneta do bolso do meu avental, um marcador, e tirou a tampa com os dentes. Ele virou o meu braço. — Não se mexa. — Escreveu na parte de dentro do meu braço e em seguida tampou a caneta. — Veja. É meu número de telefone. Agora não tem desculpa para não me ligar. Eu não dou para qualquer um.

A sua presença, sua roupa escura, era tudo tão forte lá entre as portas de vidro iluminadas e as cores suaves das flores. A tinta escura penetrava na pele do meu braço. A sensação que eu tive ali, no lugar especial de Libby, entre as suas espátulas e luvas na forma da mão dela, era a mesma que tive ao ver os tênis da mulher dentro da casa que Travis roubara. Era a invasão de algo inocente.

Travis passou o braço em volta do meu pescoço e me agarrou. Passou a boca na pele do meu ombro até os ouvidos. Fechei os olhos.

— A gente podia fazer aqui mesmo no chão — ele sussurrou.

Abri os olhos. Do lado de fora, algo colorido me chamou a atenção. O vestido de *batik*, uma bandana azul.

— Travis! A gente tem de sair daqui!

Ele se virou devagar, seguindo o meu olhar.

— Olhe só quem está chegando.

— Que porra, Travis. Que porra.

Pude ver Libby vir pelo caminho e parar ao lado do lago, junto de Allen e do cliente. Ela pôs as mãos na cintura. Gesticulou algo para a fonte, movimentou as mãos descrevendo alguma coisa. Choupos-do-canadá caíram feito neve na cena do lado de fora do vidro; com certeza caíram nas poças de água. Me lembrei do sentimento que tivera pouco antes, a respeito de me sentir querida por Libby. Se ela olhasse direito, descobriria a figura sombria de Travis através dos vidros.

— Agache-se — sussurrei.

— Então, você gostou da minha ideia. — Travis riu.

Estava começando a ficar apavorada. Ia chorar de desespero. Agarrei-o pelo shorts e puxei-o para baixo.

— Abaixe-se!

Travis não se moveu. Quem se moveu foi Libby. Ela se inclinou para uma fonte e pôs o braço dentro d'água. O cliente concordava com a cabeça. Graças a Deus, Libby estava de costas para nós.

— Saia já daí! Agora!

Travis olhou através do vidro com uma casualidade de quem verifica as horas quando se tem todo o tempo do mundo. Meu estômago revirou de medo. Queria gritar com ele. Ele foi para a porta com uma calma infinita, irritante, e saiu. Esperei um instante e o segui pelo caminho que levava à fonte, perto das árvores mais altas e da fileira de zimbros. Ele falou para mim:

— Não se esqueça de me ligar.

Assim que entrei no viveiro Johnson, fui direto para o banheiro. Depois que Travis foi embora, tentei lavar a marca de caneta no braço. Ainda dava para ver, assim como a sua sombra — toda vez que olhava ao redor, pensava que o via dentro da estufa. Se ele realmente estava lá, ou se era fruto do meu medo, eu não sei; tudo o que sei é que via flashes dele atrás dos vidros onde estavam as orquídeas. Senti nojo da minha fraqueza. De tê-lo deixado entrar de novo na minha vida.

Sydney e Lizbeth foram em casa naquela noite. Todas nós desenrolamos nossos sacos de dormir na sala. Minha mãe e Lizbeth sentaram de pernas cruzadas no chão e falaram sobre os poetas e pintaram as unhas dos pés.

— Odeio pegar o caminho mais óbvio; não é muito inteligente, mas gosto muito de Robert Frost — disse Lizbeth.

— Acho ótimo que o nome dele seja Frost[6] e que ele escreva sobre o inverno e a neve — disse Sydney. — Não é perfeito? É como se um sorveteiro tivesse o sobrenome de Casquinha.

— A mulher que faz merenda na escola se chama Candy Sweet[7] — disse Chip Jr.

— Não acredito — exclamei.

— Juro. — E o modo com que disse foi tão indignado que provavelmente falava a verdade. Ou então ele estava ficando doidão com o cheiro de esmalte.

— Eu conheci uma mulher chamada Anita Hurl[8] — disse Sydney. — Entende o lance?

— Os pais dela são muito burros e maldosos — falei.

— Quando era criança, achava que "diarreia" era o nome de alguma mulher bonita — comentou Sydney.

— Essa conversa está ficando nojenta — disse minha mãe.

Nós assistimos a um velho filme de Frankenstein que minha mãe tinha trazido da biblioteca e nos divertimos. Era em preto e branco — e amarelo, graças à nossa TV —, e mesmo que a gente desse risada, era bastante assustador. Foi o suficiente para eu parar de pensar em Travis Becker por um tempo. Além disso, eu sabia que tinha, recentemente, desapontado a minha mãe, pois ela pensava que eu o erradicara da minha vida. Chip Jr. deve ter sentido medo do filme ou então estava farto de nós, porque deu uma desculpa e foi dormir. Poe pegou pipoca da tigela, quando achou que a gente não estava olhando para ele.

Por fim, todo mundo foi dormir. Escutei o ritmo da respiração deles e os grilos lá fora, através da janela aberta. O vento fresco da noite que entrava me fez pensar na temperatura dentro da estufa; e os grilos, na noite no jardim de outra casa. Passei os dedos pelo braço. É claro que eu já tinha decorado o número do telefone. E até hoje ainda sei de cor.

---

[6] "Frost" significa ato ou processo de congelar (N. T.).

[7] Sinônimos para doce (N. T.).

[8] "Hurl" significa lance, arremesso (N. T.).

Capítulo 7

— Aqui! — disse para a senhora baixa, de jeans e camisa social branca, cujo colarinho estava aberto para mostrar um colar grosso de contas. — Por favor, sente-se aqui. — Eu me levantei do sofá com estampa com motivo floral, cujo lugar tinha conseguido antes de todas as pessoas mais velhas começarem a chegar.

A mulher pousou a sua bolsa de livros no chão, fazendo barulho, e se sentou numa cadeira de balanço de madeira à minha esquerda.

— Você pensa que porque sou velha, se não me sentar numa cadeira confortável, vou ter um treco e morrer? — ela gritou.

Ajeitou o peso do corpo à cadeira, pôs a mão dentro da bolsa e abriu o estojo dos óculos.

— Não, eu...

— Não se preocupe. Não vou ter um treco logo agora.

— Não ligue para Peach. Ela gosta de jogar um jogo em que se ataca o recém-chegado — disse Harold Zaminski. A última vez que vim ao clube do livro eu tinha 14 anos e tudo de que me lembro era que Harold fingiu tirar uma moeda por detrás do meu ouvido. Desta vez, quando nos encontramos, ele pegou em minhas mãos e me disse, com sua voz rouca e suave, que soava como uma velha e confortável cadeira (se cadeiras tivessem voz), que eu tinha me tornado uma pessoa adorável. Era impossível não amar Harold. Ele envelhecia como uma estrela de cinema, com cabelos penteados para trás, e o rosto inteligente e pensativo de um leitor experiente. Cheirava a colônia masculina da Old Spice e era um brincalhão contumaz. Minha mãe denominava esse comportamento de passivo-agressivo, uma vez que o representante masculino no clube de livros era sempre a vítima perseguida e suas brincadeiras eram seus pequenos atos de vingança. Na semana passada ele havia amarrado uma fita adesiva no bico da torneira da cozinha de Miz June, para que quando a sra. Wong fosse abrir, espirrasse tudo nela. Harold era sempre perdoado porque trazia coisas gostosas para comer. Na mesa da sala de jantar de Miz June, podia ver as tortas com uns pedacinhos de maçã levemente dourados e cobertos com açúcar de confeiteiro.

— Ann — Harold chamou da cozinha, onde minha mãe coava café com Miz June e Anna Bee. — Peach já está mostrando os dentes para Ruby. — A reunião do clube era na casa de Miz June, uma casa vitoriana bonitinha, branca e amarela, numa das ruas transversais de Nine Mile Falls. Tinha uma entrada larga, com cestos de flores pendurados, que ela irrigava com uma mangueira de jardim, e uma construção nos fundos, que agora servia de garagem para o raro, e usado, Lincoln Continental, de placa amarela com as iniciais do seu nome. Fora um presente de um dos muitos admiradores de Miz June, Chester Delmore. Dava para ver o carro guardado lá dentro se você colasse os olhos nos vidros sujos das janelas. Se não prestasse atenção, pensaria que os faróis iriam cegá-lo, numa espécie de prazer roubado, ao ser flagrado depois de tanta espera paciente.

— Linguarudo — disse Peach.
— Víbora — disse Harold.
— Crianças, parem com isso. — Miz June entrou na sala de jantar, carregando uma bandeja de prata com um jogo de chá de porcelana, tremendo tanto quanto crianças durante uma tempestade, e pondo a mesa com tampo de mármore. O colar de pérolas com duas voltas que Miz June usava deslizou até o pescoço quando ela se inclinou. Miz June fazia você pensar em roseirais e em treliças brancas. Ela tinha um gorro e cabelos loiros e vestia um vestido com motivo floral que combinava com a sala de estar que era em tom de amora silvestre e graciosa, em seus móveis vitorianos, lamparinas, lareira

de mogno lustroso e vasos de hortênsias desidratadas. Um quadro em cima da lareira mostrava um casal vitoriano num barco, num lago de águas verdes e tranquilas. O homem com chapéu se inclinava diante da mulher como se fosse fazer um pedido, e ela tinha a cabeça virada para as águas, como se ele fosse mais chato que o canal da previsão do tempo. De acordo com a minha mãe, Miz June atraía os homens do mesmo modo que as noites de verão atraem mosquitos. Ao ver o quadro, tive a sensação de que, a despeito do seu gentil comportamento, ela gostava do som de inseto em volta da lâmpada.

Finalmente, Peach tinha tirado os óculos de dentro do estojo e deixado na ponta do nariz.

— Bom, preciso admitir que a presença de Ruby é mais agradável do que a do estagiário da biblioteca que veio aqui na semana passada.

— Fowler não é um estagiário... — disse minha mãe, saindo da cozinha antes de Anna Bee, que tinha chegado à casa de Miz June de bicicleta, com os cabelos brancos escondidos no capacete que possuía uma luzinha nos lados. Ela ia de bicicleta para qualquer lugar. Você poderia encontrá-la no centro da cidade, com o cestinho cheio de compras da mercearia, ou docinhos, ou com um pacote do correio amarrado com barbante. Teria orgulho dela.

— O cabelo dele é muito comprido — disse Harold. — Ele parece um hippie.

— Mas tem um cãozinho que é uma graça — disse Peach.

— Um amor de cachorrinho, mas escapou e subiu as escadas. — Miz June tomou um gole do chá. — Beauty nunca viu alguém tão mal-educado. — Beauty era a gata de Miz June.

— Ficou nervoso com tanta gente nova — disse Anna Bee. A meia soquete branca dela tinha libélulas estampadas. Dava para ver quando ela se sentava, bem como um pedaço da perna fina e clara, onde acabava a meia.

— Eu soube — disse minha mãe. — Fowler se sentiu péssimo. — E mudou de assunto: — Vou trazer Ruby das próximas vezes. Ela está sofrendo por um garoto.

— Ôô, mãe! — exclamei eu.

— Ah! — Miz June pousou a xícara de chá. — Mal de família.

— Quer dizer que nós somos o seu castigo? — Harold piscou para mim.

— É, castigo. Não espere que nos comportemos como velhos sábios. Odeio isso — disse Peach.

— Eu não me importo de dividir a minha experiência — disse Anna Bee. Sentou-se no canapé. Ela se sentou bem devagar, meio insegura de que a bunda pudesse caber.

— Acho que a maioria das pessoas não é sábia; elas são só velhas — disse Miz June.

— A gente é tão ferrado como qualquer um — falou Peach.

— Fale por si — disse Harold.

— E dóceis. Eles pensam que somos dóceis só porque somos velhos. Pelo amor de Deus!

— Tenho certeza de que você não tem este problema — disse Harold.

— Lembre-se disto. — Peach balançou o dedo na minha cara. — Se uma pessoa velha é dócil, provavelmente ela sempre foi dócil. Se ela é sábia, provavelmente sempre foi inteligente. Ninguém muda tanto.

— Bem, todo mundo muda bastante. — Miz Jane suspirou.

— Eu acho que a pele do meu pescoço parece uma laranja, se você tirar as sementes com o dedo — disse Anna Bee. E levantou o queixo para que a gente visse. Tinha razão.

— Você devia ver a minha tatuagem de borboleta que fiz no traseiro há anos. Agora está na parte de trás da coxa — disse Peach. — Como se tivesse voado.

Nossa imaginação foi interrompida pelo toque da campainha, graças a Deus. Harold foi espreitar da janela:

— É apenas a sra. Wong.

— Milagre! Está apenas 15 minutos atrasada — disse Miz June.

— O que foi desta vez? Problemas com o carro? — disse Anna Bee.

— Seja boazinha — pediu minha mãe.

— Ela prendeu a mão dentro da caixa de correio. Ou um rebanho de ovelhas estava na frente da entrada da casa e ela não conseguiu tirar a Mercedes da garagem — disse Peach.

— O sobrinho dela apareceu doente, com "mengue", e quase morreu na porta da casa dela — disse Harold.

— Não é "mengue", é dengue! — corrigiu Anna Bee.

— Foi o que eu disse.

Escutei os passos nos degraus da entrada.

— Desculpe, desculpe — disse a sra. Wong, quando enfiou o pé para dentro. Deu um aceno geral. Estava elegantemente vestida de preto e branco, com pulseira de ouro no pulso. O sotaque de sra. Wong era muito carregado. — Houve um probleminha na Casa de Repouso Anos Dourados. O avô Wong deu um soco no vizinho. — Ela demonstrou com um gesto. — Ele pensou que o homem estava roubando as suas revistas. Tive de ir lá acalmá-lo.

— Um senhor de 90 anos não deveria ler a *Playboy*. — Peach deu risada da própria piada.

— Eu não dou essas coisas sujas para ele ler. Se bem que ele gostaria de ler a *Playboy* também — disse sra. Wong. — Eu levo a *Reader's Digest* para ele.

— O avô Wong deveria pagar alguém para roubá-las então — disse Harold.

— Meu bom Deus, leve algo com conteúdo para ele — disse Peach.

— Ninguém dá bola para artigos sobre recuperação de doenças! — disse Harold.

— Você sabe quem lê *Playboy*? O sr. Wong, meu marido, ele mesmo. Toda vez que chego em casa, ele esconde. Tenho certeza — disse a sra. Wong. Ela tirou o sapato alto e pôs um par de chinelos vermelhos que tirou de dentro da bolsa.

— Estou ouvindo barulho de carro — disse Miz June.

Harold correu para a janela, para espiar de novo.

— São eles. Delores veio hoje.

— Quem é Delores? — perguntei para minha mãe.

— Uma das filhas de Lillian. A outra se chama Nadine.

Lillian era uma vizinha de Peach que tinha entrado, recentemente, no clube. As suas filhas a trouxeram, minha mãe me contou depois, como um "programa de incentivo" que bolaram para melhorar a recuperação de Lillian depois do derrame.

— Esse carro esporte é ridículo — Harold disse. — A pobre enfermeira está socada no banco de trás junto da cadeira de rodas.

— A enfermeira é uma perua — disse sra. Wong.

— Só corpo; falta o cérebro — falou Peach.

Harold se sentou depressa, abriu um livro no colo, como se fosse um ator no palco:

— E Delores é uma vadia — ele disse.

Fiquei pensando como alguém transportaria outra pessoa na cadeira de rodas subindo as escadas da entrada da casa de Miz June, mas, aparentemente, isso não era um problema, a julgar pelo que se via da janela, e então entendi o porquê. O cabelo de Lillian era branco como a cadeira na entrada da casa de Miz June e, provavelmente, ela pesava tanto quanto uma delas. Delores era baixinha e corpulenta, forte, com cabelos que chamavam a atenção de tão duros, e vestia uma blusa branca e azul, com distintivo falso da Marinha. "Olá, marinheiros!" Ela e a enfermeira perua não tiveram problema nenhum para erguer Lillian da cadeira. Delores comandava — você tinha a impressão de que o derrame de Lillian podia ter reacendido uma velha rixa entre elas e, agora, a vantagem era toda de Delores. Havia um pouco de prazer na maneira como ela posicionara a cadeira de Lillian no centro do círculo e colocara o livro *A vida multiplicada por dois* em seu colo. Uma coisa era certa: Delores, de agora em diante, teria sempre a última palavra. O derrame tinha feito com que Lillian perdesse a voz, excetuando alguns sons ocasionais, e o braço e a perna esquerdos estavam paralisados. Era insuportavelmente silenciosa e abatida, como as bandejas de amor-perfeito no viveiro de Johnson, que eram deixadas sem água por muito tempo — desfalecidas e moles. Lillian estava tão magra que partia o coração; era a visão da fragilidade encarnada. A enfermeira perua esperou na entrada de casa e abriu uma lata de Coca diet, que magicamente surgira em suas mãos. Ela devia saber que Delores iria permanecer ocupada por um tempo, fazendo o papel de boa filha na nossa frente, então tomou o primeiro gole fazendo barulho e enfiou o restante da Coca goela abaixo com gosto.

— Foi muita bondade sua convidar a minha mãe — disse Delores. Ela ajeitou o xale de lã nas pernas de Lillian. Estava muito calor para aquilo. Mesmo magríssima, Lillian não precisava de nenhuma coberta, feita provavelmente pela Delores, nas cores vermelha, branca e azul. Era um xale patriota, e muito engraçado, se você quer saber.

— Para ler o livro? — perguntou minha mãe. — Não, não foi somente por sua mãe; todas queremos ler. E Charles Whitney é uma leitura que vale a pena. Eu recomendo.

Beauty, a gata branca de Miz June, entrou e se enfiou no meio das pernas de Delores. Pelos brancos misturados ao poliéster azul-marinho da calça.

— Minha mãe é quem lê na família, como você sabe.

— Eu me lembro de você ter dito que se encontrou com Charles Whitney no ano passado. Deve ter sido memorável — disse minha mãe.

— Uma vez eu cumprimentei Neil Diamond e não lavei a mão por uma semana — disse Delores.

Delores saiu com a enfermeira perua. Deu para ver que Delores acariciava o gato, o montinho sobressaindo feito uma bolinha na cobertura de um *muffin*. A enfermeira perua amassou a lata de Coca diet com uma mão só e com tamanha força, enquanto elas desciam a escada.

— A Lillian conhece o autor do livro? — perguntei.

— A Lillian não é uma porta. Pergunte a ela — disse Peach. — Ela entende tudo perfeitamente, não é, querida? — Os olhos de Lillian olharam para nós, sem piscar. Eram um pouco como os olhos de um bebê: vivos, alertas, observadores, do outro lado desta barreira que é a falta da linguagem. Por um segundo, a cadeirinha de bebê no carro do meu pai me veio à lembrança. O bebê, a irmã, tornaram-se, por um momento, reais. Um bebê que via coisas, tentava alcançar coisas, ouvia a voz ritmada de meu pai e podia reconhecer aquela voz. Fiz como Peach disse:

— Você conheceu o autor do livro?

Lillian olhou para mim com aqueles olhos e, em seguida, balançou a cabeça. Pensei em como ela fazia as coisas antes, todo o tipo de coisas — regar as plantas, alimentar os bebês, cozinhar um almoço especial. Eu soube depois, por minha mãe, que Lillian sempre trazia consigo o primeiro livro de Whitney, *As horas do presente*, para as reuniões.

— Ela não apenas o conheceu, se é que você me entende — Peach disse.

— Ninguém vai me convencer do contrário.

— Não a deixe provocá-la, Lillian — disse Anna Bee.

— Ela tem uma foto dele na penteadeira! — exclamou Peach, que se sentou na beira da cadeira, tentando nos chamar a atenção rapidamente.

— Então, você já disse isso uma centena de vezes — falou Harold.

— Talvez somente se parecesse com ele — sugeriu minha mãe.

— Ela tem a foto dele na penteadeira. — Peach se acomodou de novo na cadeira. — Eu vi, não foi, Lillian? — Lillian concordou com a cabeça. — Ela estava vendendo uma velha televisão, e eu entrei para olhar. Nós não nos víamos muito, não é mesmo? Desculpe se não fui uma boa vizinha. Sempre me pareceu que preferia estar na sua.

— E por que você precisava de outra televisão? — arguiu Anna Bee.

— Não era para mim. Mark e Justine tinham acabado de se casar — disse Peach. — Estava tentando ser útil. Eles acabaram fazendo uma boa compra na Costco. De qualquer modo... — ela disse para mim. — Na outra vez que fui lá, para visitá-la, depois do derrame, o retrato tinha sumido. "Puff!" Foi substituído por uma foto de Walter no dia do casamento.

— Bem, não há dúvida de que Charles Whitney era bem mais agradável de olhar — concluiu Miz June. Ela tinha posto os óculos de leitura e olhava com atenção a foto da contracapa do livro.

— "Fiu-fiu" — sra. Wong fingiu assobiar.

Eu me inclinei para ver o exemplar de Harold. Não entendi bem por que tanto frenesi, afinal, o homem tinha 80 anos. Charles Whitney parecia tanto dócil quanto sábio. Os olhos exprimiam um sorriso, muito embora ele estivesse sério. A barba branca era espessa, como um capitão do mar nas histórias infantis. Tiraram a foto dele em cima de um penhasco que dava para o mar, com uma das mãos na aba do chapéu, as mangas da camisa dobradas até o cotovelo.

— A foto que ela tinha estava num porta-retratos — disse Peach. — E desapareceu. Me surpreendo que Delores e Nadine tenham deixado que ela trouxesse o livro de Whitney tantas vezes. E de que o livro não tenha desaparecido. Não sei por que ninguém acredita em mim, quando é tudo tão evidente.

Eu sei por que ninguém acreditava nela. Eram sempre as mesmas histórias. Uma vez Peach tinha convencido todo mundo de que ela vira um morto no jardim do vizinho. Minha mãe chegou a ligar para a polícia. O morto se revelou um saco de lixo cheio de almofadas de velhas cadeiras de jardim, e minha mãe disse que o policial com quem ela falou até hoje pisca e sorri para ela toda vez que a vê. E teve também uma vez em que Peach convenceu todo mundo de que Adolph Vonheimer, um velho benfeitor da biblioteca, era um ex-nazista. Em primeiro lugar, tinha o nome dele, mas o mais importante era a tatuagem da suástica que ele tinha na perna, o que se verificou ser um caso particularmente sério de varizes, de acordo com Miz June, que o vira de shorts na Tru-Value.

— Eu as vi tentando pegar o livro dela uma vez — disse sra. Wong. — Nadine arrancou-o do colo dela. Lillian arranhou o braço dela com a mão direita, como um bom gato. — E por falar em gatos, Beauty se aninhara nos chinelos da sra. Wong.

— Lillian tem mãos firmes, por conta de tantos anos tocando piano. — Peach fingiu escorrer os dedos sobre um teclado imaginário.

— Muito bem! — Anna Bee aplaudiu Lillian.

— Você deveria ter nos contado isso — Miz June disse para a sra. Wong. — Temos que manter um olho em Lillian. Como seus amigos, somos responsáveis por ela.

— Tem razão. Deveria ter dado uma lição em Nadine, algo de que ela não se esqueceria jamais — comentou Harold. E levantou a mão fechada.

— Dá para sentir o cheiro do poder masculino — disse Peach. — "Bá-bum".

— A gente deveria ter sabido disso — Anna Bee comentou. — É um pouco suspeito.

Minha mãe soltou um leve suspiro. Nossos olhos se encontraram, e ela me observou.

— Mil perdões — disse sra. Wong. — Da próxima vez, eu te aviso. Vou ficar alerta feito ave de rapina.

— Espero que o Neil Diamond tenha passado álcool na mão depois de ter cumprimentado a Delores — finalizou Harold.

O livro de Whitney era grosso — era justo que uma vida de 80 anos não fosse tão fácil de sustentar nas mãos — e a minha mãe e as Rainhas Caçarolas tinham concordado em lê-lo por partes. Naquele dia, o grupo discutiu a primeira parte: ver Charles Whitney através de um livro infantil requeria da minha mãe um desempenho maior do que o de *bookmaker* e caçadora de marido. As restrições dele quanto aos mercantes navais no início da Segunda Guerra Mundial; os bailes das *big bands* e as brigas de bêbados; as mulheres em cada porto durante a guerra.

Todo esse cenário e mais a descoberta de Charles Whitney de que a escrita era o único modo de se proteger, de uma forma ou de outra, podiam ser lidos na primeira parte do livro. Eu queria chegar logo em casa para lê-lo.

— O principal problema parece ser o desejo — diz Miz June.

— O principal problema de todo mundo é o desejo — gritou Harold de dentro do banheiro, sob o som de cataratas do seu próprio xixi. Harold tinha bebido muito chá.

— Não há nada intrinsecamente errado com o desejo — disse Anna Bee. — O desejo levou a humanidade a grandes feitos. Toda grande descoberta e conquista têm a sua base no desejo. Somente quando você espera que o outro satisfaça este desejo é que surgem os problemas.

— Ela leu além do ponto que nós combinamos — Harold gritou novamente do banheiro. Ele tinha uma excelente audição para um senhor de idade.

— E como é que você sabe disso? Também leu além do ponto? — Peach replicou.

— Vocês dois leram além do combinado — disse Miz June. Ela provavelmente tinha feito o mesmo.

— O amor não deveria ser a resposta a qualquer custo. Não é nem mesmo a questão mais importante — disse Anna Bee. — É mais... — As mãos dela tremeram levemente, quando ela pegou a xícara de chá, como se fosse uma folha cortante voando pela brisa.

— Música de fundo — disse Miz June. — A perfeita música de fundo.

— Pano de fundo? — minha mãe arriscou. Escutei o barulho da descarga, depois uns passos rápidos e, em seguida, Harold apareceu.

— É o fermento, não a farinha — ele disse.

— Cristo, me dê uma dica — pediu Peach.

— Música de fundo — Miz June insistiu. — Bennie Goodman. — E estalou os dedos.

— Eu conheço bem uma pessoa que deixa que o amor prevaleça sobre tudo... — disse Harold.

— A sra. Wilson, atual sra. Thrumond — disse Anna Bee rapidinho. A etiqueta de sua malha estava para fora.

— Folgando com nossa cara desde o momento em que ela se casou. — A minha mãe tinha me obrigado e também Chip Jr., a ir ao casamento na sede do clube. A sra. Wilson, atual sra. Thrumond, estava vestida de branco e véu, e um cara bem velho que parecia estar morto tocava o acordeão. Os bonequinhos de plástico, na cobertura do bolo, tinham cabelo brilhante preto e pareciam ter 20 anos. O sr. Thrumond teve de se sentar para descansar depois da primeira dança.

— Não confie em nenhum homem — disse a sra. Wong. — O sr. Wong me engana toda vez que pode. Os homens só dão trabalho. — Pobre sr. Wong. De acordo com a minha mãe, ele era tão fiel quanto um chinelo velho que tem a forma da curva dos pés do dono e está pronto para andar sozinho. Ele nunca foi completamente amado pela sra. Wong nem por mais ninguém.

— Amém — finalizou Peach.

— Você foi feliz no casamento por cinquenta anos — disse Miz June. — Não sei por que concorda.

— Ele me deixou — disse Peach.

— Ele morreu — esclareceu Miz June.

— É a mesma coisa — disse Peach.

— Queria ler mais um trecho antes de terminar — disse minha mãe. — Marca a transição, o momento da mudança, no livro e na vida de Charles Whitney. Dia da Vitória, em 1942. O trecho logo depois que Charles vê Rose pela segunda vez naquele dia, imaginem as possibilidades! No caos da cidade de Nova York.

"Havia algo em sua boca que me fazia pensar em possibilidades", leu minha mãe. "O modo como um bilhete de trem pode lhe oferecer possibilidades, o modo como um barco ancora ao pôr do sol, o modo como uma voz no rádio anuncia uma vitória. Uma boca pode conter isso. Pode parecer destemida e firme. Finita e infinita. Depois da guerra, você precisa de ambas essas coisas. — Por que você não me beija? — ela disse. — Vamos comemorar um mundo novo. — Então, eu a beijei. Não podia me esquecer desse beijo. E ainda não posso. Toquei o rosto dela. E o mundo mudou mesmo naquele dia, mas a mudança em minha vida não fora menor ou menos significativa. Aquele momento levou embora o meu pesar e enxameou as ruas de vitória, gritos de alegria e de justiça, e daquilo ainda não me recuperei."

Ficamos todos em silêncio por um momento. Minha mãe sempre lia lindamente.

— Lindo — disse Anna Bee.

— Reanimador. Este é o modo como as coisas deveriam ser. Hoje tudo é sexo, sexo, sexo — disse Peach. — O amor hoje vem em ondas. Esse não!

Seguimos os olhos de Peach. Lillian tinha começado a chorar.

— Foi o seu comentário sobre as ondas — disse Harold.

— Não foi, não, seu idiota. Foi o livro.

As lágrimas rolaram do rosto enrugado de Lillian. Os cabelos finos e brancos dela pareciam tão delicados quanto os dentes-de-leão que podem voar com o vento. Ela era muito sensível à dor. Seu relógio de pulso parecia muito cruel, como um cartaz escrito "Me chute" nas costas de alguém. Senti um nó na garganta. Estava com vergonha, me sentindo mal, por ter testemunhado algo que deveria ser íntimo.

— Talvez isso não tenha sido uma boa ideia — disse minha mãe.

— Vou pegar um lenço de papel — disse a sra. Wong e se levantou.

Lillian levantou a mão boa do colo. Tremia enquanto a levava até o rosto, o qual tocou com a ponta dos dedos. Harold baixou os olhos.

— Não disse a vocês? — Peach falou com calma. Ela beijou a cabeça de Lillian, um pontinho branco. — Está tudo bem, querida.

— Harold! — a sra. Wong deu um grito no banheiro. Parecia que tinha falado "Herro!". E apareceu na porta. A sua blusa e a parte da frente da calça estavam encharcadas. Aparentemente, Harold tinha dado sequência ao seu plano com as torneiras e tinha se divertido com a fita adesiva de novo.

— Não fui eu — Harold mentiu.

Meu amor, Meu bem, Meu querido

...

Verdade. Eu não pensei em Travis Becker o tempo todo que estive com as Rainhas Caçarolas. Não foi apenas distração, entretanto, como tinha sido com o filme do Frankenstein. Talvez todos aqueles anos naquela sala tornassem o mundo maior. Estar com eles foi como se eu tivesse dormido; o modo como o sono rouba os seus pensamentos de um jeito definitivo, como um ladrão, e te leva para esta terra de onde fazemos e não fazemos parte. E então você acorda, claro, e tem a sua vida para levar, mas você parece ficar cego, ou ao menos piscando, por conta da escuridão de onde você veio.

Eu não consegui dormir naquela noite. A lua estava quase cheia e fazia calor, e tinha partes do meu corpo que se pareciam como listras de zebras desenhadas pelo luar que atravessava as venezianas. Vestia meias de zebra, luvas de zebra e botas de zebra. Virei o travesseiro de lado, para a parte mais fresca, e tentei voltar ao sono, mas aquilo também não funcionou. Pensamentos me importunavam: o meu pai, a criança. Charles Whitney naquelas ruas de Nova York infestadas de gente. Mas, sobretudo, um pensamento particular me perturbava: era a visão do número de telefone gravado no meu braço, a tinta escura penetrando na minha pele, misturando-se ao sangue e ganhando vida própria.

Imaginei meus dedos naqueles números. Pude vê-los mudando para a cor verde, contra o visor do telefone, à noite, e um som alto que me chegava ao ouvido. Pude imaginar o telefone tocar na casa, às escuras, de Travis Becker, acordando-o dentro do quarto isolado lá em cima. Ele saberia que era eu, é claro. Não pensei no que as Rainhas Caçarolas disseram sobre o desejo. Para um olho destreinado, necessidade e amor eram facilmente confundidos, como uma pintura original de um mestre e sua cópia. Tudo o que eu podia fazer, então, era sentir aquele vazio no estômago, e dentro do coração, e nomeá-lo amor. Senti a mão de Travis na minha cabeça, me empurrando para debaixo d'água.

Rolei na cama pela centésima vez e percebi que vinha uma fresta de luz por debaixo da porta. Alguém tinha acordado. Depois de alguns minutos, decidi investigar. Antes mesmo de bater à porta do quarto, deu para ouvir que minha mãe tinha ligado o computador. Era velho, fazia um barulho horrível, superdesagradável. Era tão pesado que serviria como âncora de barco. Ela pegara da biblioteca quando eles compraram novos modelos.

— Entre — disse minha mãe. — Eu te acordei?

O cabelo dela estava embaraçado e esquisito para alguém que não tinha se deitado até aquela hora. Ela vestia uma camisetona branca — um camisolão, esperava que não fosse do meu pai — e óculos.

— É o calor — eu disse. — O que está fazendo?

— Algo estúpido. Ridículo. Uma ideia besta.

A família McQueen era bem dura consigo mesma.

— O quê?

— Não vai dar risada.

— Não vou.

— Estava pensando em Lillian. E em Charles Whitney. E no que Peach disse. Estou fazendo uma pesquisa sobre ele.

— Ah!

— Eu sei, eu sei. Eles sempre me pegam. Jurei que isso não aconteceria de novo, mas fiquei com as palavras do livro na cabeça: "Lembre-se do morto. Lembre-se do morto". É loucura.

— Talvez não seja assim tanta loucura.

— Algo naquele livro me pegou. Eu sinto que acordei de novo. Pela primeira vez desde que seu pai falou sobre o bebê. Estou pensando que é apenas o primeiro capítulo de uma vida longa.

— Seria tão legal se Lillian tivesse mesmo conhecido Charles Whitney.

— Ai, meu Deus! Tá vendo? Foi exatamente assim que comecei a pesquisa. Ah, vá, Charles Whitney? Estou certa de que Peach só está procurando algum divertimento. De novo. Ela queria ser a Miss Marple.

— Por que pensamos que a Lillian não poderia conhecer alguém famoso?

— Nós nem ao menos conhecemos a Lillian. Ela é uma caixinha de surpresas.

— Quem sabe? Ela pode ter sido alguém importante na vida dele.

— Tive uma amiga de escola que dizia que a sua mãe tinha namorado o Elvis. Todo mundo tirava sarro dela.

— Talvez fosse verdade.

— É que parecia tão improvável. Uma vida comum, uma pessoa comum, ligada a algo grandioso. Ficção, certo?
— Vamos ver se encontro alguma coisa.
— Ah, está curiosa também, né?
— Estou me lembrando do morto.
— Não sei nem o que estou procurando direito — ela disse.
Sabia exatamente o que ela queria dizer.

Capítulo 8

Eu liguei para ele, é claro.

— Não demorou muito — disse Travis Becker. Sua voz ao telefone era como mel. Queria que ele estivesse ao meu lado; queria sentir aquela voz na minha boca.

A gente não tinha muito o que falar um ao outro. Conversar não era muito com a gente. A gente ouvia a respiração pelo telefone. Travis disse que queria me ver, que tinha algo para me mostrar. Eu lhe disse que não ia mais entrar na casa dos outros quando eles não estivessem lá. Eu não queria, nem podia, dizer a palavra "invadir". Ele disse que tudo bem. Que não era nada daquilo, que ele queria que eu fosse para a casa dele no fim de semana seguinte, no sábado à noite, depois das nove horas. Eu lhe respondi que iria pensar. E que ambos sabíamos, eu acho, que aquilo significava um sim.

Por alguns dias fui que nem um bombom dentro da caixa: bem comportadinho no lugar, ancorado em um esconderijo. O sentimento de culpa que eu tinha por estar fazendo algo errado me fez jorrar boa vontade, como se eu já atinasse com algo que ainda nem havia feito.

Minhas intenções gritaram. Bom, pelo menos, pensei que sim. Eu dei tipo uma centena de pistas de que estava esperando pelo sábado à noite. Pensei que a qualquer um que me conhecesse bastaria um olhar para descobrir que um impostor tinha me tomado conta. Meus olhos tinham um modo de perscrutar, procurando aquela figura no escuro, a qual, achava, poderia me observar de qualquer lugar. No viveiro de Johnson, tentava manter a concentração: tentava, tentava, tentava, mas ainda assim meu olhar saía de perto de Libby e vagueava até as janelas de vidro da estufa, onde as orquídeas repousavam, tenras e abertas. A boca de Libby se movimentava, as mãos gesticulavam, os termos "menta", "pulgão" e "wistaria rosa" chegavam aos meus ouvidos como num sonho, como se ditos numa língua antiga e desconhecida. Estava começando a pensar que ninguém ali me conhecia de verdade ou então ninguém estava prestando atenção. Em nada.

Obviamente, minha mãe também estava lutando contra seus impulsos — nos últimos três dias havia uma carta endereçada a meu pai em cima da mesa, perto da porta, com selo e tudo, pronta para ser expedida. Ela ainda não tinha feito nada para consertar o buraco na parede da cozinha que era como uma boca aberta gritando de dor, e o pior de tudo era que eu estava me acostumando àquela boca. Chip Jr., no que eu supus ter sido um movimento para chamar a nossa atenção de novo para o buraco, pôs um velho boneco de brinquedo lá dentro, em estado de alerta, como um soldado num edifício bombardeado em um país em guerra.

Naquela tarde de sábado, minha mãe me levou novamente à reunião das Rainhas Caçarolas. "Fique firme", ela dissera. "Elas penetram em você de um modo que não sei explicar." Eu fui, embora o sentimento de culpa premeditada escorresse de mim feito suor, tenho certeza. Não sabia o que faria naquela noite — nem mesmo queria saber, no caso de esse saber vir a queimar aquela delicada bolha de antecipação —, mas eu havia planejado a fuga, um modo de sair. A coisa ruim era que eu, agora, sentia que devia explicações às velhinhas, bem como a Libby, a minha mãe, a Chip Jr., às pessoas que me queriam bem, enfim, deve ser normal.

— Como vai você, Harold? — perguntei naquela tarde, quando todos se juntaram.

Harold estava elegantemente vestido de shorts cáqui e camisa de colarinho engomado. Pela primeira vez notei um plástico cor-de-rosa atrás da sua orelha. Aparelhos de surdez parecem uma invasão de dignidade. Envelhecer é uma invasão da dignidade. Harold segurava Beauty, que se aconchegava confortavelmente nos braços dele. Ele levou o polegar à cabeça:

— Exausto. Meu filho e sua família vieram me visitar. Minha neta de três anos veio ao meu apartamento pela primeira vez. Ela olhou ao redor e disse: "Bonito apartamento, vovô". — Harold riu.

Eu sorri:

— Que gracinha!

— Ela é muito mais que isso. Ela sabe dançar sapateado. A mãe dela a matriculou no balé. Ela até tem uma saia de bailarina. "Tap, tap, tap", na mercearia, no chão da cozinha, na calçada... Cheguei aqui duas horas mais cedo em busca de um pouco de paz.

— Olhe, a Peach fez permanente no cabelo! — disse Anna Bee. Ela estava sentada atrás de Peach, enrolando suas mechas. — Ela odeia quando eu faço isto.

— Tire suas mãos de mim. — Peach se sentou na cadeira com almofadas onde eu me sentara na vez passada. Desta vez, Peach chegou primeiro.

— Mas está muito encarapinhado — disse Anna Bee.

— Deixe eu ver — disse Miz June. Ela usava uma nova echarpe de seda. Ela disse que tinha comprado numa *beau*, uma palavra que se pronunciava quase com os lábios fechados e que o fazia pensar em chapéu-coco. Ela acariciou o cabelo de Peach.

— Está encarapinhado. Passe a mão, Ruby.

Elas tinham razão. Estava encarapinhado, mas macio. Me fazia lembrar do tufo de pelos na cabeça do poodle de Fowler.

— Parece um poodle hippie — afirmou Miz June.

— Estava pensando na mesma coisa — eu disse.

— Minha nossa! — exclamou Peach. Mas ela não se moveu. Na verdade, ela manteve a cabeça bem firme. Acho que estava gostando de tanta atenção.

Harold apareceu:

— Toma, segure o gato — disse para mim. E me passou o animal. Há algo quando se passa um gato de uma pessoa para outra que faz que eles cresçam de tamanho. Como se fosse um acordeão ou algo do gênero.

— Quero tocar — falou Harold.

— Só por cima do meu cadáver — ameaçou Peach.

— Ebaaaa! — disse Harold, mas ele deu uma passadinha de mão, antes de atender à porta. — Você está atrasada — disse para a sra. Wong.

Ela largou a bolsa, que fez um barulhão.

— Tive de seguir aquele traste do meu marido. Quando ele sai de casa, sei bem para o que é. Para uma boa surra.

— Você o pegou no flagra? — perguntei. Minha mãe olhou feio para mim. Não era para a gente encorajá-la.

— Ele foi para a lojinha. Comprou selos. Desta vez... — ela disse, tirou os sapatos e colocou os chinelos vermelhos, mesmo com meia de náilon.

Esperamos por Lillian.

— Odeio começar sem ela — disse minha mãe.

Esperamos um pouco mais, mas, então, minha mãe começou, resumindo o que já havíamos lido. Charles Whitney tinha encontrado o amor da vida dele, a mulher a quem chamaria apenas de Rose. Depois de aportar em Nova York e de se apaixonar por Rose, ele teve pneumonia, e Rose fez uma coisa chocante para a época: ela o levou para morar com ela, em Hell's Kitchen, onde habitou durante a guerra, escrevendo poesia e sustentando a si mesma com um trabalho na fábrica de munição. Rose cuidou de Charles, que escreveu o primeiro capítulo de *As horas do presente* naquela época. No início era para ser um conto, mas foi vendido como romance um ano mais tarde. Aparentemente, Rose era uma enfermeira dedicada, e não foi apenas a infecção nos pulmões que tirou o fôlego de Charles naquele tempo em que moraram juntos. "Tudo sobre ela me deixava sem fôlego", minha mãe leu. "Sua beleza, sua pele, sua poesia, a abundância de temperos nos pratos que cozinhava mal."

— Estou preocupada com Lillian — Anna Bee interrompeu.

— Eu também — Miz June disse.

— Eu também. — Mamãe suspirou.

— A gente poderia passar lá — sugeriu Peach. — Estava tudo calmo esta manhã.

— Tenho binóculos dentro da bolsa — disse a sra. Wong.

— É melhor a gente esperar um pouco mais — sugeriu minha mãe.

Minha mãe continuou a viagem pela vida de Charles Whitney. Charles se recuperou e arrumou trabalho perto do mar. Pediu Rose em casamento, mas ela disse não. Charles bebeu muito durante a guerra, e esse hábito continuou. Se ele não parasse, ela não seria, não poderia ser a sua esposa. Ele a pediu de novo, e ela continuou a negar. Ela o amava, dissera, mais do que ela pensava ser possível, mas não iria cometer um ato impensado. Num acesso de raiva, ele abandonou Rose. Continuou a escrever e a pensar nela. Um ano depois, ele parou de beber completamente. O seu coração rejeitado e teimoso não lhe permitiu procurá-la. Quando, enfim, se deu conta de que não suportava mais, já tinha passado outro ano. Ele foi atrás dela. Perguntou aos seus familiares. A notícia o arrasou. Ela havia se casado com um tenente do Exército na semana anterior.

O telefone tocou. Miz June se levantou para atender. Harold aproveitou o intervalo e foi para a cozinha fazer um chá. Miz June voltou pouco depois:

— Ann? É a Delores.

Minha mãe se levantou para atender ao telefone.

— A Lillian não vem mais — Miz June nos contou.

— O quê? — perguntou Peach.

— Delores disse que da última vez foi demais para ela. Elas tomaram o livro de Whitney dela. Disseram que, por causa dele, ela estava se entristecendo muito.

— Tomar o livro dela é o que a entristeceu! — disse Anna Bee.

— Depois disso, Lillian derrubou todos os livros da prateleira que pôde alcançar.

— Ela ficou nervosa — disse Anna Bee.

— Ela estava procurando algo — afirmou a sra. Wong.

— Ela é Rose. Sei que é ela — disse Peach. — Vocês não percebem? Está na cara. Os nomes foram trocados para proteger os inocentes.

— E por que ela tem de ser Rose? Charles teve muitas amantes — falou Anna Bee.

— Você leu mais do que o combinado! — Harold gritou da cozinha.

— Você foi quem leu — Peach acusou.

— O quê? Não estou ouvindo — Harold gritou. Ele era um grande mentiroso.

— Delores disse que a mãe não anda bem da cabeça — afirmou Miz June.

Minha mãe voltou para a sala e suspirou.

— Elas não vão mais deixar que ela volte.

— Nós ouvimos — eu disse.

— Ela tinha uma foto dele na sua escrivaninha — disse Peach.

Harold veio trazendo chá, já servido nas xícaras. Dava para ver a ponta de uma tatuagem por debaixo da manga. Minha mãe se sentou:

— Tenho algo para dizer a todos vocês.

— Você vai fugir com o bibliotecário hippie — falou Harold.

Minha mãe o ignorou.

— Não sei ao certo como dizer. Na verdade, isso vai contra os meus princípios, mas eu pesquisei e encontrei a certidão de casamento de Lillian. Ela se casou com Walter em 1948, no mesmo ano do casamento de Rose. Eles se casaram em Nova York. Walter era um tenente do Exército. Encontrei o nome dele nos registros militares.

— Eu disse — insistiu Peach.

— Isso não quer dizer nada, na verdade. Existiam muitos tenentes do Exército em Nova York depois da guerra — afirmou Harold.

— Não devia ter dito nada — admitiu minha mãe.

— Vou passar lá para vê-la — acrescentou Peach.

— Agora, espere — pediu minha mãe. — Quero que se lembre do morto. E do pobre Adolph Vonheimer.

— Certamente, nós temos que cobrir uma leitura — disse Anna Bee.

— A moral da história de hoje é que o amor fede — falou Peach. — Agora, vamos.

— Você está implicando por causa do assassino — Harold afirmou.

— Ele não era um assassino. Pelo menos, eu acho que não — disse Peach.

— Peach começou a se corresponder com um senhor graças a um anúncio nos classificados do jornal. Quando ele mandou uma foto, dava para ver que ele usava macacão de presidiário — esclareceu Miz June.

— Mecânicos usam macacão — falou Peach.

— Geralmente, não são da cor laranja com os dizeres "Departamento de Correção" no bolso — Harold afirmou.

— Aquelas viagens à praia que ele mencionou no anúncio serão bem impossíveis — acrescentou Miz June.

— Não se ele pular a cerca de arame farpado e escapar dos tiros dos guardas — ironizou a sra. Wong.

— Chá? — Harold disse com doçura.

— A culpa é daquele idiota do Henry por ter me deixado — disse Peach.

— Ele morreu! — Miz June e a sra. Wong disseram juntas.

Tomaram chá.

— Pelo menos, você continuou a sua vida, Peach. O Henry já se foi há muito tempo. Todo mundo quer logo arranjar outro amor — comentou Anna Bee. — Todo mundo está procurando se jogar no outro.

— Você sabe muito bem quem foi que "se jogou no outro" — Peach insinuou.

— A sra. Wilson, atual sra. Thrumond — replicou a sra. Wong.

— Nem bem esquentou a cadeira e já botou o anel no dedo — Harold disse. — O corpo do marido não tinha nem esfriado.

— Eu me casei com um traidor. Ele sempre faz as coisas nas minhas costas. Eis o que digo sobre o amor: um Wong não a leva longe!

Todo mundo resmungou.

— Quantas vezes vamos ter de ouvir isto? — Harold perguntou.

— Desculpe, desculpe — disse a sra. Wong. Mesmo assim parecia satisfeita por falar.

— Ah, minha nossa! O seu dente! — Miz June disse para a sra. Wong.

— O quê? — perguntou a sra. Wong.

— O seu também! — Anna Bee apontou.

— Anna Bee, o seu também.

As velhinhas mostraram os dentes para nós. Estavam levemente manchados de azul. Só Deus sabe quantas vezes teriam que mergulhar a dentadura no soro para tirar aquilo.

— Harold! — gritou a sra. Wong.

Quando voltamos para casa, eu tinha apenas uma hora antes do encontro com Travis Becker. Um sentimento de culpa me levou para o jardim fora de casa, onde Chip Jr. estava sentado com Poe. Ele parecia solitário. Digo Chip Jr., não Poe. Chip Jr. cortava umas folhas de grama e jogava em cima das costas do cão.

— O que você está fazendo? — perguntei.

— Para que quer saber?

— OK, esqueça o que eu disse.

Nós nos sentamos em silêncio por um momento e observamos Poe enfeitado de grama. Por fim, Chip Jr. disse:

— Estava pensando no que os cães pensam.

— Ah, essa é fácil. Comida. Fazer cocô onde não devem. No que roer.

— Não, quero dizer, o que eles veem.

Ele parou de jogar folhas em Poe. Tinha uma bela capa verde agora. Eu me agachei ao lado de Poe, na mesma posição. E encostei o queixo no chão. O cheiro da grama era bom.

— Ele vê as suas próprias patas, a cerca e o teto da casa de Sydney — eu disse. — A velha raquete de tênis da mãe que você deixou no jardim.

— Não foi isso o que quis dizer — esclareceu. — Como as coisas se parecem aos olhos dele. Ah, esquece. — Chip Jr. sempre se sentia frustrado conosco, meros mortais. Eu apoiei a cabeça em Poe e escutei o coração dele. Era um som seco, mas ao mesmo tempo assustador. Pensei que somos apenas uma coleção de órgãos funcionando, que a qualquer momento pode se interromper. Levantei a cabeça.

— Vamos brincar de "Coisas que odeio" — propus. Chip Jr. adorava aquela brincadeira.

— Não estou entendendo — ele disse.

— O quê?

— Por que você tá sendo tão legal? Por dias, ficou andando por aí com um olhar engraçado e hoje você quer bancar a legal.

— O que quer dizer com "olhar engraçado"? — Bem, é claro que ele tinha percebido, pensei. Ele sempre via algo que eu achava que ninguém tinha visto.

— Você não olha para ninguém com que está falando. Está sempre olhando ao redor, como aquelas pessoas que costumava odiar. Aquelas pessoas que dizia que conversavam com você sem olhar na sua cara, esperando que alguém mais interessante aparecesse.

Pensei em algo forte naquele momento. Chip Jr., minha mãe e eu no *drive-in*, quando ainda havia *drive-ins* por ali. A caixa de som pendurada no vidro do carro, e Chip Jr. e eu vestíamos pijama. As vozes na caixa de som eram fracas e distantes. A gente era tão jovem que o pijama de Chip Jr. tinha uns foguetes estampados e um fecho de plástico que fazia barulho quando ele andava. Chip Jr. se sentou colado em mim, nós três espremidos no banco da frente, comendo Red Vines e tomando refrigerante. O hálito dele era doce, e os dentes estavam tingidos de corante alimentício. Quando me virei, vi a grande tela de cinema atrás da gente, não a de um desenho da Disney a que estávamos assistindo, mas a de um filme de adulto. Era grande e misteriosa. E, apesar do tamanho, a falta de som fazia você ficar fora do mundo habitado pelos carros do outro lado do *drive-in*.

Por um momento, senti muita falta do pijama de foguetes. Meu coração parecia que ia parar. Poe se levantou e chacoalhou a capa de grama do seu corpo, como se se lembrasse de perder paciência. Por seu bom comportamento, dei um tapinha nele. Para o meu bem-estar, havia algo agradável e genuíno em dar um tapinha no cachorro.

Olhei para Chip Jr. por um momento bem longo. Um olhar demorado o bastante para que ele percebesse que era ele que eu observava.

— Me desculpe. "Coisas que odeio": pedacinhos de papel.

— Dor de garganta.

— Papel que cobre privada. Está tudo bem até que você resolve sentar-se no vaso; ele se movimenta. Ou então gruda na sua perna depois de você usar a privada.

— A gente quase não usa. — Ele pensou. — Quando a ponta do lençol de elástico escapa do colchão.

— Odeio isso.

Chip Jr., matutando: — Ataque-surpresa.

Minha mãe tinha cortado o cabelo dele supermal. Não dá para confiar na minha mãe quando se trata de tesouras ou cortadores de unha. Era verdade; a testa de Chip Jr. estava enorme. Ele chamava o corte de "ataque-surpresa de 27 de julho".

— Não tá tão mal assim — menti.

Olhei para ele, era meu irmão de óculos, corte de cabelo ruim e um jeito estranho de me observar. Ele sempre percebia tudo. Tive o desejo impetuoso de voltar ao carro, no *drive-in*, me sentar no banco do carro agarrada àquele pijama cheio de bolinhas de tanto lavar, a gente passando a lata de refrigerante um para o outro, os cotovelos se movimentando como numa pista de dança lotada. Queria ver o filme refletido nos olhos dele e nos da minha mãe, quando eles olhavam fixo para frente. Também queria poder virar para trás e dar uma espiada no outro filme, em que as bocas se moviam de modo errado ao som do desenho animado, não em sintonia com a caixa de som. Mas, sobretudo, queria me virar de novo e olhá-los, estar completamente imersa naquele mundo, onde tudo se ajeitava como devia.

Capítulo 9

Naquela noite, o ar era fresco, quase úmido, do jeito que é quando há nuvens negras, mas ainda não choveu. Nuvens pesadas, letárgicas, apareceram durante todo o dia, uma súbita e surpreendente interrupção da energia solar que tivemos nos últimos dias. O verão do nordeste dos Estados Unidos é assim — um tempo maníaco-depressivo. Sol, otimismo, roupas de banho e o cheiro gostoso de protetor solar, e então, "pá", você acorda ao som de uma coisa que parece uma caldeira estourando e o cheiro acre de ar quente atravessa respiradouros que não haviam sido usados nos últimos tempos. Você tem de pôr meias de novo, e o jardim que era seco parece aliviado. A sra. Wong e Anna Bee vieram de casaquinhos ao clube do livro naquele dia; ambos com botões de pérola.

Não era uma boa noite para uma festa na piscina — o que prova que ter dinheiro não significa que se pode controlar tudo. Claro, eu não sabia que iria para uma festa na piscina, nem mesmo que iria a uma festa. Pensei que iria me encontrar com Travis e só. Não quis perguntar os detalhes. Era como se quisesse saber o que ganharia de aniversário na véspera. E também não queria que ele me desse nenhuma informação que minha mente não fosse capaz de identificar.

Não havia outo jeito de sair de casa, a não ser inventando uma bela mentira, então resolvi arriscar e pedi ajuda a Sydney. Ela não ficou contente com o papel de cúmplice. Afinal, era um membro de carteirinha do clube

"Ajude Ruby a se Livrar de Travis", desde o dia em que dormiu no saco de dormir, em casa. "Isto não é o que os amigos costumam fazer", disse. "Amigos não inventam desculpas para as amigas poderem se encontrar com o sr. Hollywood, aquele que tem uma queda por situações perigosas." Por acaso eu sabia que todo mundo falava que ele era um bandido? Por acaso eu sabia que ela se sentiria pessoalmente responsável caso acontecesse algo comigo? Sabia que ela trituraria seus miolos, se ele me machucasse de algum modo?

Minha mãe ficou surpresa quando contei pra ela que sairia com Sydney e as amigas dela naquela noite. Não era comum eu fazer isso, principalmente porque me preocupava com o fato de Sydney me levar junto para algum projeto para o bem da humanidade, como estes onde as pessoas doam perus no Natal. Dava para ver que minha mãe estava se esforçando para não fazer uma careta, tentando não transparecer um ar de dúvida nas suas sobrancelhas. Ela venceu, na maior parte do tempo, embora seu sorriso estivesse congelado e tivesse me desejado um "Divirta-se" de um modo meio capenga, como um velho Fusca.

Eu corri, esperei um tempo na porta da casa de Sydney e então fui, às pressas, para a rua Cummings. Não era uma boa ideia andar por essa rua, pois alguém poderia me ver, mas estava escuro e tal, e já estava atrasada para fazer outro caminho. Um carro passou veloz, com música alta, e um cara gritou algo para mim, palavras que se perderam no vento. A música do carro me deu confiança. A adrenalina das possibilidades me fez sentir destemida, quase tanto quanto Travis pensava que eu era. Por que não se abrir a experiências novas? Por que me deixar reprimir por pessoas como a minha mãe, que havia anos não tinha uma chance com ninguém e que só tivera um único golpe de sorte que fora ganhar um prêmio na tampinha da Pepsi? Transformar a minha mãe em vilã era mais difícil do que eu pensava, então voltei ao tema das novas experiências. Deixei que as coisas que eu amava crescessem na minha frente, mandando aquele sentimento de pesar para bem longe e me tornando eufórica de novo, pois então estaria preparada para o salto. Esperei por uma segunda chance sob a luz da entrada da casa de George Washington, ao lado da fila de carros quebrados da concessionária de Ron. Observei os *paragliders*, poucos naquela noite, mas caindo lá do alto, as suas cores contrastando no céu cinzento.

Eu fiquei lá em cima, junto dos *paragliders*, até que vi um monte de carros parados na sinuosa rua Cummings, na frente da propriedade dos Becker. Quando vi aqueles carros, desci bem rapidinho, como se o vento tivesse cessado abruptamente. Sentia-me presa como um daqueles *paragliders* que se entrelaçam nos galhos das árvores, de vez em quando, com as pernas balançando no ar, feito um bobo.

Andei até a entrada da casa. Um casal caminhava na minha frente. Eles eram da idade dos meus pais — ela vestia um minivestido, de havaiana, que era mais grudado no traseiro do que um filme plástico sobre uma tigela de restos de comida. E o penteado parecia uma casquinha de sorvete. O homem estava enfiado em uma camiseta polo e shorts, e carregava um presente com um laço perfeito na caixa. Nuvens de perfume encharcavam o caminho à minha frente. Seria uma noite perfumada. Todos aqueles perfumes competindo entre si, com vontade de vencer. Andei atrás deles cheirando somente a xampu. Barulho de festa — música, risada, gente falando alto — saía dos fundos da casa quando o Vestido de Havaiana tocou a campainha. Eram sons que me faziam recuar e ter vontade de desaparecer.

A mãe de Travis Becker atendeu à porta. Aparentemente, o tema da festa era o Havaí, porque também a sra. Becker vestia um vestido de havaiana — de mais bom gosto — e tinha um colar havaiano de flores frescas. Tinha uma orquídea presa no cabelo, atrás da orelha, num penteado meio solto, meio preso. Nunca a tinha visto tão de perto assim. Era linda, verdade — Travis tinha a quem puxar —, uma dessas mulheres que cuida da aparência como se fosse um emprego de meio período. A mãe de Travis não se parecia nada com a minha — ela não iria, por acidente, aspirar meias e pontas de cortina com o aspirador de pó e não levaria, dentro do carro, um rolo de papel higiênico para ataques de espirro. Ela teria pacotes de Kleenex, um dentro da bolsa e outro dentro do porta-luvas.

A sra. Becker beijou a mulher à minha frente e, em seguida, o homem, e eles lhe desejaram feliz aniversário. Eu fiquei atrás deles. Me sentia uma criancinha na noite de Halloween, relutante em propor a brincadeira como se o monstro fosse quem estivesse atendendo à porta. Uma daquelas crianças que, não importa que doce esteja oferecendo, não vem para perto da porta.

Pensei que a sra. Becker ia fechar a porta. Ela me olhou de modo interrogativo, como se eu fosse perguntar onde tinha estacionado o carro. Por um segundo, pensei na desculpa ideal para fugir: "Me desculpe se a perturbo, mas quem sabe a senhora não viu Binky? É um gato persa cinzento". Mas aí Travis apareceu:

— Ei, finalmente. Entre.

Dei um passo para dentro, até onde estava a sra. Becker.

— Oi — forcei a voz. Era um tom para lá de educado, um tanto inadequado e fajuto. — É seu aniversário?

— Não me lembre — disse, como se quisesse mesmo esquecer, enquanto se ouvia música alta e um cara gritando: "O seu copo está vazio, Becker". Provavelmente, não era este o caso. — Verifique se sua amiga quer algo para beber.

— Ruby — eu disse, mas ela já tinha se virado e estava saindo. — Não sabia que era uma festa. Você poderia ter me dito. É o aniversário dela. Poderia ter, pelo menos, comprado um presente.

— Ela é uma puta — ele disse. — Além disso, você gosta de surpresas.
— Bom, Travis tinha este traço: adorava me definir. Eu nunca disse que gostava de surpresas. Gostar de surpresas significava ser pego desprevenido, em alguma situação embaraçosa, e eu era o tipo de pessoa que sempre tinha um trocado para uma chamada de emergência. Gostava da ideia de ser alguém capaz de lidar com o que aparecia pela frente. Essa "eu" estaria usando uma echarpe e saltos altos para uma festa. Bem, eu teria que descartar a urgência de pedir para sairmos dali e puxá-lo pela manga da camisa.

Foi a primeira vez que entrei na casa de Travis. Passei os olhos pelas coisas quando atravessamos a casa até o jardim dos fundos. Piso de mármore, uma escada sinuosa com corrimão brilhando, uma sala de estar moderna com colunas e carpete amarelo e quadros que pareciam ter sido feitos com mostarda espirrada. Vi um violino dentro da caixa, como que suspenso no ar. Me senti meio mal — o violino fora confeccionado para tocar belas melodias, e aqui era tão silencioso quanto Lillian. Entramos numa cozinha enorme, tão grande que se esquentasse um copo de leite, antes de ir para a cama, já teria esfriado antes de você atravessá-la. Havia grandes bandejas de comida, tábuas de queijo e entradas que variavam de matiz e de formato. Me fazia pensar nos pratos que eu e Chip Jr. inventávamos quando brincávamos de cozinhar. Vinha um cheiro de churrasco e, lá fora, a primeira coisa que eu notei foi um garçom carregando uma bandeja com filé de salmão, rosado, lustroso e pronto para ser chamuscado. Me diverti um pouco com o motivo da festa pensando que salmão não era bem um prato havaiano.

— Carne de porco engorda muito — disse Travis, lendo os meus pensamentos. — Você quer um colar havaiano? — gritou por causa da música alta e pôs a mão na parte de trás da minha saia. Dei um tapa nele; em seguida, ele alcançou um enorme colar havaiano dentro de uma cesta de plástico, escolheu um cor-de-rosa para mim e pôs no meu pescoço. Pensei que Travis Becker tinha pouca imaginação, pois ele contou uma velha piada sobre colares havaianos. Havia uma banda que tocava música ao vivo — cinco caras tocando canções dos anos 1960 e que eram melhores que o meu pai, reconheci, com vergonha e culpa. Olhei para a área da piscina. Nunca tinha visto nada tão bonito. Parecia que era coisa de cinema: pequenas luzinhas nas árvores e um caminho iluminado pelo pátio. Velas em garrafas de vidro enfeitavam as mesas com toalha de linho; vasos de rosa no centro. Velas boiavam na piscina e havia algumas pessoas nadando em volta.

— Você os conhece — disse Travis, lendo de novo os meus pensamentos. Cara, daquele jeito ele podia ter o seu próprio show de mágica em Las Vegas. — Minha mãe está muito puta porque eles estão nadando na festa da piscina!

Olhei mais de perto e deu para perceber que dois dos nadadores eram Seth e Courtney, embora fosse difícil reconhecê-los de cabelo molhado e virados de costas. Courtney tinha subido no ombro dele, a bunda aparecendo do mesmo modo que as das garçonetes da montanha-russa Pepita de Ouro. Era uma bunda dividida nos ombros de Seth, parecia um fone de ouvido gigante. Ela estava se atracando com outra menina que se pendurava no ombro de outro cara. As velas que boiavam se juntaram todas para um lado, como patinhos assustados.

Por um instante, fiquei contente de não saber, antes, que era uma festa na piscina. Teria que me decidir se levaria ou não roupa de banho. Com certeza, não quereria montar no ombro de alguém e deixar a minha bunda de fora como se fosse um par de bexigas antes de serem soltas. Realmente não sei as regras do jogo. Não é legal ficar de calcinha em público, mas tudo bem se você usar um fio-dental; o da Courtney, dava para ver, parecia um pedaço de fio de algodão em que ela se sentou em cima e, de repente, ficou grudado na bunda. Devia doer. Acho que dava vontade nas pessoas de puxar, como um elástico normal. Bom, eu não caberia dentro dele. Talvez eu precisasse de terapia, mas eu ficaria sem jeito até por me despir na frente do meu cachorro.

Um garoto que eu não conhecia derrubou a menina dos ombros. Ela caiu espalhando bastante água e voltou à tona, dando gritinhos. Percebi que essas garotas davam muitos gritinhos. O garoto foi para a beira da piscina e subiu, como se ele tivesse largado uma caixa pesada que devesse carregar e, agora, acabasse o serviço. Ele tirou o calção de banho, balançou o cabelo e esfregou uma toalha na cabeça.

— Brandon! — gritou Travis.

Brandon se aproximou e nós nos cumprimentamos.

— Le-gaal — ele disse para Travis. Era como se eu fosse uma nova jaqueta que Travis usava. — A garota gostosa que é sua vizinha. — Ele riu. Era para eu achar aquilo engraçado. Chamá-lo de idiota seria um insulto aos idiotas. Nossa! Essas pessoas que a gente supostamente gostaria de ser eram mesmo uma decepção.

— Quer um drinque? — Travis perguntou. — *Mai tai*? *Piña colada*?

— *Mai tai* — respondi. Não fazia ideia do que era. Devia ser suco de laranja ou outra fruta misturada com álcool. Talvez viesse com um guarda-chuvinha de papel, que se quebraria se você puxasse, como uma vez aconteceu comigo.

Fomos até o bar. Era um verdadeiro bar, com um garçom de smoking e cara de tédio. Senti pena dele, do outro lado do balcão. Ele era apenas um smoking que servia, quando, na verdade, deveria ser alguém que tinha suas cores preferidas e lembranças da professora do pré-primário e pratos que detestava. O *mai tai* era vermelho. Não tinha guarda-chuva. Tomei um gole, e minha garganta ficou pelando, como se fosse dominar meu corpo todo, o que na verdade aconteceu. Não sei se essas bebidas são geralmente tão fortes assim ou se o garçom tinha intenções maléficas de nocautear todo mundo, pois assim voltaria mais cedo para casa.

— Tra-vis — gritou Courtney da beira da piscina. Ela mostrou o copo vazio. Ela e outra garota estavam encostadas dentro da piscina, com os braços esticados na borda. De perto, dava para ver que Courtney usava uma cruz de ouro no pescoço, um pingente entre as bexigas. Seth estava mergulhando; obviamente tentava descobrir quanto tempo conseguia ficar debaixo d'água.

— Acabou — disse a outra garota.

— Vá se servir. Eu não faço o papel de bom moço — avisou Travis.

Courtney fez beicinho. Seth se aproximou e soltou água pela boca.

— Setenta e quatro — disse. Tomou um golpe de ar e mergulhou novamente.

— Brandon! — gritou a outra garota. Ela segurava o copo vazio. Brandon se aproximou e pegou-o. Ela deu um sorrisinho para Travis, como se dissesse "tá vendo só?". — Quem é ela? — referia-se a mim.

— Ruby — respondeu Travis. — Uma amiga minha. Tiffany.

— Oi — eu disse. Tinha vontade de pisar nos dedos dela.

Brandon voltou com dois drinques e distribuiu-os para as meninas. Seth se aproximou:

— Setenta e quatro de novo. Que merda.

Pensei ter visto Courtney lançar um olhar para o buraquinho preto do short de banho de Brandon. E tinha razão. Um segundo depois, ela pôs o dedo lá e revirou-o para dentro. Seth estava mergulhando, ignorando as aventuras do dedo de sua namorada. Ele pôs os braços ao redor dos joelhos, deu uma cambalhota debaixo d'água e viram-se seus pés para fora da água.

— O que é esta porra que eles estão tocando? — perguntou Tiffany.

— Beatles — respondeu Travis. — Provavelmente, ela não conhece — ele disse para mim.

— Conheço, sim. Está me chamando de burra?

Seth veio à tona.

— Setenta e cinco! — vibrou. Que beleza, Deus o abençoe! Seth estava se revelando um mergulhador determinado. Como minha mãe diz, é importante ter algum objetivo.

— Quando podemos cair fora desta festa? — Courtney quis saber. Ela tinha tirado o dedo do shorts de Brandon e estava preparando outro drinque, como se tivesse corrido dois quilômetros num dia escaldante. Alguns adultos vestidos de havaianos dançavam. Fiquei cismada como as coisas que geralmente consideramos normais quase sempre são extremamente esquisitas.

— Não precisava ter vindo — disse Travis.

— Os meus pais me trouxeram — Courtney esclareceu.

— Olhe só para o meu pai tentando dançar — falou Travis. — Parece um retardado mental. — Olhei para o pátio, onde todo mundo estava dançando.

— De chapéu de palha — Travis declarou. O "retardado mental", dono daquela casa grande e da piscina, e que comprou a moto para Travis, estava com a mão na altura do peito e gingava o corpo de um lado para o outro sem tirar os pés do lugar. Fazia reverências com o chapéu de palha. Dançava com uma loirinha baixinha de sarongue que bailava com as mãos para cima. Ela rebolava e seus olhos estavam fechados como numa espécie de transe sexual. Por outro lado, o sr. Becker me fazia lembrar um desses programas de TV para pessoas velhas, que ensinam a fazer ginástica na cadeira.

Seth chegou por trás de Courtney e pôs o queixo no ombro dela.

— Você está me molhando toda — ela disse.

— Mas você está dentro da piscina — falou Tiffany.

— Só que meu ombro já tinha secado — Courtney falou.

— Vacas — xingou Brandon.

Estava difícil acabar com essa conversa tão animada, então só fiquei ali calada, me sentindo meio besta por uma série de motivos. Este era um dos eventos que ficavam melhores enquanto se planejava ou depois de terminados. Entretanto, queria poder comer um daqueles canapés.

— A gente pode ir para a minha casa. Meus pais estão aqui.

— Faça o que quiser — disse Travis. — A gente tem outros planos.

— Eu gosto desta velharia — disse Brandon, dançando. — Vamos lá, Tiff. — E estalou os dedos.

— Esqueça. Vou com Courtney para a casa dela.

— A gente pode surrupiar uma garrafa de rum do bar — falou Courtney. Ela saiu da piscina, mostrando a bunda no fio-dental, que eu não olhei direito. Sabe como é; às vezes as pessoas não querem ver a bunda dos outros.

Ela se enxugou com uma toalha, cuja estampa dizia "Sou um escoteiro", e que estava na *chaise-longue*.

Travis se virou para mim:

— Vamos dar o fora daqui. Eles estão me enchendo o saco.

Pegou de repente meu braço, me levou para o meio da multidão, correu até a garagem, passou por um trio de garotos com camisas havaianas e fumando charuto. Ainda segurava o *mai tai* (tinha dado só um gole), mas a corrida me fez derrubar um pouco na minha sandália. Fiquei com pena de não comer os canapés nem o bolo branco e grande, decorado e tão alto quanto o do casamento de sra. Wilson, atual sra. Thrumond. Pensei em sra. Becker procurando a família na multidão, encontrando seu marido de chapéu e o filho mais velho tocando teclado, mas nada de Travis. Fiquei com peninha dela, que sopraria as velinhas, a luz amarela na sua cara, mas o seu filho não se importaria em ficar. Mesmo que ela tivesse os pacotes de Kleenex, ainda sentia pena dela.

— Para onde vamos? — perguntei. Desta vez, queria saber. A pessoa que eu tentava ser e a pessoa que eu era, realmente, tiveram uma pequena discussão. E quem ganhou foi a pessoa que eu era realmente. Ela estava havia mais tempo no pedaço.

— Espere um pouco. Fique aqui.

Travis voltou correndo por onde veio. Fiquei sozinha, segurando aquele drinque ridículo. Cheirei, e o cheiro forte penetrou nas narinas; um trem atravessando um túnel. Tentei limpar a mancha vermelha da sandália esfregando o pé na grama molhada e, de repente, me dei conta de que os olhos de um dos fumantes de charuto estavam sobre mim. Travis voltou logo. Ele trazia uns canapés embrulhados num guardanapo. Fiquei ridiculamente alegre. Ele me ofereceu. Escolhi um que parecia um chapéu que a rainha da Inglaterra seria capaz de usar. *Cream cheese* com alguma coisa crocante.

— Vamos pegar a moto.

Eu o segui até a garagem. Fomos por uma porta lateral, felizes de sair da vista dos fumantes de charuto. A garagem dos Becker estava em silêncio; lá dentro, todos os barulhos da festa tinham sumido. Estava tudo tão limpo que chegava a ser assustador. Não havia nenhuma mancha de tinta nem rastro de óleo no chão de cimento, nem poeira nem pregos. Cabiam três carros lá dentro; mas naquele momento havia somente uma Mercedes conversível com o capô abaixado e a moto de Travis. Pensei no nosso carro na garagem. Aqui não havia nenhuma ferramenta de jardinagem, nenhum martelo nem arado com pedaços de grama grudados; nenhuma pilha de jornal, latas de inseticidas, sabão para lavar carro, raquetes de *badminton* nem berço de bebê encostado. A garagem de Sydney era muito parecida com a nossa: pacotes de semente e de fertilizantes, e bicicletas penduradas no teto. Aqui não havia nenhuma prova de vida humana. Até o sr. Baxter, que vivia do outro lado da rua, cujas ferramentas ficavam etiquetadas e penduradas numa prateleira, tinha sacolas de supermercado cheias de material para reciclagem e sacolas de golfe cheias de meias com pompons. Francamente, isso era algo que nunca entendera: por que os jogadores de golfe tinham chapéus para a neve se se espera que o tempo seja bom para jogar?

— O seu pai não joga golfe? — perguntei.

— Claro que joga — Travis respondeu.

Ele me entregou o guardanapo com os canapés, que foi a melhor coisa que aconteceu naquela noite. Comi outro chapéu da rainha e uma bolacha com um montinho feito formigueiro que tinha gosto de peixe. Travis se inclinou para examinar a moto. Se procurasse alguma mancha de poeira ou marca, iria procurar por muito tempo.

Então, se aprumou e abriu a garagem com um botão na parede. Comemos o restante da comida do guardanapo, e Travis o meteu dentro do bolso.

— Vamos! — convidou.

— Me diga aonde vamos, Travis.

— Para um lugar que você adora.

Eu era uma idiota. Pensei que a gente fosse passear ao redor do lago, de mãos dadas, as casas à beira do lago iluminadas e aconchegantes. Pensei que a gente fosse se sentar lado a lado no monte Solitude, olhando para a sua sombra escura e imaginando como seria saltar lá de cima.

— O que faço com isto? — Mostrei o copo. Ele o tomou de mim e naquele momento percebi que talvez tivesse cometido um grande erro. Tinha lhe dado a chance de beber de um só trago como Courtney e, em seguida, subir na moto comigo na garupa. Pensei num terrível acidente: nós estatelados no chão. Mas ele não fez isso. Apenas largou o copo no meio da garagem imaculada.

Não parecia correto aquele copo ali. Cruel e deliberado, vermelho como um rosto após ter levado um bofetão. Pensei, então, que muito da vida era sobre ter e não querer ou querer e não ter.

O arco que a motocicleta de Travis fez, ao sair da propriedade dos Becker, foi delicioso. Eu me segurei firme na cintura dele. Agarrei-me ao sentimento, o vento nas minhas pernas nuas, minha cabeça cambaleando e pesada, dentro do capacete. Muito embora fosse um passeio com vento frio, com as nuvens carregadas e o céu muito escuro. Fiquei contente de vestir um casaco. Passamos pelo Moon Point. Os *paragliders* tinham feito uma fogueira ao ar livre, como costumavam fazer nas noites de verão, e estavam ao redor da luz laranja e quente. Pelo jeito do céu, entretanto, não ficariam ali por muito tempo.

Não sabia por quanto tempo andaríamos de moto, mas não esperava que acabasse logo. Não, realmente não esperava parar no viveiro de Johnson.

Paramos numa vaga no estacionamento, com os pés no chão.

— Desça — ele disse.

— Por que estamos aqui? — As asas plumadas do medo. Uma única batida de pânico.

— Desça. Merda. Deixe eu checar um negócio.

Senti certo alívio por dentro. Ele desligou o motor. Eu desci e passei os braços em torno de mim mesma. Esperava que ninguém tivesse me visto ali. Estava tranquilo e escuro, exceto pelos capacetes brilhantes e pelas luzes da paisagem de frente da loja. Esperei Travis verificar o que quer que fosse. Porém, ele não desceu da moto. Em vez disso, começou a manobrar o veículo para trás, na direção de uma fileira de árvores.

— Pensei que ia checar alguma coisa — comentei. O alívio desapareceu com a mesma rapidez com que veio. Senti um arrepio de medo correr pela espinha e se aninhar no coração.

— E estou. Estou checando se ninguém vai ver minha moto por aqui.

— Travis — falei. — Não. Eu não quero ficar aqui.

— Quer, sim.

— Não, Travis, eu não quero ficar aqui.

Ouvi o cricrilar dos grilos. Uma carreta desceu pela rua Cummings a toda e fez o ar tremer.

Ele pegou meu pulso. E me empurrou para o caminho que levava às quedas-d'água. Estava escuro lá. Pensei nos sapos de cerâmica e nos anões escondidos entre as plantas, observando-nos na escuridão. Foi a Libby quem os colocara lá, na terra, com as próprias mãos. Travis agarrou meus ombros. A lua saiu das nuvens e em seguida se escondeu novamente. Vi a luz no rosto de Travis e depois ela desapareceu.

— Me diga onde eles guardam a chave da caixa registradora.

— Ah, meu Deus, Travis. Isso não.

— Me diga.

— Fica com ela. — Tremi. Estava começando a tremer de verdade. Vi Libby à escrivaninha com os cactos em cima. Vi seus braços grossos e o olhar cálido. Vi sua caligrafia nas contas e notas, o modo como suspirava e dizia: "Obrigada. Mais um dia terminou", toda vez que trancava a porta atrás de si. As plantas, a sua loja, o seu trabalho adorado.

— Não fica. Andei observando-a. Ela sempre pega no almoxarifado.

— Não. — Lágrimas quentes estavam se acumulando nos meus olhos. Minha garganta se estreitava. — Se quer dinheiro, ela não tem. Ela guarda no banco.

— Não é todo dia. Eu já disse, andei observando-a. Ela deixa aqui no sábado. — Ele balançou o indicador. — Muito descuidada, muito descuidada.

— Travis, não posso fazer isso. — Meu peito arfou. Comecei a chorar.

— Ruby, Ruby — ele falou. — O que é? Por que está chorando? É só uma perguntinha que estou te fazendo. Onde ela guarda a chave?

"Não!" Gritei por dentro. Mas o grito não saiu. Não disse nada. Apenas balancei a cabeça, um movimento tão sutil que não se poderia dizer que existiu.

— Sei do que tem mais medo. Mais do que tudo, teme uma vida curta.

Continuei sem dizer nenhuma palavra. Apenas fiquei ali, com as lágrimas rolando pelo rosto. Não poderia magoar Libby.

— Não é isso? Ter uma vida curta?

Ele esperou. Sabia que era o meu momento de decidir. Pertencer ou não. Ser visível ou invisível. Esta voz saiu de mim, da parte mais feia do meu ser. Essa escuridão acirrada. Não sabia que eu poderia ser tão feia. Sussurrei. Tinha a voz rouca.

— Tem um gancho no almoxarifado. Atrás da prateleira com caixas em cima.

Ele pegou o meu rosto e me deu um beijo. Meus lábios estavam secos e frios, e minha boca pegajosa de lágrimas e vergonha.

— Então, vamos lá — ele disse.

Porém, eu não podia fazer isto. Pelo menos isso eu não faria.

— Você não vem? — perguntou Travis Becker. — Tudo bem. Fique aqui então.

Os passos dele eram leves pelo caminho sujo e, então, ouvi um rumor quando ele chegou ao chão de cascalho perto da loja. Eu me inclinei um pouco. Medo. Abri a boca para soluçar, mas não consegui soltar nenhum som. Era como uma vez, anos e anos atrás, no Ensino Fundamental, quando caí de costas do trepa-trepa e me faltou ar. Não conseguia respirar. Dentro do corpo, o ar estava preso em algum órgão, em algum lugar, sôfrego, pois meus pulmões procuravam ar desesperadamente. Era a mesma sensação. Engasgada. Gatinhei. Um sapo de cerâmica me olhou com simpatia. Escutei um vidro se quebrar. A escuridão pode ser muito barulhenta. Era o som da minha traição — uma pedra sendo atirada na janela.

Então, corri. Os pés no chão de cascalho do estacionamento do viveiro de Johnson. Desci correndo a rua Cummings, com os postes de luz me iluminando, sentindo medo como os gambás, mas sem me importar. Corri, corri, até que vi a placa "Zeus sabe quem você é". Tive uma dor forte no coração. Desabei no chão. Senti o gramado úmido e frio encharcando a minha saia.

Chorei de raiva de mim mesma e de autopiedade. É o pior tipo de raiva, aquele que se sente quando se descobre estúpida, uma raiva que se aninha e fica observando o que não pode ser mudado. Corria daquela pessoa lá atrás, aquela que tinha dito: "Tem um gancho no almoxarifado", mas correr, claro, era inútil. Era uma coisa horrorosa o que eu fizera — iria permanecer comigo como uma mácula, uma ferida profunda, uma coisa desfigurada para sempre. Existem coisas pequenas, poucas palavras, um instante no tempo, uma decisão que se toma, que são atos irremediáveis, irreparáveis. Escolhas precipitadas que, no fim, são tão poderosas quanto placas tectônicas no fundo da terra. Um único instante: sim ou não?

Finalmente, começou a chover. Uma chuvinha que me cobriu feito uma manta pobre, enquanto eu me deitava ao lado da placa. Chorei com as mãos na barriga. Naquele momento, não sabia que havia outra pessoa debaixo da chuva, naquela noite, sofrendo também.

Lillian saiu pela porta e seguiu pelo jardim, tão longe quanto pôde, até que as rodas da cadeira de rodas a impediram de ir adiante e a desesperança daquele ato a dominou. Alguém chamou a polícia e descreveu ter ouvido um "grito de angústia". Quando a polícia chegou, encontrou Lillian com a cabeça jogada para trás na cadeira de rodas, o cabelo e as roupas encharcados. O peito soluçava.

Mesmo assim, ela não soltaria o livro que tinha nas mãos. Ela o protegeu da chuva com toda a força do seu corpo diminuto.

Capítulo 10

— Ruby, é você?

Estava tão fria. Meu cabelo escorrido. O que eu fizera parecia que reverberava por cada poro da minha pele.

— Jesus Cristo, isto é você? Merda, não foi isso o que quis dizer. Não quis dizer isto. Esqueça. Ruby?

Senti a mão de alguém nas minhas costas. Era o hálito de alguém que tinha acabado de comer um prato italiano, prato quente e com alho, o que de certa forma me confortava. Ele estava agachado do meu lado:

— O que foi que aconteceu?

Balancei a cabeça.

— Venha, Ruby — disse Joe Davis. — Está tudo bem. De verdade. — A bondade dele teve um efeito: comecei a chorar de novo. — Venha comigo. O que quer que tenha acontecido já acabou. Posso levá-la para casa?

Acho que eu estava tremendo. Só notei por conta do movimento do ombro.

— Pelo menos vamos sair de debaixo da chuva.

Ele esticou as mãos, me ajudou a levantar e abriu o zíper do agasalho. No instante seguinte, ele me vestiu por cima da cabeça. Era um amparo, um abrigo. Tinha cheiro de comida quente. Enfiei os braços nas mangas.

— Tudo bem agora — disse Joe Davis. Ele bateu as palmas como se tivesse grandes planos. Observou-me um minuto, provavelmente tentando desvendar qual era aquele plano. — Relaxe — disse.

Passou as mãos nas minhas costas e por baixo do meu joelho e me levantou. Descansei a cabeça nele, enquanto me levava pelo jardim em direção ao seu carro. A sua respiração estava um pouco ofegante. Mas ele era grande e velho, e suficientemente parecido com um pai para que eu achasse aquilo bom.

Enrolaram-me numa manta e me puseram no sofá de casa, como se eu fosse uma pessoa decente que tivesse adoecido, e não como se eu fosse a pessoa horrível que na verdade era. Alguém tão horrível assim não merecia que a mãe estivesse do lado, que Joe Davis lhe preparasse chá na cozinha e que seu irmão a olhasse com preocupação; nem que seu cão tentasse pular no sofá e fosse enxotado.

Contei o que tinha acontecido quando eles se sentaram. Escutei Joe Davis e minha mãe na cozinha, discutindo se chamariam a polícia. No fim, isso se revelou desnecessário. O telefone tocou meia hora depois. Era a polícia que nos procurava. Ouvi as perguntas de minha mãe em tom preocupado. Ela falou por bastante tempo e em seguida se aquietou. Mais perguntas. Alguém tinha dito à polícia que tínhamos estado juntos naquela noite.

— Ruby? — minha mãe me chamou do batente da porta da cozinha. Seus olhos eram de preocupação, mas também de doçura. Soube então que algo ruim tinha acontecido. Muito pior do que eu imaginava. Joe Davis veio atrás dela. Sentou-se na beira do sofá.

— Esta é uma noite ruim — ele disse.

— Era a polícia — acrescentou minha mãe.

Enterrei a cabeça na almofada.

— Eles querem me prender ou algo assim? — perguntei.

— Não se trata de você. Trata-se de Travis — continuou minha mãe.

Respirei. Ousei respirar.

— Eles o prenderam. Ótimo. Bom. Queria que isso acontecesse — desabafei.

— Aconteceu um acidente — disse Joe Davis.

— O quê? — Eu me sentei. — O que foi que houve? Ai, meu Deus.

— A moto. Ele dirigia muito rápido. Você sabe como a rua Cummings é perigosa. Eles acham que ele ouviu a sirene da polícia se aproximar. A estrada estava escorregadia por conta da chuva.

— Ele morreu? Ai, meu Deus. Ele morreu? — Não iria aguentar aquilo. Não esperava por essa, nem podia compreender.

— Não, Ruby. Ele está no hospital. Inconsciente. Mas eles acham que ele vai ficar bom.

Disseram depois que Ron, da concessionária, ouvira uma batida — ele disse que não dormira por causa das músicas dos Beatles na festa, a quilômetros de distância. Aparentemente, ele tivera uma namorada chamada Michele (se você pensar bem, é estranho que Ron tivesse, alguma vez, uma namorada, acabado do jeito que era, mas minha mãe seria a primeira a dizer que toda panela tem a sua tampa) e a música dos Beatles fizera-o ficar acordado e pensativo. Foi aí que ouviu o som de uma vidraça sendo quebrada no viveiro de Johnson. Ele sabia que o barulho vinha de lá porque havia uma corrente de vento que vinha do sudoeste e que trazia o som. Naquela noite, com o chamado da casa de Lillian e o acidente na rua Cummings, a polícia se manteve ocupada. A última vez que isso acontecera foi numa festa de boas-vindas aos estudantes, cinco anos atrás, quando um bairro inteiro foi decorado com papel higiênico e ovos.

Pensei em Travis na cama do hospital. Pensei no peito dele se inflando e se desinflando de ar ao ritmo de alguma máquina. Pensei no som seco do "bip" e no choro de sua mãe — um triste final de festa de aniversário. Eles estariam todos ao redor dele, ainda vestidos de havaianos, arrependidos da alegria por causa dos abacaxis e das palmeiras. A sra. Becker teria vestido um casaco por cima que não combinaria com o traje. Como disse, a rua Cummings pode ser um lugar perigoso.

Sentia tantas coisas ao mesmo tempo que, na verdade, era como se não sentisse nada. Entorpecimento e morte; estava tão inconsciente quanto Travis. Tinha apenas uma certeza: queria estar longe de Nine Mile Falls por uns tempos, longe do que os Becker pudessem pensar de mim ou do que qualquer outra pessoa pudesse pensar. Se eu pudesse desejar algo naquele instante, seria isso.

...

 Finalmente, eu dormi. Acordei tarde na manhã seguinte. Sonhei que tinham me prendido dentro de um quarto e martelado a porta, como se fosse um prisioneiro. Abri os olhos e voltei à vida real, relembrando os meus passos trôpegos da noite anterior. A pancada tinha realmente acontecido. Alguém estava martelando na cozinha. Esperava que minha mãe não estivesse tentando consertar o piso da cozinha. Toda vez que ela tentava consertar alguma coisa, era um desastre. Ela tirava tudo do lugar e depois não sabia arrumar de novo. Uma vez ela tentou consertar o aspirador de pó, e agora ele fazia um barulho horroroso. Era uma máquina de engolir metal. E a gente também tinha um problema na descarga do banheiro. Toda vez que você apertava a descarga, vinha um som terrível dos encanamentos. Parecia que o banheiro ia levantar voo e se tornar um banheiro espacial.

 Vesti o robe e saí da cama. Me surpreendi ao ver Joe Davis ajoelhado no chão da cozinha, perto do buraco. O bonequinho de Chip Jr. estava, agora, sentado no piso da cozinha com as pernas levantadas para cima, como se fizesse parte de um show absolutamente interessante, algo sobre os militares no History Channel. Poe também estava por ali, quietinho, demonstrando bom comportamento. Ele se virou e olhou para mim rapidamente e, em seguida, encarou Joe novamente. Não queria perder um segundo dos novos acontecimentos.

 Joe Davis olhou por cima do ombro e sorriu. Estava suando na testa.

 — Bom dia — disse. — Você não vai poder usar a água agora. Tive de fechar o registro. Tem um vazamento bem aqui. — Fez um barulhinho no metal que estava exposto. — Como disse à sua mãe, vocês tiveram sorte quando Poe destruiu a parede. O vazamento poderia continuar por anos, causando todo tipo de dano, e vocês nunca saberiam. Agora, é só trocar algumas peças. — Juro que Poe se sentia orgulhoso do seu feito importante. Os beiços pretos viraram, numa espécie de sorriso.

 A cafeteira estava ligada e havia duas xícaras na pia. A carta que minha mãe escrevera para o meu pai tinha desaparecido do balcão. Havia uma série de ferramentas penduradas num cinto, numa das cadeiras. A coisa mais engraçada era que eu não me sentia envergonhada pelo fato de Joe Davis me vir de robe e despenteada. Ele era uma pessoa sossegada. E seus cabelos também eram engraçados. Ele não gostava do clichê de ser um encanador com o traseiro aparecendo, como uma vez aconteceu com um que fungava e reclamava o tempo todo, como um velho píer fustigado pelo vento, mas Joe Davis estava contente de realizar o serviço. Ele sorria através do buraco como se eles fossem velhos conhecidos, o buraco e ele.

— OK. — Joe Davis se levantou e abriu a porta dos fundos. Vi uma pilha de madeira serrada no jardim dos fundos de casa. Poe o seguiu.

Joe se virou para o cão e disse:

— Sente-se. Parado.

E aí algo maravilhoso aconteceu: Poe assentou a bundinha no chão, como se estivesse atrelado a uma coleira.

— Você não ouviu o alvoroço? — Miz June perguntou a Peach. — Tudo aconteceu na porta da sua casa e você não ouviu nada?

Harold pôs a mão na boca e gritou:

— Deve estar ficando surda.

— Eu não estou ficando surda. Estava vendo *Miami Vice* — declarou Peach.

— Esse programa ainda passa na TV? O cara com camiseta cor-de-rosa deve estar bastante velho para sair por aí atirando e destruindo tudo — disse Anna Bee.

— É reprise — respondeu Peach. — No sábado à noite.

Imaginei a televisão da Peach ligada e ela sentada na cadeira que pertencia a Henry, uma que tinha descanso para os pés; ela comendo pipoca de micro-ondas, sem notar as luzes vermelhas do carro de polícia lá fora, os dois policiais trazendo Lillian de volta para dentro e conversando com as filhas dela. Quis saber se também Lillian sonhara estar presa dentro de um quarto com a porta martelada.

— Aquela vaca da Delores disse que a encontraram com outro exemplar de *As horas do presente* nos braços. Acho que era tão importante para ela que ela tinha dois — falou Peach.

— Provavelmente ela procurava este livro quando derrubou tudo da prateleira naquele dia — disse Miz June.

— Eu disse que ela estava procurando alguma coisa — comentou a sra. Wong.

— Bem, não estava lá. Ela deve ter se esquecido onde o guardara. Delores disse que desta vez os livros de receita de Lillian estavam esparramados pelo chão. — Imaginei Lillian escondendo os segredos do coração numa torta de maçã ou num frango com molho de damasco.

— Bem, temos de fazer alguma coisa — afirmou Harold.

— A Lillian vai morrer trancafiada lá dentro — disse Anna Bee. Ela estava quase aos prantos. Seus pulsos finos em uma malha com um bando de borboletas com os respectivos nomes abaixo. Ainda me surpreendia como as velhinhas se vestiam como se fosse pleno inverno quando estava tão quente lá fora.

— A gente não vai permitir que isso aconteça — disse a sra. Wong. Ela dizia com determinação, apesar dos chinelos vermelhos. — A Lillian não é tão forte quanto o avô Wong. Ela vai morrer naquele lugar.

Ouvimos as notícias daquela manhã. Quatro dias depois da noite do temporal, Lillian fora levada à Casa de Repouso Anos Dourados. Delores, Nadine e os respectivos maridos tinham vindo até a sua casa e pegado alguns de seus pertences. A tentativa de Lillian de fugir e seu comportamento recente mostraram que ela era perigosa e podia fazer mal a si própria, eles disseram. A sra. Wong estava certa de que eles haviam planejado isso havia muito tempo. Quando o sogro dela, o avô Wong, precisou de assistência médica 24 horas, eles tiveram de ficar na fila de espera meses. Peach disse que eles ficaram na casa de Lillian desde aquele dia, empacotando e levando caixas para a casa dela. Ela esperava que aparecesse uma placa de "Vende-se" logo, logo. Fechara as cortinas, mas, mesmo assim, não conseguia evitar espiar pela janela, testemunhando o desfile triste da vida de Lillian ser empacotado e levado para a garupa da minivan de Delores.

Tivemos mais notícias desde aquela noite. Travis Becker estava milagrosamente vivo e bem, exceto que tinha quebrado a pelve e a clavícula. Ele estaria de volta a casa em alguns dias, eles achavam. Minha mãe tinha conversado com a Libby que estava cobrando, formalmente, Travis por seu prejuízo, mas não de mim. Eu havia sido mandada embora, é claro. Mas o pior era que ela não queria conversar comigo.

— Então, convoquei essa reunião de emergência das Rainhas Caçarolas — disse minha mãe —, porque tenho algo muito importante para lhes contar.

— O hippie te pediu em casamento — arriscou Harold.

— Mais importante do que a Lillian estar morando na casa de repouso? — perguntou Miz June.

Ela abria a embalagem de celofane de uma caixa de bombons de um de seus admiradores. Harold não tivera tempo de preparar o que comer. Minha mãe tinha convocado a reunião naquela mesma manhã. Tinha entrado no meu quarto e dito que nos encontraríamos e que eu teria de comparecer. Não queria ter vindo. Preferia estar na cama, enrolada nas cobertas. Pensei em mim mesma como Claudia, em *From the Mixed-up Files of Mrs. Basil E. Frankweiler*, fugindo de Nova York e se escondendo no Metropolitan Museum of Art. Eu adorava aquele livro: "Não é que 'você deitou na cama e agora tem que fazer a fama'", disse minha mãe. "Você bagunçou a cama e agora deve se levantar e trocar os lençóis." Desejei ter usado a mesma técnica com ela no passado.

Dentro do carro, ela se recusou a me contar por que a gente iria se reunir. "Por que teria de lhe contar?", dissera ela. "Você não me conta tudo o que vai fazer."

Era isso a que estava sujeita nos últimos dias. Ela era um balão cheio de ar e, mesmo assim, não explodia de raiva, mas, em vez disso, soltava-a aos poucos. Gostaria que, às vezes, a gente tivesse uma briga feia, mas não era assim que minha mãe agia. Ela preferia os golpes pequenos, breves e, então, retirava-se. Fomos longe demais. "Você decidiu manter segredos entre a gente; então tá decidido."

Miz June pôs a caixa de bombons na mesa.

— Este é de cereja. — Harold apontou um. E fez uma careta. Todas nós pegamos bombons, mas evitamos aquele.

— Licor de laranja — disse Peach. Ela deu uma mordida e olhou para a outra metade, como se fosse algo que tivesse encontrado na sola do sapato. — Detesto licor de laranja.

— Os de caramelo são os melhores — afirmou Harold.

— Não são bons para dentadura — disse a sra. Wong.

— Falei com Charles Whitney — soltou minha mãe.

Era o fim da conversa sobre bombons. A sala ficou em silêncio, exceto pelo rumor de Beauty se aninhando entre os chinelos de sra. Wong. Miz June, que havia pegado um bombom com dois dedos e estava levando-o à boca, parou no meio do caminho e mudou de ideia, pousando-o no guardanapo no seu colo.

— E...? — finalmente interveio Anna Bee.

— Deus do Céu, Ann, fale! — exclamou Peach.

— Eu liguei para ele. Simples assim. Fiquei surpresa que o telefone estivesse na lista. Monterey, Califórnia. Vocês não vão acreditar como foi fácil. Cinco minutos na internet. Eu só... Parece loucura, mas não é. Eu só queria saciar a minha curiosidade. Que coisa! Você me pegou de novo. — Ela apontou para Peach.

— Ela é a Rose, eu sei — afirmou Peach.

— Da primeira vez que liguei, atendeu uma mulher.

— Ah, ele é um Don Juan — afirmou a sra. Wong. — Como o sr. Wong.

— Não é o caso, era a sua filha, eu acho. Ela me disse que ele tinha ido para um jogo.

— Fã de beisebol! — exclamou Harold. — Bom sujeito.

— Não, um jogo de futebol. Acho que ele é técnico do time da sua neta. Dá para imaginar: um senhor de barba comprida treinando um time de futebol feminino?

— Um intelectual e um atleta — disse Miz June.

— Continue, Ann — pediu Anna Bee.

— Bem, como disse, pedi para falar com Charles Whitney. A mulher disse que ele não estava e perguntou se eu queria deixar algum recado. Eu me senti uma idiota. "Você é a mulher dele?", perguntei. Estava preocupada. Não queria criar uma situação embaraçosa, mencionando Lillian/Rose.

— Muito bem pensado — disse Miz June.

— A mulher deu risada. "Não", respondeu. "É a filha dele. Ele não é casado." Ela parecia tão amigável. "Não é casado." E daí eu lhe contei tudo.

Contei-lhe que organizo um clube de leitura para idosos em Nine Mile Falls e que nós estávamos tentando resolver um mistério. Que desconfiávamos de que um dos nossos membros, silenciado por um derrame, o tivesse conhecido. Eu abri o jogo; não sei se foi besteira ou não. Ela não disse nada. Ficou tudo em silêncio; só se ouvia um cachorro latindo como som de fundo.

— Também um amante dos animais! — disse Anna Bee.

— Pensei que ela tivesse me largado na linha. Pensei no gancho do telefone pendurado na cozinha. Mas aí ouvi a sua respiração. E então ela me disse uma coisa que quase me matou: "Nine Mile Falls? Não está se referindo a Lillian Hargrove, está?".

— Puta merda! — exclamou Harold. A sra. Wong mastigou o segundo bombom e pegou um outro. Dava para imaginar ela devorando uma barra de chocolate na sala de cinema no momento mais emocionante do filme.

— Vocês estavam certas. Não podia acreditar. Depois do morto, do nazista, vocês estavam certas.

— Eu disse! — Peach exclamou. Ela se levantou da cadeira, fez uma dancinha, o corpo todo numa sinfonia solta, a papada do queixo balançando, o peito para frente e para trás. — Lillian é Rose. Lillian é Rose! — Também senti uma espécie de animação. Queria me levantar também e dançar. A Lillian, um ser tão frágil na cadeira de rodas. Uma vida em segredo. Havia possibilidades para aqueles que pareciam não ter mais nada. As pessoas caladas.

— Respondi: "Estou. Sim, Lillian Hargrove" — disse minha mãe. — "Isso mesmo. Então, ele a conhece?"

— "Vou ligar para o meu pai agora mesmo e pedir para ele lhe retornar a ligação" — disse Joelle, a sua filha. — "Ele está treinando o time de futebol da minha filha. Mas, com certeza, vai adorar ser interrompido."

— Fiquei sentada ao lado do telefone — continuou minha mãe. — Só olhando. Parecia... — A voz de minha mãe fez uma pausa para engolir a seco. — Parecia um milagre.

A sra. Wong tirou o lencinho. Enxugou os olhos. Senti um nó na garganta.

— O telefone tocou três minutos depois. "É Anna McQueen, de Nine Mile Falls?", ele perguntou. Era Charles Whitney em pessoa. Não dava para acreditar. Quero dizer, ele tinha ganhado duas vezes o National Book

Award! Ele tem a voz grave e rouca, parece um motor de barco. Minhas mãos tremiam.

— "Sim", respondi.

— "Lillian Hargrove", ele disse. Na verdade, ele soprou. Ele me contou tudo o que eu queria saber ao pronunciar o nome dela. Eu podia ouvir crianças ao telefone. Menininhas, um apito. A voz de outro homem dando ordens.

— "Então, você a conhece de verdade?" — perguntei.

— "Sim. Sim." — Os olhos de minha mãe brilhavam. Lágrimas rolavam no rosto da sra. Wong, e Harold mantinha a cabeça baixa, mexia na pulseira do relógio e limpava a garganta várias vezes.

— Eu podia até mesmo vê-lo — disse minha mãe — ao telefone, sacolas e bolas de futebol, garotas de uniforme correndo no gramado. Ele me contou que ele e Lillian foram amantes durante a guerra. Disse que mantiveram contato nos últimos dois anos, depois que Walter morreu. Que escreveram cartas, telefonaram. Fizeram planos de ficar juntos. Planos secretos. Lillian tentou falar com as filhas sobre Charles, mas elas desaprovaram. Queriam proteger a imagem do pai. Então, eles não contaram os seus planos para mais ninguém.

— Aquela vaca da Delores — disse Harold, mas o seu tom de voz era como um chiado. A sra. Wong ainda apertava o lencinho contra o rosto. O rímel borrou embaixo da lente dos óculos.

— Mas eles brigaram — disse minha mãe. — Lillian se preocupava com as filhas que podiam precisar dela. Ela pensou duas vezes antes de deixá-las. E aí... — minha mãe interrompeu.

— E aí a Lillian teve um derrame — disse Peach. — Ai, meu Deus.

— Sim, Lillian teve um derrame. Charles não soube o que aconteceu. Ele ligou várias vezes, escreveu-lhe, mas nunca obteve resposta. As chamadas não eram respondidas. Ele pensou que ela o tivesse abandonado de novo.

— "Eu me sinto péssimo sem ela", ele me disse — minha mãe esclareceu. — "Pensei que a tivesse perdido." Eu lhe contei o que aconteceu. Contei-lhe que Delores e Nadine a tinham colocado numa casa de repouso. "Traga-a para mim. Vou cuidar dela." Eu lhe expliquei que Lillian não estava bem e que precisaria de muitos cuidados. Ela não podia fazer as coisas sozinha. Mas ele me disse que eu não podia compreender. "Nada disso importa. Lillian é a minha alma gêmea."

As Rainhas Caçarolas pediram pizza. Minha mãe ligou para casa e descobriu que Joe Davis tinha feito a mesma coisa: ele e Chip Jr. comiam uma pizza de bacon canadense com queijo e assistiam a um programa na TV sobre fotos de natureza. Harold fingia estar insatisfeito com a qualidade da comida, mas, pelas minhas contas, já devorara quatro pedaços. Tinha até mesmo raspado com o dedo os pedaços de queijo que grudaram na tampa da caixa de pizza.

— Delores e Nadine sabiam que ele tentava se comunicar com Lillian, não é? Dava para saber com tantos telefonemas — disse Peach.

— Elas viram as cartas. Ninguém vai me convencer do contrário — afirmou a sra. Wong.

— Às vezes, os filhos não querem que a gente tenha uma vida própria — reclamou Miz June. — Eles agem como babá o tempo todo, como se você fosse um adolescente caprichoso.

— Eles se esquecem de que somos mulheres e não apenas mães — completou Peach.

— Eles acham que só eles têm vida sexual — disse Miz June.

Nossa! Que cabeça aberta! Mudem seus conceitos. Talvez ela tivesse razão.

— Alguém precisa ter uma conversa séria com Delores — expôs Anna Bee.

— Talvez ela entenda depois que a gente explicar — disse Miz June.

— Uma coisa eu aprendi... — falou Harold. Ao devorar as pizzas, ele tinha deixado cair molho vermelho na camiseta polo branca. — Chamar à razão as pessoas que não são razoáveis é tão produtivo quanto conversar com uma gaveta com roupa íntima; e muito menos divertido. Delores e Nadine estão defendendo a memória do pai morto e as virtudes de sua mãe. Melhor ficar de fora.

— Mas nós temos que fazer alguma coisa! — eu disse. O vazio que sentira nos últimos dias havia desaparecido. E fora substituído por certa urgência. Um objetivo, eu acho. Nunca percebera como é poderoso ter um objetivo. É algo grandioso. Achar um jeito de encontrar os sulcos e as ranhuras.

— Se a gente tiver o argumento certo, talvez elas apareçam — falou Anna Bee.

— Se a gente raptar a Lillian da casa de repouso, a gente não vai precisar se importar se elas vão aparecer ou não — afirmou a sra. Wong.

— O que foi que disse? — perguntou minha mãe.

— Tenho meus contatos — respondeu a sra. Wong.

— A gente poderia tirá-la de lá — completou Harold, como se a ideia tivesse sido sua.

— Levá-la de carro para a Califórnia — sugeriu Miz June.

— A gente vai ter de descobrir se ela quer ir de verdade — disse minha mãe.

— Vou verificar com ela — disse Peach.

— Vou com você — anunciou Anna Bee.

— Isso não vai dar certo — concluiu minha mãe. Harold baixou a cabeça. Era a voz da autoridade falando. Eu ia abrir a boca, dar uma aula sobre saber arriscar, "almas gêmeas!", mas ela disse algo surpreendente. — O meu carro não aguenta.

— Eu tenho um carro — disse Miz June. — O Lincoln. Só dirigi algumas vezes. É quase zero e pertencia à falecida mulher de Chester Delmore.

— Bebe muita gasolina — comentou Anna Bee. Ela sempre se preocupava com o meio ambiente.

— Tem lugar para várias pessoas. Tem quatro cintos de segurança no banco de trás. Três na frente.

— Bem — disse minha mãe —, está decidido. É uma missão em prol do verdadeiro amor, no que eu, por sinal, não acredito mais.

Miz June abriu uma gaveta de debaixo da mesa, pegou uma caneta e um bloquinho de papel decorado com rosas nas margens. Era perfumado.

— Tenho de ir, certamente, porque sou eu quem vai dirigir.

Ela escreveu seu nome. Imaginei-a dirigindo a 20 por hora no caminho todo para a Califórnia, com o nariz grudado no para-brisa. Seria mais rápido com a bicicleta de Anna Bee.

— Ann, como líder do grupo e única pessoa mais sensata, também vai. O que significa que Ruby e Chip Jr. vão também, eu presumo. E, claro, não podemos nos esquecer de Lillian. Restam dois lugares. — Miz June esperou por anuência. Todo mundo concordou com a cabeça.

— Vamos tirar no palitinho — sugeriu Harold.

— A sra. Wilson, atual sra. Thrumond, vai se arrepender de não estar aqui agora — falou Peach.

Anna Bee correu para a cozinha. Nunca a vi correr tão depressa. Era como um garoto que tivesse ganhado o prêmio na *Fantástica Fábrica de Chocolate*.

— Vocês têm palitos? — ela gritou para Miz June. Não era do tipo que gritava também. Surpreendeu-me a força nos pulmões.

— Na despensa. Na última prateleira. A tesoura está na gaveta debaixo do telefone.

— A Ann vai segurar os palitos — disse Harold. Minha mãe se virou de costas para o grupo e segurou os palitos. Todo mundo escolheu. Parecia um momento solene na missa da igreja.

— Eba — falou Peach —, eu vou.

— Palito grande — disse Harold. Dava para ver que ele escondia a alegria.

— Curto — disse a sra. Wong.

— Mas precisamos de sua ajuda para raptar Lillian — falou Miz June.

— É o mais importante — eu disse.

— Estou fora também — disse, desapontada, Anna Bee.

— Ainda bem — concluiu, bondosamente, Miz June. — Alguém tem que cuidar dos bichos. Da Beauty e do peixe de aquário de Harold. E dos meus docinhos.

— Joe Davis pode cuidar de Poe, agora que se tornaram camaradas — falei.

— Joe Davis? O pastor? — Miz June perguntou. Levantou a sobrancelha.

— Ann, você está ficando vermelha — denunciou Anna Bee.

— Ele está consertando umas coisas em casa. Poe tem carne nova no pedaço — disse e riu.

— As coisas estão melhorando! — disse Peach.

— Desde que eu não tenha de me sentar do lado desta víbora — falou Harold.

— Não me sentaria do seu lado nem morta, mesmo que não notasse a diferença — falou Peach.

— Pé na estrada — disse Harold.

Capítulo 11

Aquele dia, no dia em que raptamos a Lillian, foi mágico: nós nos encontramos no jardim da frente, com uma cópia do plano do "assalto humano" de que minha mãe tinha tirado cópia na máquina de xerox da biblioteca. Deu para ver aquela magia nas fotos que Chip Jr. tirou, como um maníaco, com a velha câmera que Joe Davis lhe deu de presente naquela manhã. A câmera fora um presente de Joe, depois que ele dissera a Chip que sua capacidade de observação e sua sensibilidade eram seus maiores dons, algo como se ele pudesse ser um apreciador da arte e um estudioso de artes plásticas. Se fosse isso mesmo, minha mãe gastaria um dinheirão para desenvolver esse dom, enquanto Chip estivesse observando e capturando tudo. Clique; Harold com um estranho boné de beisebol laranja, mochila nas costas, pousando com um braço em Peach e fazendo chifrinho atrás da cabeça dela com a outra mão. Clique; Joe Davis com os olhos fixos em minha mãe, uma imagem bonita e indistinta, já que Poe era o centro da foto, sentado ereto e observando amavelmente o pastor, como se tivera acabado de reconhecer o Rei das Carnes Vermelhas. Clique; Miz June e sua cabeleira loira dentro do Lincoln, na calçada, todo dourado e cromado, brilhando sob a luz do sol, como uma carruagem num conto de fadas moderno. Clique; Anna Bee e a sra. Wong xeretando as revistas *Playboy* que a sra. Wong levava para o avô Wong, o rosto de Anna Bee vermelho como gerânio e a sra. Wong com uma expressão de alma perdida, à beira da estrada, tentando ler um mapa de cabeça para baixo. Por fim, clique; eu, com um lápis atrás da orelha, pega desprevenida, olhando por cima do ombro, uma vez que me chamaram, olhando de modo relaxado e contente, eu mesma, como nunca se vira. Nem pequena, nem magra, mas cheia de vida e, por um momento, sem pensar com amargura em Travis ou Libby.

Dava para ver a mágica daquele dia. A mágica que chega com a força de uma missão acesa com uma energia fina e rara. A magia da determinação e do amor na sua forma mais pura. Não o amor de televisão, com sua luzinha rala, brilho de lantejoula; não o sexo e volúpia, com salto alto e grandes dramas, tudo muito pequeno ou muito exagerado; mas apenas amor. Amor como chuva, como o cheiro de tangerina, como uma surpresa encontrada no bolso. A gente fazia parte daquilo tudo.

Miz June queria partir. Ela pisava insistentemente no acelerador do Lincoln, falando para nos apressarmos. Minha mãe foi ao banheiro umas cinco mil vezes, como sempre acontece quando ela fica nervosa. Joe Davis deu-lhe um beijo de despedida por detrás dos arbustos. Toda vez que Chip Jr. se ajoelhava para tirar uma foto, Poe corria para ele e colava o focinho nas lentes, como se quisesse outro close. Ele revelou seis fotos da cara de Poe — o narigão preto e úmido, a boca salivando, enorme, os olhinhos meio vidrados.

Minha mãe relembrou o plano para nós uma última vez, plano com o qual Lillian havia concordado com um aceno de cabeça e lágrimas nos olhos da última vez que Peach e Anna Bee foram visitá-la. Por fim, entramos no carro, e a sra. Wong e Anna Bee entraram na Mercedes da sra. Wong, logo atrás de nós. Nós demos adeus a Joe Davis. Sydney e sua mãe apareceram bem naquela hora e nos desejaram boa sorte da janela do carro delas.

Apesar de Miz June ter parado no posto muito bruscamente e de sermos arremessados para frente tão violentamente quanto nesses testes contra acidentes que ocorrem em anúncios, nunca tinha estado tão feliz. Era uma festa para o meu coração.

A Casa de Repouso Anos Dourados não era oficialmente dentro de Nine Mile Falls, mas se situava na fronteira com o município vizinho. E nenhum dos dois municípios reivindicava este território para si. Para um lugar daqueles, até que não era tão ruim assim — pessoas corcundas, com baba na boca, não eram abandonadas em corredores cheirando a Pinho Sol, como naquela casa que fui com as minhas colegas de coro da escola. Esta aqui tinha arte feita pelos moradores pendurada nas paredes e um grupo de funcionários, numeroso e atento, o que na verdade consistia o nosso grande desafio. Isso e o fato de que as filhas de Lillian viessem duas vezes por dia visitá-la, como Peach havia descoberto.

Mesmo assim, a Anos Dourados era um lugar que todos quereríamos esquecer, do mesmo jeito que fazíamos com as coisas terríveis e injustas que aconteciam na nossa vida. O quarto dos moradores com cabelos grisalhos era absolutamente silencioso, apesar das TVs ligadas no último volume; aquelas não eram pessoas que haviam ganhado competições de Matemática, ou tinham aprendido a dirigir cedo, ou odiavam mostarda, ou se apaixonavam loucamente. Elas eram corpos vazios. Acho que todos esperamos que, ao ignorarmos a velhice, ela poderá desaparecer, da mesma forma que a minha mãe liga o rádio do carro quando ele começa a fazer um barulho esquisito.

Raptar Lillian foi um show da sra. Wong e, pela primeira vez na história, ela chegou no horário. Com efeito, ela foi a primeira a chegar. Desenhou até um mapa do lugar. Primeiro andar, recepção. Segundo andar, biblioteca, sala de recreação e sala de jantar. Terceiro andar, quarto dos moradores. Nossos dois maiores desafios, segundo ela escreveu no mapa, eram a recepção principal, assim que se entra na casa, e o quarto das enfermeiras do andar de Lillian. Imaginamos que tínhamos de passar por uma recepcionista e três enfermeiras. Teria sido mais fácil se pudéssemos levar Lillian para um passeio bem longo, mas aquilo não era possível; eles exigiam a assinatura de um parente para tanto e de uma enfermeira acompanhante para levá-la até o jardim. O pessoal dos Anos Dourados tinha paranoia de ser processado pela Justiça — obviamente, porque pensava em parentes descuidados que se esqueciam de levar a máscara de oxigênio da vovó num passeio. O único modo de escapar era uma saída louca, depois que todas as enfermeiras houvessem sido despistadas.

Nosso plano era o seguinte: primeiro, Peach e eu chegaríamos para visitar Lillian, aprontá-la e meter as suas coisas dentro de uma bolsa. Depois que já estivéssemos lá dentro, Harold chegaria. A sua tarefa era ir ao quarto do sr. Fiorio, que estava quase em coma (e, portanto, em silêncio). Minutos depois a sra. Wong chegaria com um monte de revistas *Playboy*, o prêmio de recompensa para o avô Wong por sua performance. Ele estava animado com o plano, tanto que a sra. Wong teve de lhe dar uma lata de Almond Roca[9] para se certificar de que ele não iria contar nada para ninguém.

Depois de cinco minutos, o avô Wong iria fazer um escândalo. Isso manteria ocupadas pelo menos duas enfermeiras, a sra. Wong tinha nos garantido. Entra Harold. Ele deveria chamar uma terceira enfermeira, apertando o botão de emergência no quarto do sr. Fiorio. Por fim, minha mãe entraria e perguntaria à recepcionista sobre sua mãe (que já estava mortinha da silva). Ela teria que fazer de tudo para manter a recepcionista ocupada nos fundos da casa, onde havia uma máquina de xerox e era bem longe da saída. Miz June era quem sairia com o carro, e Anna Bee ficaria no estacionamento vigiando se Delores ou Nadine chegavam. Chip Jr. ajudaria a colocar as coisas de Lillian dentro do carro e iria vigiar também. Tudo isso tinha de ser muito rápido, porque sabíamos que Delores e Nadine a visitavam todos os dias, mas não sabíamos quando elas poderiam aparecer.

— OK, tá na hora — disse a sra. Wong, batendo no vidro da janela do carro, ao chegarmos ao estacionamento da casa de repouso. Mal tinha soltado o cinto de segurança, Anna Bee já tinha parado atrás de nós. Eu esperava que ninguém tivesse nos visto. Parecíamos bem suspeitos, se for ver bem. Anna Bee esfregava as mãos como um assaltante de banco.

— Boa sorte, Rainhas — desejou Miz June. Um pouco alto demais.

— Vamos detonar — Harold vibrou e fez um círculo no ar com o pulso.

A sorte estava lançada.

Peach e eu atravessamos a porta automática. Eu estava ridiculamente nervosa. Dentro da barriga, os sucos gástricos dançavam uma música contra a minha vontade. Podia sentir o suor escorrendo pelo braço. Fiquei feliz por haver algumas nuvens encobrindo o sol: precisava de ajuda para baixar a temperatura do corpo.

— Você é minha neta — disse Peach. Eu olhei para ela. Ela parecia vestida de modo apropriado para o rapto de Lillian: batom rosa choque e uma

---

[9] Marca de chocolate (N. T.).

malha com detalhes na gola, bem glamorosos, que obviamente ela não vestia todo dia. A blusa tinha ombreiras.

A porta fez um barulho ao fechar-se e engoliu o ar do ambiente. Peach olhava para frente. Achei que ia ter um ataque de riso. A Peach estava tão séria e caminhava com tanta pompa que a imaginei no clipe de abertura do filme *Missão: impossível*. Queria me acabar de tanto rir. Queria ir ao banheiro. Talvez tenha me precipitado ao criticar as idas ao banheiro de minha mãe.

Peach acenou para a recepcionista:

— Minha neta — ela lhe disse.

Talvez ela quisesse que eu gesticulasse também. Mas a recepcionista apenas sorriu e voltou a ler o que provavelmente era a revista *People*.

Fomos de elevador para o segundo andar. Levou mais ou menos cinco anos. Peach me deu uma bala de menta e pegou outra para si. Percebi que ela mordeu a bala e a rolou dentro da boca. Aquele barulhinho me dava vontade de gritar.

Passamos pelo balcão das enfermeiras.

— Viemos ver Lillian — disse Peach. — Esta é minha... — Ela iria soltar a lorota de eu ser a neta dela, quando uma das enfermeiras falou:

— Ah, oi, Ruby.

— Amiga. Minha amiga Ruby — afirmou Peach.

— Oi, sra. Connors — falei. A filha dela, Justine, fora da minha classe no ensino básico. No 6º ano, eu dormi na casa dela uma noite; dormi, não, fiquei acordada a noite toda, porque fiquei preocupada se ia roncar ou fazer qualquer outra coisa embaraçosa durante o sono. Justine era uma dessas pessoas que é gentil com você quando nenhum dos amigos dela está por perto.

— Como foi de verão?

— Tudo bem, obrigada.

— Ruby teve a gentileza de me trazer de carro até aqui para visitar Lillian. Meu carro está com problemas — disse Peach.

— Muita bondade sua, Ruby — afirmou a sra. Connors.

— Quebrou no meio da rua e eu levei um baita susto. Não quero correr este risco de novo — falou Peach.

— Meu irmão é mecânico — disse a sra. Connors. Podia ler os

pensamentos de Peach. "Ela descobriu." — Se quiser lhe dou o número do telefone. — E pegou uma folha de papel.

— Ah, não precisa. Meu sobrinho se ofereceu para ajudar. O carro está na casa dele agora. — De um minuto para o outro, Peach ganhava novos parentes. — Bem, é melhor não deixar Lillian esperando. — O sorriso de Peach parecia que ia despencar do rosto. Ouvi passos no corredor. Certamente era Harold a caminho do quarto do sr. Fiorio. Ele estava adiantado.

— Ela está de bom humor hoje — avisou a sra. Connors.

De novo, li os pensamentos de Peach. "Aposto que sim." Pelo menos, era o que eu pensava. Passamos pelo balcão das enfermeiras enquanto Peach pegava a ponta da blusa e enrolava-a e desenrolava-a.

— Nossa! Você tinha de conhecer alguém! Acha que ela suspeitou de algo?

— Não — eu disse. Isto foi o que eu percebi: a consciência pesada é como uma espinha no rosto. A gente pensa que as pessoas as veem pior do que ela é na verdade.

— Espero que a gente não tenha problemas com a companheira de quarto de Lillian. — Peach bateu na porta.

— A Lillian divide o quarto?

— Entre — disse a companheira de quarto.

— Helen — afirmou Peach. — Eu não te contei? Surda como uma maçaneta. Oi, Helen — Peach gritou.

— Mais visita para a Lillian. Ninguém nunca vem me ver. Este lugar tá parecendo a estação central de trem — disse Helen. Ela estava deitada na cama com um casaco com motivo de flores para ficar em casa. O rosto era dominado por uns óculos enormes. Era tudo o que se via. Ela podia ter problemas de surdez, mas, quanto à visão, recebia uma ajuda homérica, pode-se dizer. Na cabeceira da cama, havia um retrato de um gato. Imaginei que ela o tivesse deixado para trás, este amigo adorado, em algum lugar. Lillian estava ereta na beira da cama. Ela nos deu um sorriso largo. Penso que ainda não a havia visto sorrir; era como se, de repente, aquele corpo se reanimasse. Ela até piscou. Dava para ver que ela fora bonita um dia. Imaginei-a dançando, escrevendo poesia, arranjando flores dentro de um vaso. Ela fechou a mão boa e a levou para perto do peito. "Coração alegre", parecia que dizia. "Felicidade."

— Ah, Lillian. Fico contente por você — disse Peach. Eu queria chorar. O chinelinho de elástico de Lillian me cortou o coração. Mas também me encheu de energia. A gente tinha de conseguir. A gente tinha de tirá-la dali.

Peach olhou no relógio.

— Ah, querida, estamos quase atrasadas para o médico — Peach disse para Helen.

— Nunca gostei de Walter. Ele tinha mau hálito — falou Helen. — Nunca entendi por que minha irmã se casou com ele.

— Doutor — gritou Peach. — Ruby, pegue a cadeira de rodas. Temos de nos apressar. O avô Wong vai ter um treco a qualquer momento.

— Doutor — chamou Helen. — Ela não precisa de médico. Está vendendo saúde. Olhe para mim. Meus pés estão inchados há três dias. — Ela levantou o pé das cobertas. Eu me preocupei caso ela puxasse muito a roupa e eu acabasse vendo mais do que gostaria. Mas o pé parecia mesmo inchado. — Ninguém me escuta.

— Isso é porque ela fala sem parar — disse Peach. Lillian concordou com a cabeça. "Adivinhou", parecia dizer.

Já tinha verificado dentro do closet; não tinha nenhuma cadeira de rodas. Olhei dentro do banheiro e embaixo da cama.

— Vamos logo com isso, Ruby — falou Peach.

— Acho que temos um problema — eu disse.

— Não podemos ter nenhum problema. Não há tempo para isso.

Olhei atrás da porta, para todo espaço grande o suficiente para conter uma cadeira de rodas.

— Vocês têm uma cadeira de rodas? — perguntei a Helen.

— Ninguém está autorizado a sair sem uma enfermeira. É ela quem traz — explicou Helen. Dava para perceber que ela se sentia bem sabendo as regras do lugar. Sua voz estava firme.

— Merda — disse Peach.

— Não se desespere — eu disse. Achei que eu ia ficar desesperada.

— Encontre uma cadeira de rodas! — exclamou Peach. Estava de costas para Helen. E socava as coisas de Lillian dentro de uma bolsa.

— O que estão fazendo aqui? — perguntou Helen, estreitando a vista. Os óculos pareciam um telescópio.

— Faça alguma coisa, Ruby! Não podemos tirá-la daqui sem uma cadeira de rodas!

— Não se preocupe. — Era algo que se dizia quando se estava morrendo de preocupação. — Vou olhar no outro quarto.

— Rápido!

Saí no corredor. Ouvi a sra. Wong conversando com as enfermeiras. "Ele tem andado muito agitado nestes dias."

E, em seguida, a sra. Wong: "Ah, querida. É um dia ruim para o vovô". E mostrou a língua, como se estivesse preocupada.

"Ele não para de dizer que alguém vai ser raptado."

Merda! Merda!

"Na semana passada, era o FBI", disse a sra. Wong. Ela era boa nisso. Bem, o avô Wong ficaria sem a sua caixa de Almond Roca.

Cadeira de rodas. Corri para o quarto ao lado, duas caras de coruja me olharam com surpresa. O quarto era idêntico ao de Lillian, exceto por alguns objetos pessoais. E não havia nenhuma cadeira de rodas também. Sabia que encontraria atrás da enfermaria, mas isso seria perigosíssimo. O armário de suprimentos? Fui de gatinhas pelo corredor. "Por favor", implorei. "Dê-me um pouco de sorte."

A sra. Wong parou de falar. Escutei passos de salto alto no fundo do corredor e as enfermeiras começaram a conversar pelas suas costas.

"Queria ter uma parcela do dinheiro dela."

"Um vendedor de carros usaria menos joias", disse a sra. Connors.

Morri de raiva. Teria defendido a sra. Wong, se eu pudesse, naquele momento. Ela tinha a manha. E força de vontade. Dei-me conta do quanto me importava com ela, com todos eles.

E então encontrei. A cadeira de rodas, graças a Deus. Na frente do leito de um homem de robe, com uns chinelos combinando, dois quartos à frente do quarto dos olhos de coruja. O homem usava uma malha por cima do robe, como se estivesse pronto para sair. Infelizmente, ele teria de esperar um pouco.

Peguei a cadeira.

— Você é nova — ele disse, gentil.

— Vou ter de pegar emprestada por um minuto — eu disse.

— Ei! — exclamou atrás de mim, enquanto eu corria para o corredor com a cadeira.

— Emergência. Ataque do coração.

Corri feito louca. O barulho das rodas no piso de linóleo era feroz, a "Vingança da Cadeira de Rodas" em *double surround*. Agora estava suando de verdade. Meu coração batia a cem por hora.

— Não sou comunista, pelo amor de Deus! — gritou o avô Wong. — Primeiro eles me roubam e depois me chamam de comunista! — Escutei um vidro se quebrar. O vovô estava fazendo um ótimo trabalho, mas, ai, meu Deus, a gente já deveria estar levando a Lillian pra fora da casa de repouso. Deslizei para dentro do quarto, assim que vi um avental branco cruzar rápido o corredor. A enfermeira número um.

— Jesus, por que demorou tanto? — perguntou Peach. — O avô Wong está no meio da performance.

— Tente achar uma cadeira de rodas neste lugar.

— Só as enfermeiras têm permissão de passear conosco — repetiu Helen.

— Eu tenho permissão — falei.

Lillian jogou a bolsa em cima da cadeira, como se não aguentasse mais esperar para sair dali.

— Tem alguma coisa acontecendo por aqui — afirmou Helen.

— Tire suas mãos de cima de mim. Sou um cidadão de bem! — o avô Wong gritou do corredor. Escutei um baque sólido; quebraram outra coisa.

— Olivia! — gritou uma enfermeira. — Corre aqui.

Enfermeira número dois.

— Eba! — vibrou Peach. Botamos Lillian na cadeira. Ela ajudou o máximo que pôde. Sentou-se meio desajeitada. Bem, a gente não mirou direito também: metade da bunda ficou de lado.

— Vou chamar a enfermeira — avisou Helen. — Vocês estão em apuros, estou avisando.

Agi por impulso. Corri para o leito de Helen.

— Olhe — disse, pegando na mão dela e encostando a boca em seu ouvido —, a gente vai tirar a Lillian deste lugar e levá-la para junto de seu amante. — Os olhos de Helen cresceram por trás das lentes dos óculos. Olhos tão grandes quanto os de Poe na foto de Chip Jr. — Você pode fazer parte disso e ajudar-nos nesta fuga. — Apostei na minha intuição segundo a qual as pessoas que costumam seguir as regras são aquelas que sonham, em segredo, quebrá-las.

Helen ficou calada. Parecia feliz.

— Uma vez fui diretora de uma sociedade de jogos ilegais — afirmou Helen.

Por um momento, fiquei chocada. Você simplesmente não pensa que pessoas com caixinhas de Kleenex com capinhas de crochê possam ser trapaceiras, menos ainda bem-sucedidas nesse aspecto. Pense nisso da próxima vez que vir um idoso, andando de vespa pela cidade, com uma bandeira dos Estados Unidos atrás. Pode ser tanto um ladrão de joias quanto um pianista.

— Volto para visitá-la — eu disse.

— Se eles deixarem você entrar novamente aqui — afirmou Peach. Ela parecia um tanto quanto enciumada. Devia ser porque eu era, supostamente, a sua neta.

— Vamos embora — falei. Corri para o corredor para verificar se estava livre. Dei um sinal de OK no início do corredor. A pobre Lillian ainda estava torta na cadeira. O sr. Wong ainda estava tendo um ataque dentro do quarto. Mais vidros quebrados.

— Acalme-se, sr. Wong! Chame a Elaine — gritou uma das enfermeiras.

— Ela está no outro quarto.

— Vá chamá-la!

O avô Wong estava exagerando um pouco. Era tudo de que a gente precisava; que a enfermeira no quarto de sr. Fiorio saísse de lá bem naquele momento. Levantei a mão num gesto de pare. A Peach parou a cadeira de rodas na metade do corredor. Entretanto, a sra. Wong sabia o que fazer.

— Acalme-se um instante. Está tudo bem.

Pensei que ela devia ter arranhado o braço do sr. Wong e pisado de salto alto no pé dele. Porque, de repente, tudo ficou silencioso. Provavelmente o avô Wong estava com muita dor para falar.

Esperamos um tempinho. Ninguém saiu. Indiquei caminho livre para Peach.

Justo naquela hora a sra. Connors saiu do quarto do sr. Fiorio. Merda! Feito louca, acenei para Peach: "Volte". Peach estacou morrendo de medo. Para onde ela poderia ir? A sra. Connors estava indo em direção ao balcão. Se ela ultrapassasse o corredor, na certa veria Lillian. No fundo do corredor, via a cabeça de Helen. Ela queria ver o espetáculo. Acenei feito louca para ela também: "Pra dentro".

Apoiei-me na parede e fiz cara de paisagem. Meu coração tinha disparado. Parecia que eu estava regendo uma orquestra de lunáticos. Apoiei-me na parede como se fosse uma coisa que eu fizesse sempre. Por que alguém não podia se apoiar na parede com cara de paisagem era algo que eu ainda não havia desvendado. Escutei um barulhão de cadeira de rodas atrás de mim. Seria um milagre se a sra. Connors não tivesse ouvido.

— Nossa! — gritei. — Uau! — Bati com o tênis no chão, tentando duplicar o som.

Felizmente, a atenção da sra. Connors ainda estava voltada para o quarto do vovô Wong. — Para que tudo isso? — ela disse. E olhou para mim então. — Provavelmente você nunca ouviu nada parecido. Às vezes, isso acontece. Se quiser, pode bisbilhotar.

Ela continuou pelo corredor. Só podia esperar que, atrás de mim, Lillian e Peach tivessem saído de vista. "Por favor", implorei. Não consegui adivinhar se a sra. Connors fora cruel ou bondosa com aquele comentário.

— Estava procurando uma máquina de refrigerante — disse, estupidamente. É, sempre tenho acesso de sede quando testemunho ataques histéricos em casas de repouso.

— Tem uma na recepção, no andar de baixo.

Ela pegou seu bloco de anotações e uma caneta do balcão e voltou para o quarto do sr. Fiorio. Os nervos já tinham se acalmado. Meu Deus, a gente tinha de correr.

Meu coração estava terrivelmente descompassado. Corri de volta para o fundo do corredor, olhando dentro dos quartos com portas abertas. Vi Peach e Lillian dentro do quarto dos pacientes com olhos de coruja. Cara, a gente estava dando um show.

— Corra — eu disse.

Lillian agarrou sua bolsa. Ela a tinha pendurado no braço da cadeira, ao lado de sua mão boa. Peach me deu a bolsa com as coisas de Lillian e nós voamos. Chamei o elevador.

Nada.

Chamei, chamei, chamei.

— Que droga de elevador! — falou Peach.

Nada.

Escutei a voz da sra. Wong. "Desculpe. Sinto muito." E a da enfermeira. "Vai ter de repor a televisão."

— Que porra! Que droga! — continuou Peach.

Nada. Até que finalmente, "ding".

Entramos apressadas, quase socando a Lillian contra a parede. Peach apertou o botão e a porta se fechou.

— Ai, meu Deus — eu disse. Debaixo do braço, suava demais.

— Espero que a sua mãe tenha cuidado da parte da frente da casa.

Havia uma música de elevador bem calminha: "Garota de Ipanema". Dava a sensação de que cada segundo, desde o início da eternidade, estava se repetindo. Cinco zilhões de anos depois, a porta se abriu. Havia um casal esperando, uma mulher levando o marido pelo cotovelo. Eles gentilmente deram passagem. Uma outra mulher se aproximava com um buquê de flores. Não era Delores.

— Abaixe a cabeça e ande — sussurrei para Peach. Não havia sinal de minha mãe na recepção. As portas da entrada se abriram e se fecharam fazendo barulho. Quando isso aconteceu, senti tanta energia dentro de mim que seria capaz de iluminar uma cidade inteira. Chip Jr. estava bem ali na saída. Com a câmera no pescoço. Tirou uma foto nossa.

— Aqui está tudo limpo.

— Nossa! Livre-se disto. A gente precisa ir andando — eu disse.

— Você tá toda suada debaixo do sovaco — Chip Jr. disse gentilmente.

Miz June acenava da janela do carro.

— Entrem no carro! Entrem no carro!

Peach e eu a cumprimentamos de longe. Eu me sentia meio mal suando tanto ao lado de uma senhora tão elegante.

Ao me aproximar do carro, vi a sra. Wong aparecer na porta. Ela parecia exausta, mas esfuziante. Ela tinha uma marca no braço, e os seus óculos, quando surgiu na janela, estavam cheios de marcas de dedo.

— Hoje o avô Wong ganhou um monte de revistas *Playboy* — ela disse.

— Ele foi ótimo — concordei.

— Ele jogou um tubo de soro na televisão — comentou. Parecia orgulhosa dele.

— Espero que tenha ganhado também a Almond Roca.

— Uma caixa grande — ela disse. — Mais Aplets & Cotlets[10]. Sobras do Natal, mas ele não vai ligar.

Peach ajeitou a Lillian no meio de algumas de suas coisas e, em seguida, fechou a porta do carro.

— Sabe o que acabei de me dar conta? A gente vai precisar daquela cadeira de rodas.

Ela tinha razão.

— Não dá para parar e pegar uma no caminho? — Pensei no paciente de robe, ainda esperando para dar um passeio.

— Claro. Tem uma loja de cadeira de rodas a cada esquina.

— Ponha-a no porta-malas — disse Miz June. — A gente pensa num outro jeito depois. Não podemos ficar aqui à vista de todo mundo. — Tenho certeza de que Miz June nunca roubou nem um pacotinho de açúcar de um restaurante.

— Não tem problema. Tenho algumas em casa — disse a sra. Wong. Cadeiras de roda não são algo que se pensa que as pessoas tenham de sobra em casa, mas tudo bem. — Vou trazer uma para cá.

— Como se dobra esta coisa? — perguntei.

— Deixe comigo. — Peach agiu com presteza. — Tive de aprender quando Henry adoeceu. — Colocamos no porta-malas em cima das bolsas. Peach estava ofegando de modo preocupante. O porta-malas do Lincoln era tão grande que cabia uma banda inteira!

— Entrem! Entrem! — disse Miz June. Pisou no acelerador para frisar o

---

[10] Marca de doces e balas (N. T.).

que dissera. Entramos, fechamos a porta. A sra. Wong se sentou no banco da frente por um momento.

Nossa!

— Agora temos de esperar os outros — falou Miz June.

— Como vai, Lillian? — eu disse, tocando em seu joelho. — Desculpe a roupa molhada de suor.

— Peça desculpas a mim. Sou eu que tenho que me sentar do seu lado — disse Chip Jr.

— Eles não podem se apressar? — perguntou Miz June.

Nossos olhos estavam fixos na porta. Dava para ver Anna Bee, ainda de vigia, no jardim, perto da placa de entrada da Casa de Repouso Anos Dourados, onde ela podia ter uma boa visão dos carros que chegavam.

Minha mãe apareceu. Carregava um maço de panfletos. Segurou-os, fazendo um sinal de vitória. A sra. Wong saiu do banco da frente e minha mãe entrou, sem perder tempo.

— Quase comprei um quarto. Oi, Lillian — ela disse, olhando para trás. — Está pronta?

— Ainda estamos esperando Harold — falei.

— É melhor a gente correr. Eles logo vão descobrir que a Lillian não está lá — disse Miz June. — Tenho um mau pressentimento quanto a isso.

— Foi um plano brilhante, sra. Wong — comentou minha mãe. De óculos sujos, a sra. Wong se inclinou na janela que dava para a minha mãe. Estava superfeliz.

Porém, minha mãe devia saber que era bom não contar com o ovo dentro da galinha. Ela sabia bastante sobre destino e coisas que a gente se esquece de levar em conta. Bem naquele instante, Anna Bee acenou do estacionamento. Os olhos dela estavam arregalados. Correu pelo jardim. Ainda bem que escolhemos uma bicicleta para ela; ela foi rápida. Levantou o braço no ar. Primeiro, indicou o caminho para a rua; em seguida, a direção para os fundos da propriedade.

— Delores. Que inferno! É a Delores! Sabia que ela viria. Podia pressentir — disse Miz June. Nunca a ouvi xingar antes. Mesmo quando alguma coisa ruim acontecia, como a Beauty vomitar no sofá ou o Harold derrubar suco de fruta no carpete, ela sempre tinha modos impecáveis.

— Pelos fundos — disse minha mãe.

Miz June pisou fundo no acelerador e todos nós do banco de trás caímos para um lado. Olhei por cima do ombro para a recém-abandonada sra. Wong. De cuca fresca, como sempre, ela andou até o próprio carro. Peach empurrou a Lillian para debaixo dos nossos corpos, a fim de escondê-la. Lillian contava conosco. Meu coração disparou de novo. Tínhamos de sair dali.

— Onde se pode esconder um Lincoln? — perguntou Miz June. A gente estava nos fundos do prédio, perto da lixeira e da área de serviços. Vi um caminhão de limpar janelas. Quis saber se pertencia àquele professor maluco de Matemática que discursou sobre os refrigerantes.

— Não saia daqui — pediu minha mãe, embora sem muita convicção.

— Que droga! Onde está a porra do Harold? — quis saber Peach.

— Talvez a gente devesse ir embora sem ele. Está ficando muito perigoso — afirmou Miz June.

— Temos talvez cinco minutos antes que eles descubram que a Lillian sumiu — falou minha mãe. — Talvez menos.

— Por que ele tá demorando tanto? — perguntou Peach. A Lillian parecia preocupada embaixo da gente.

— OK, só mais um minuto e a gente cai fora, com ou sem Harold — afirmou minha mãe.

Pensei em como Harold estava contente hoje de manhã no jardim da nossa casa. Ele tinha de ir. Ficaria ressentido caso perdesse a oportunidade.

Miz June virou o carro. Estávamos prontos para escapar.

— Trinta segundos — contou minha mãe.

— A Delores está subindo de elevador neste exato minuto! — falou Peach. — Temos de sair daqui.

— Harold pensaria em tirar a Lillian daqui. Harold pensaria em tirar a Lillian daqui, antes de tudo — enfatizou Miz June.

— Tá certo, gangue, já passou um minuto — falou minha mãe. — Vamos indo!

Miz June pisou na embreagem. Naquele instante, abriram a porta de serviço e um jovem veio fumar um cigarro. Ele nos olhou como se visse Lincolns sendo guiados por velhinhas todos os dias. E talvez visse mesmo.

Dirigimos para a entrada do estacionamento.

— Espere — gritei.

Anna Bee trazia Harold pelo braço. Corriam para atravessar o estacionamento.

Minha mãe abriu a porta da frente e ele entrou. Anna Bee estava sem fôlego. Tinha folhas e gravetos no cabelo.

— A gente teve de se esconder na cerca viva. — Tomou fôlego. — Vá! Ande! — E bateu a porta.

Miz June pisou fundo. Vi o braço da sra. Wong, carregado de pulseiras, acenar para nós. Fiquei sentida de deixá-la, e a Anna Bee, para trás, mas, depois daquele dia, elas nos seriam gratas por um longo tempo.

— Ela não queria me deixar sair, aquela enfermeira — falou Harold, quase sem respirar.

— A sra. Connors?

— Acho que quer ser a ex-sra. Connors. Fiz o que combinamos, contei-lhe que o sr. Fiorio começou a respirar esquisito. Ela verificou-o, disse que ele estava bem e começou a me fazer uma série de perguntas.

— Como que tipo de som ele fazia quando respirava? — perguntou Peach.

— Não, como o que eu faço nas minhas horas livres. Ela queria anotar o meu telefone.

— Aposto que foi isso. Ela saiu em busca do caderninho e quase nos viu — eu disse.

— Ela pensou que você tivesse dinheiro — disse Peach.

— Ela tem uma queda por mim. Com certeza. — Harold estalou os dedos. — Ainda tô na parada.

— Pise fundo, Miz June — disse minha mãe. — Eles já devem ter descoberto que Lillian sumiu.

Parece que era tudo o que Miz June esperava ouvir. Ela arrancou a toda, descendo a rua, e passou um sinal amarelo.

Correu as ruas montanhosas da vizinhança e, em seguida, entrou na cidade pela rua Cummings. Uma vez do outro lado, já teríamos chegado a uma estrada.

— O que é isto? — falou minha mãe. Bati o pescoço no banco. O carro na nossa frente estava parado, com a luz de freio ligada. Na outra pista, um caminhão estava à frente de uma fila de carros parados.

— Polícia. Fomos pegos — falou Peach.

— Não seja ridícula! — exclamou Harold.

— É uma águia — comentou Chip Jr.

E era mesmo. Uma águia-de-cabeça-branca bem na nossa frente, que pegava um cachecol vermelho do asfalto. Aquilo era tão inesperado que o trânsito ia ter de esperar.

— Buzine. Faça alguma coisa — disse Peach.

— Não — disse Chip Jr. — Isso a assustaria.

— Acho que é esta a questão — falei.

— A Delores está no nosso rastro! — disse Peach.

— Não sei o que fazer — desabafou Miz June. — Afinal, é uma águia!

— Isso é loucura! — exclamou minha mãe.

— Imagine que o nosso plano falhe por causa de uma águia-de-cabeça-branca no meio da estrada. — Harold suspirou como se aquilo já tivesse acontecido.

O caminhão esperou pacientemente. A fila crescia depressa atrás dele. Outros carros pararam atrás de nós também. Algumas pessoas botavam a cabeça para fora do carro a fim de observar. Chip Jr. as imitou.

— Vai logo, ave — falou Miz June.

A águia examinava o cachecol. As pessoas desligaram o motor. Ela tinha todo o tempo do mundo. Não havia raptado uma velhinha da casa de repouso.

Chip Jr. se lembrou da máquina fotográfica. Botou as lentes para fora do carro. Assim que o fez, a águia pegou o cachecol e alçou voo; suas asas eram enormes e com o cachecol flutuando, parecia um *banner* brincando no vento. O motorista do caminhão começou a buzinar de alegria e outros motoristas fizeram a mesma coisa. Chip Jr. aplaudia, e Miz June buzinou algumas vezes para comemorar. Como disse, você nunca sabe o que vai encontrar na rua Cummings.

Os carros se moveram, e a gente estava no caminho de novo. Cheios de vontade de descobrir coisas novas e de sentir a liberdade que isso traz.

Então, não fazíamos ideia de que o tempo estava contra nós. Não sabíamos que a nossa missão requeria velocidade e uma rota direta. Não pensávamos em grandes coisas — em como o destino pode ter suas próprias razões ou em como o tempo pode chegar sem aviso e se transformar em algo horrível, miserável. Em vez disso, Chip Jr. me deu metade de um chiclete, e Peach e Harold discutiram se era para abaixar o vidro ou não. Ainda dava para ver o cachecol no céu, cada vez menor.

Capítulo 12

— A sra. Wilson, atual sra. Thrumond, era muito educada para cuspir — comentou Peach que não parava de tirar um espelhinho de dentro da bolsa e retocar o batom, como se estivesse a ponto de arrebatar o "Mais Procurado da América". Lillian tinha caído no sono. Chip Jr. tirou uma foto dela de boca aberta. Um cara velho tocava no rádio.

— Eu adoro Tony Bennett — disse Miz June.

Então tá: Tony Bennett tocava no rádio. Mudaram de assunto. No início, brincamos com Lillian por conta de seu amorzinho, pelo fato de finalmente ela reencontrar Charles, e ela ficou toda alegre e emitiu gritinhos e gemidos, e suas mãos gesticulavam como se lentamente se despertasse de um sono profundo. Cada um de nós contou como fugiu dos Anos Dourados ("Considerando os cuidados que ela requer, na verdade até que nos demos bem", comentou minha mãe), falamos de livros ("Preciso confessar que todo ano na época de Natal leio trechos de *Mulherzinhas* em voz alta para Beauty", confessou Miz June) e as vantagens e desvantagens da doação de órgãos ("Eu vou doar meu órgão e meu saxofone também", disse Harold, entre risos). Mas agora os únicos que falavam eram Peach e Chip Jr., que tinham se reabastecido de açúcar, depois que paramos numa loja de conveniência para tomar *Slurpee*[11] e fazer xixi.

---

[11] *Slurpee* é uma bebida frozen, como uma "raspadinha", produzida pelas lojas da 7-Eleven (N. T.).

— Pense nisto — disse Chip Jr. — Não podemos ver a luz agora. As estrelas são um reflexo do passado. Aquela luz veio do tempo das cavernas ou mesmo antes. — Ele pensava.

— Isso é incrível! — Peach concordou.

— Estranho, não acha? Tem todo este drama acontecendo no espaço o tempo todo. Explosões e estrelas morrendo, e a gente aqui embaixo decidindo coisas como que bebida tomar com o quarteirão com queijo.

— Cortar a grama ou cortar a unha do pé — disse Peach.

— Harold, cuidado com o cotovelo — pediu minha mãe. Ele estava devorando o *Slurpee*, com o canudo fazendo as vezes de uma colherinha. Dava para ver que minha mãe estava tensa pelo modo estranho como se comportava. Não sei ao certo se era porque estávamos havia muito tempo dentro do carro, se porque estava irritada ou preocupada. Na loja de conveniência, ela teve de ajudar Lillian a ir ao banheiro.

— Meu Deus, Ruby, não quero ficar velha — ela disse quando saíram. Peach falava feito uma matraca, mas minha mãe parecia preocupada, como se a verdade sobre a decadência de Lillian a tivesse, finalmente, atingido. Se alguma coisa acontecesse a Lillian, se não desse certo com Charles Whitney, ela se sentiria responsável.

— Você está se mexendo muito — disse Harold.

— Tô tentando evitar que você derrube *Slurpee* em mim.

— Crianças! — ralhou Miz June.

Todos nós nos recolhemos para o nosso mundo por um tempo. O rádio do carro ainda estava tocando, mas ninguém disse nada. Minha mãe olhou pela janela, e eu também. Não sei o que ela via, mas eu imaginava cabines de telefone, todas as cabines de telefone que se encontravam fora do carro. Ouvi o sinal de linha e então a moeda cair dentro do telefone. E, em seguida, a voz de Travis. Queria saber se ele estava bem. Tinha necessidade de ouvir a sua voz. O que acontecera aquela noite no viveiro de Johnson fora a coisa mais vergonhosa, mais assustadora que eu tinha vivido, e eu queria poder dizer que nunca mais pensara em Travis. Mas era mentira. Ele tinha um jeito de se enfiar na minha mente parecido com o modo como invadiu a casa, às escuras. Ele caminhava por ali e pegava coisas que não lhe pertenciam.

— Talvez a gente devesse pensar onde vamos passar a noite — sugeriu Miz June. — Está todo mundo cansado.

— Mas ainda são seis horas! — comentou minha mãe.

— Foi um dia memorável — continuou Miz June. — E precisamos ligar para a sra. Wong para saber o que aconteceu na casa de repouso depois que saímos.

— Deve ter um pedido de busca e uma oferta de recompensa para quem nos encontrar — disse Peach. Ela parecia animada com isso.

— A gente não fez nada ilegal — afirmou minha mãe. — Não exatamente ilegal. Um médico a declarou incapaz, mas isso não significa que ela não tenha direitos e desejos. Lillian pode dar poderes a Charles, para que ele a represente.

— As filhas vão brigar.

— Vou pegar a próxima saída — avisou Miz June.

— Mas nem chegamos à fronteira com o Oregon — falou minha mãe. E suspirou. Miz June interpretou isso como um sinal de tudo bem e ligou a seta muito antes da saída da estrada.

— Veja! Uma lanchonete! — disse Harold. Para um *chef*, ele não era muito exigente.

— Comida saudável! — exclamou Miz June.

— Adoro cardápio com foto! — falou Peach.

A lanchonete ficava ao lado de um hotel barato, cujo logotipo era um ursinho com pijama e touca de dormir. Minha mãe desceu do carro para ver se tinha vaga no hotel, perguntar o preço da diária e telefonar para a sra. Wong e para Charles. Confesso que queria ter sido eu a telefonar. Em vez disso, segui os velhinhos em direção à lanchonete. Achamos uma mesa. Como se já não tivéssemos estado tão próximos num só dia, pegamos uma mesa de canto e colocamos Lillian na cabeceira. Levou bastante tempo para que Peach a ajeitasse no banco de vinil. Em frente de mim, a mesa estava grudenta e sentia-se cheiro de fumaça. Uma mulher velha, com uma garrafa de café numa das mãos e uma garrafa de água na outra, veio até a nossa mesa. No crachá lia-se "Cindy", um nome muito alegre para o seu estado de ânimo. E aposto que ela estava vestindo um avental que não era dela. Provavelmente, fazia vinte anos que Cindy não sorria.

— Café — disse ela. Era para ser uma pergunta.

Harold levantou o braço.

— Me deixa acordado.

Ela pôs café na xícara de Peach e, em seguida, saiu; o laço do avental era ousado e engraçado.

— O retrato da felicidade — disse Miz June. Ela também notara. Ela já estava sem os óculos e enfiava a cara no cardápio com fotos das batatas assadas e dos filés de frango à milanesa. Peach mostrava o cardápio para Lillian, que estava contente e parecendo mais esperta. Harold lia a página do café da manhã.

O casal ao nosso lado comeu sem emitir uma palavra, o que é uma das visões mais "deprês" que existem, se quiser saber a minha opinião, uma coisa como carros abandonados nos jardins das casas. Duas mesas adiante, um jovem casal com três crianças pequenas também não falou nada — ele estava concentrado em comer, enquanto ela limpava a boca de um dos filhos e alimentava o bebê na cadeirinha, ao mesmo tempo que tentava fazer que o terceiro parasse de olhar para nós. Quando a minha mãe chegou, ela parecia bem mais tranquila. O rosto estava corado da brisa da noite e os olhos dela, descansados.

— Agora, olhem bem para quem é o retrato da felicidade — disse Miz June.

— Dois quartos duplos e um sofá para Harold. Cafeteira no quarto. — Ela aplaudiu e fez uma mesura. Chegou perto de Chip Jr. — E agora um enorme e suculento *cheeseburger* com bacon.

— Charles Whitney com certeza está louco para vê-la — ela disse a Lillian, que sorriu.

— Então, falou com a sra. Wong?

— Ah, sim. Tinha quase esquecido. — Minha mãe pôs a mão na cabeça. Ela fazia assim quando a televisão perdia a cor, até que um dia a TV ficou amarelada de vez. — Sim, a Anna Bee estava lá jantando com ela.

— Estou surpresa que ela não acuse o sr. Wong de dar em cima dela — eu disse.

— Não. Ela teve bastante distração por hoje. Ela soube de Delores e Nadine — minha mãe se dirigiu a Lillian. — E também de alguém da Casa de Repouso Anos Dourados. O advogado de Delores ligou.

— Ele não pode fazer nada — disse Harold.

— Tática do medo — falou Miz June. Parece que estava funcionando. Lillian estava com uma cara...

— Não se preocupe, Lillian — falei.

— Eles com certeza vão procurar Charles — disse minha mãe.

— É melhor a gente chegar lá primeiro — disse Miz June. — E assinar logo uma procuração de plenos poderes para Charles. — Suspeitei que ela quisesse uma nova chance para quebrar a barreira de som com o Lincoln.

— Bem, "talvez" eles cheguem até Charles — disse minha mãe.

— O que quer dizer com "talvez"? — perguntei.

— A sra. Wong me disse que eles nunca o encontrariam, que ele estava escondido. Eles tentaram fazer que ela contasse. Usando a razão, pedindo, subornando. Então, infelizmente, ela abriu a boca. Ele estaria no Hotel Coronado, em San Diego. Um lugar onde ele e Lillian passaram um fim de semana maravilhoso algum tempo atrás.

Lillian movia os ombros, dando risada. Resfolegou um pouco.

— Nunca esteve lá, não é? — disse Peach. Lillian balançou a cabeça. Amei. Vitória. Aquele dia foi ótimo. Foi a melhor coisa que eu já fiz.

Cindy chegou para iluminar a nossa mesa e anotar os pedidos. Harold e Lillian pediram panquecas.

— Se forem tão doces como você, Cindy, também quero panquecas — falou Harold. O ego dele estava inflado, desde o episódio da sra. Connors. A continuar assim, precisaríamos de um guincho para carregá-lo.

Cindy parou de anotar. Ela olhou para cima e intimidou Harold com o olhar.

— Jesus, Harold. Teve sorte de ela não ter esmigalhado seus olhos com a caneta — afirmou Peach.

— Ou de não o ter furado diversas vezes com o alfinete do crachá — disse Miz June.

— Isto foi bem mal — eu disse.

— A sra. Wong não poderia ter pensado num lugar ainda mais longe? — disse Harold, ignorando-nos. — Enfim, talvez a algumas horas de viagem no litoral?

— Eu acho que ela fez bem; vindo com essa conversa... — disse Miz June.

— E para quem mais você ligou? — perguntei à minha mãe. — Você ficou um tempinho lá fora.

— Ela ligou para Joe Davis — disse Chip Jr. — Você não vê que ela está com vergonha? — E deu uns tapinhas na própria face para que ficasse vermelha também. — Eu gosto do Joe Davis.

— Tinha de verificar como estava o Poe — ela disse.

— Você parece mais animadinha mesmo, desde que saiu do carro — afirmou Miz June.

— Você estava mais implicante que Harold — falei.

— Ela estava irritada! — disse Miz June.

— Me desculpe, Harold — falou minha mãe. — Estava desanimada por não termos progredido tanto. Não chegamos nem à fronteira estadual.

— Ah, então é isso! — exclamei. — A fronteira. — Estava brincando, ou pelo menos pensei que estava. Era um daqueles momentos em que a sua voz antecipa seus sentimentos. Havia um limite. Estava querendo ultrapassar as barreiras para algo que não era assim tão engraçado.

— Como assim? — Minha mãe tomou um gole de água. A criança que não parava de nos observar começou a pular no banco.

— Trata-se de cruzar a fronteira. Você queria ir ver meu pai. — Fiz um gesto com as mãos imitando o movimento de uma montanha-russa. Só queria dizer que a gente estava perto do parque de diversões, mas era uma alusão cruel às suas emoções em relação aos homens, emoções que eram como as que se tem numa montanha-russa. Porém, fui perceber tarde demais.

Chip Jr. repetiu o gesto e deu um gritinho falso. Ele ainda não tinha se tocado de que estávamos no terreno das coisas não ditas. Também percebeu tarde demais. E abaixou os braços. Começou a tirar o papelzinho que cobre o canudo com a concentração de um cirurgião. Minha mãe abaixou a cabeça e olhou para as unhas.

— Pode ser difícil para as mulheres chegar ao ponto onde seus sentimentos não se baseiam na atenção dos homens — disse Miz June. Presumo que dissesse com bondade, mas minha mãe enrubesceu.

— Quem é você para falar alguma coisa? — minha mãe me disse. O vinil que cobria o banco tinha grudado na minha perna. Senti calor. De repente, a gente tinha entrado numa briga. Uma briga de pessoas caladas: ou seja, a raiva crescendo e querendo sair pelo rosto, palavras que mal continham o vício. — Depois do papelão com Travis Becker.

— Aprendi com o mestre — eu disse. Uma raiva cresceu onde eu tinha tentado por tanto tempo esconder. Nós éramos leitoras, pessoas dos livros, treinadas para driblar os sentimentos vis em nome da educação e do amor, mas mesmo assim eu estava furiosa. Furiosa com a sua súbita felicidade, depois de anos de pesar e de ausência que tentamos superar com bondade, paz e humor. Ela estava feliz. Ótimo. Maravilhoso. Parabéns. Tinha ódio na voz. Nem mesmo ligava que pessoas idosas me escutassem. — Bem me quer, mal me quer...

— Você entregou seu coração a um ladrão, Ruby. Meu Deus, como se não soubesse! — Todo mundo estava em silêncio, exceto Harold, que bebia água de modo barulhento e fez um show colocando o guardanapo no colo. Talvez ele tivesse desligado o aparelho de surdez. Ou talvez esperasse as panquecas. A charmosa e encantadora Cindy tinha acabado o seu turno e quem trazia as travessas para nós era Randy, alto e não muito mais velho que eu, vestido com uma camisa cor de mostarda abotoada só embaixo, como se estivesse querendo mostrar alguma coisa. As lanchonetes não exigiam que seus funcionários usassem uniforme recatado? Depois que ele largou os pratos na mesa, percebi que o seu objeto de orgulho provavelmente era um pelo do peito que voava freneticamente graças ao ar que saía do sistema de refrigeração, enquanto eu parecia uma pessoa numa ilha deserta, fazendo sinal para o avião de resgate.

Harold se inclinou, lançando um olhar de apreciação ao seu prato de comida. Minha mãe fazia uma montanha nevada de guardanapos rasgados. O silêncio era agudo. Cortante.

— Aqui está, gangue — disse Randy. — Algo mais? — Ele olhava fixamente para Lillian. Dava para imaginar que ele nunca vira uma velhinha numa cadeira de rodas.

— O que aconteceu com a Cindy? — perguntou Peach.

— Hora do intervalo — Randy respondeu.

— Espero que seja longo — disse Harold.

Randy deu uma risadinha.

— Sim, uma era glacial.

Do que ele estava falando? Randy se virou. Quase dei um tchauzinho para o pelo do peito dele. Ele voltou logo depois com *catchup*, muito embora já tivesse um na mesa. — Aí está. Tomate. Toma*ti*.

Ficamos em silêncio. Só se ouviam as facadas de Peach cortando as panquecas de Lillian e Chip Jr. batendo no fundo do pote de *catchup*. O casal com os três filhos se levantou para sair, deixando uns restos de comida pelo chão, ao lado da cadeirinha do bebê. Ninguém disse nada. Criara-se um clima de tensão entre mim e minha mãe, como se houvesse uma terceira pessoa entre nós. Deveriam trazer de volta o cardápio e uma garrafa-d'água para esta criatura imaginária.

Senti algo na barriga e achei o prato de comida muito colorido e horrível. Acabei sentindo culpa. Tentei comer a batata frita.

— Namorei um ladrão uma vez — disse Peach. A panqueca de Lillian, que pacientemente ela tentara garfar nos últimos minutos, caiu do garfo. Todos olhamos para Peach. Sentiu-se um alívio por ela ter quebrado o silêncio. Poderia ter abraçado Peach. Vou te contar... estava mesmo me envolvendo com essas Rainhas Caçarolas. A tensão saiu da lanchonete como se tivesse se dado conta de que viera para o baile errado.

— Claro, e você escreveu para aquele criminoso também; não se esqueça disso — lembrou Harold.

— Eu tinha 16 anos quando o conheci. Não lembro o nome dele. É engraçado envelhecer. Você mal se lembra de pessoas e coisas que achava tão importantes. Talvez fosse Billy. Não, Bobby. Começava com B.

— Burt? — sugeriu Miz June.

— Não — disse Peach. — De qualquer modo, ele roubava placas de trânsito. Tinha uma coleção no jardim. "Cuidado". "Pare". "Proibido estacionar". Não faço ideia de como ele as conseguiu. Uma vez eu o ajudei a carregar uma placa na esquina da Front Street com a Alder; ele arrancou a placa de uma vez do chão. Havia semanas vinha tentando removê-la. Pusemos a placa no banco de trás do carro, com a haste para fora do vidro. Ele não era muito inteligente. Colocou a de parada de ônibus no jardim na frente de casa e foi pego, porque o ônibus acabou fazendo as suas paradas ali. — Eu dei risada.

— Bart? — disse Miz June.

— Não. Jeb. É isso: Jeb!

— Mas você disse que começava com B — falou Harold.

— Sei que era um nome meio caipira — disse Peach.

— Eu tenho certeza de que o sr. Varsuccio pertencia à máfia — afirmou Miz June.

— E você saiu com ele — disse Peach.

— Ele era tão elegante — lembrou Miz June.

— Embora Nine Mile Falls não seja genuinamente um território da máfia — comentou minha mãe.

— Sim, mas quem é que procuraria por ele ali? — perguntou Chip Jr.

— Esconderijo perfeito — afirmei.

— Ele não era assim tão elegante — disse Harold.

— Conte-nos sobre o seu ladrão — pediu Miz June.

Era um território perigoso, coberto de cacos de vidro, e teríamos de atravessá-lo descalços. Mas bem ali, com a escuridão avançando lá fora, e os nossos reflexos na janela, e as luzes amarelas da lanchonete expondo ao calor as gostosuras da vida — tortas caramelizadas, cadeiras giratórias, a bolsa de Miz June pendurada no meu assento —, parecia seguro me aventurar. Todo mundo olhava para mim, exceto Chip Jr., que tinha levantado o pão do hambúrguer e ajeitava o recheio. Até Lillian tinha os olhos brilhantes, cheios de expectativa. Ela limpou a garganta, como se quisesse me ajudar a falar.

— Ele tinha uma moto — eu disse.

— Ah! — Peach suspirou.

— Eu a vi no jardim.

— Os pais dele são ricos — falou minha mãe.

— Ann — Miz June avisou. Ela levou o indicador à frente dos lábios num gesto de silêncio. Senti uma alegria súbita. Como quando o professor finalmente descobre o que o aluno levado está fazendo às escondidas, embaixo da mesa.

Minha mãe deu uma enorme mordida, uma mordida rebelde, no sanduíche.

— Ele gostava de fazer coisas perigosas — eu disse.

— Como o quê, por exemplo? — quis saber Peach.

— Ficar parado no meio da rua Cummings. Dirigir muito rápido. — Baixei o tom de voz. — Roubar a casa das pessoas.

— Aposto que você se livrou dele — falou Peach.

Senti muita culpa. Queria poder falar que eles estavam certos, que eu não tinha mais nada a ver com Travis. Que tinha fechado a porta, que não tinha mais nenhum desejo. Porém, precisava lhes contar a história toda. Sabia disso. De algum modo, aquilo se tornara importante. Crítico mesmo. Não tinha certeza se iria conseguir prosseguir. Minha voz era baixa, quase não a reconhecia:

— Ele invadiu o viveiro de Johnson. Eu trabalhava ali. Libby Wilson é a melhor amiga da minha mãe.

Meu Deus, estava a ponto de chorar. Minha voz tremia. Achei que ia desabar ali na lanchonete. Talvez muita gente desabasse naquela lanchonete; afinal, ficava aberta a noite toda.

— Eu estava lá com ele. — Lembrei-me do som do vidro quebrando. E vi a placa com as letras trocadas. — Eu lhe contei onde ficava a chave da caixa registradora. — As lágrimas rolaram no meu rosto. Limpei-as com o dorso da mão.

— Eu poderia matá-lo — disse Harold.

— Nocauteá-lo com uma peneira? Olhe para o *chef* machão! — falou Peach.

— Eu poderia agarrar aquele punk — continuou Harold.

— Bater nele com o pau de macarrão — minha mãe disse com a boca cheia de hambúrguer.

— Você poderia persegui-lo com as formas assustadoras dos doces de Halloween — disse Peach.

— Bem, me parece que você não vai repetir o mesmo erro — falou Miz June.

— Ele se autopuniu, de qualquer jeito — disse minha mãe. — Se acabou num acidente de moto na rua Cummings.

Lillian balançou a cabeça:

— Coitado do menino — falou Peach.

— Por que as mulheres sempre gostam dos malvados? — disse Harold. — Com certeza, deve ser bonito, não é?

Concordei.

— Não se trata da aparência — disse Miz June.

— Não? — perguntou Peach. Ela deixou de lado o restante do sanduíche de carne e começou a comer os picles que estavam espetados em palitos, num balangandã de mau gosto. Picles espetados eram uma dessas invenções que faziam você pensar que em algum lugar do passado aquela tinha sido uma boa ideia. Imagine um cara no porão da sua casa, bebendo Fanta, palitando os dentes e de repente "a-há!".

— Não se trata apenas da aparência, nem isso é a coisa mais importante. Não é que queiramos alguma coisa má, mas queremos alguma coisa grande — disse Miz June.

— Verdade — falou Peach.

— E aí você encontra isso num punk? Isso é como querer comida mexicana, mas ir a um restaurante chinês — disse Harold.

— Isso também é verdade, mas não é disso que estamos falando — disse Peach.

— A busca do amor se confunde com a busca de vida — esclareceu Miz June.

— Então, vá escalar uma montanha — disse Harold.

— Ah, Harold. — Suspirou minha mãe.

— É assim fácil, não é? — disse Miz June. — Olho para os meus netos e ainda reconheço isso. Espera-se que os meninos façam, que realizem algo, procurem aventura. Claro que agora as meninas têm uma carreira, mas o que elas esperam encontrar? Os meninos querem conquistar as montanhas; as meninas, os garotos.

— Ela tem razão — disse minha mãe.

— Tem mesmo — concordou Peach.

— As meninas podem conquistar as montanhas, se elas quiserem — eu disse. — Sabemos disso, embora seja uma bobagem.

— Quer você goste, quer não, acontece a toda hora. — Miz June cortou com cuidado outro pedaço de carne. — A identidade masculina está toda na ação; a feminina, quando ela tem um homem. Identidade através dele. Caímos do salto alto para a fenda estreita do que significa o feminino. Deixe-me esclarecer. Você se apaixona e então pensa que se encontrou. Mas quase sempre você está se procurando dentro dele. Isso é um fato. Há somente um lugar onde você pode se encontrar. — Ela bateu no peito.

Lembrei-me do quadro na sala de Miz June. Aquele em que um homem se inclinava perante uma mulher que olhava para outra direção. Miz June, com suas pérolas e pele tão enrugada quanto uma ameixa esquecida no fundo da geladeira, tinha pensado anos sobre o assunto mulheres e homens.

— Achei que havíamos superado essa questão. Pensei que o feminismo tivesse dado um jeito nisso — disse minha mãe.

— Você não pode estar falando a sério — espantou-se Miz June. — Olhe ao redor, olhe para si.

Eu não poderia dizer uma coisa dessas, mas Miz June tinha um colar de pérolas. As pérolas tornam tudo mais gentil. E minha mãe pensou no assunto.

— E quanto a você? — perguntou minha mãe. — Está sempre cercada de homens; é uma perfeita dama.

— Ser dama não tem nada a ver com isso. Fui criada para ser uma dama. Depois que George morreu, todos esses tolos apareceram em busca de alguém que lavasse suas meias. Sou uma dama, mas também um acessório masculino, a sua maleta, não, muito obrigada. Não vou ser adereço de ninguém. Não vou ser meu amor, meu bem, minha querida de ninguém. — Ela esticou o pescoço.

— June, você está dando um sermão — disse Peach.

— Este é um clube de leitura. Espera-se que as pessoas discutam as coisas aqui.

— Cercado de feministas dentro da lanchonete — concluiu Harold. — Parece manchete de jornal.

Minha mãe amassou um guardanapo e jogou nele. Outro voou pelo ar. Veio da direção da cadeira de rodas de Lillian. Foi parar entre o sal e a pimenta, no meio da mesa, mas Lillian parecia bem consigo mesma.

— Chip Jr. — disse Harold —, vamos dar o fora daqui.

— Não me envolva nisto — disse Chip Jr.

— Miz June está certa — continuou minha mãe. — Precisamos de uma chance de ter aventura.

— Com certeza, hoje foi uma aventura — disse Peach.

— O amor pode chegar quando você já é você mesma, quando está plena de si. Não acontece quando você procura em alguém uma forma de preencher as suas lacunas — falou Miz June. — Nem mesmo quando você quer.

— À aventura — Peach propôs um brinde, levantando o copo-d'água.

— À aventura — todos dissemos, até mesmo Harold. Levantamos os copos. O gelo dentro do copo de Lillian fez barulho e ouviu-se um som da sua garganta: "À..." A pulseira de pérolas de Miz June escorregou pelo braço ao levantá-lo. Brindei com todo mundo, deixando minha mãe por último. Os olhos dela me diziam que sempre me perdoaria.

— Eis o que penso, Ruby — disse Miz June, depois que abaixamos os copos.

— Você já nos contou. Eu concordo com Peach pela primeira vez. Você está dando um sermão — disse Harold. — Tenho de contribuir com o dízimo? — Ele fingiu tirar algo do bolso e colocar na cestinha de pão de Miz June.

— Então, estou dando sermão. Muito bem. É importante — ela disse. — Você não amava aquele garoto, Ruby. Você amava a sua motocicleta.

Naquele instante, Randy voltou. E se abriu:

— Ei, você. — Apontou para Lillian. — Eu te vi na TV. Pensei comigo mesmo, "Randy, você está variando das ideias". Mas não, cara: tenho certeza de que era você.

— Ah, sim — falou minha mãe. — Esqueci-me de lhes contar que a sra. Wong disse que você apareceu na TV.

— Está brincando? A gente apareceu na TV? — perguntou Peach. — Espero que ela tenha gravado.

— Não, nós; apareceu uma foto de Lillian — esclareceu minha mãe.

— E como você pôde se esquecer de nos contar?! — exclamou Harold.

— Graças à pílula do esquecimento chamada Joe Davis — disse Chip Jr.

— A notícia chegou atrasada — disse Peach. Ela estava só com ciúmes.

— Disseram que ela está desaparecida. Que escapou de uma casa de repouso. Acho que acabou de ser encontrada. Num jantar comemorativo, não é? — disse Randy.

— Não, ela não está desaparecida — afirmou Harold. — Nós a raptamos. Nós a tiramos de lá. Ela está fugindo. Pelo amor de Deus, Peach, pare de me dar cotoveladas, sua vaca letal.

— Jesus, Harold. Não seja idiota — falou Peach.

— Eles já sabem que ela está conosco — disse Harold. — Não vejo qual é o drama. Nós a estamos levando para onde ela quer ir — disse a Randy.

— Que legal! — Randy disse, por fim. — Como em *Free Willy*!

Harold olhou espantado. Para a sua defesa, a gente não entendeu nada do que Randy disse, mas dava para ver que Harold estava considerando todas as opções. Free Willy... algum criminoso fugitivo? Era alguma expressão de apoio?

— É um filme — eu disse.

— Sobre uma baleia — completou minha mãe.

— Eles roubam a baleia dos caras malvados e a soltam no oceano — terminou Chip Jr.

— *Free Willy*. Superera glacial — disse Randy.

Li o livro de Charles Whitney enquanto minha mãe ajudava os velhinhos a se acomodarem no quarto ao lado. Tinha começado a leitura uma noite após o assalto no viveiro. Minha mãe disse que o livro a tinha ajudado a voltar à vida depois da visita de meu pai. Talvez me curasse de Travis também e me ajudasse a fixar na cabeça que aquele era apenas um capítulo em uma vida longa, como costumava dizer minha mãe. Eu não só tinha um dos personagens dormindo no quarto ao lado, mas também uma coisa bem prática para isso, porque o livro de Charles Whitney era bem grosso. Iria para o outro mundo por um bom tempo e deixaria que a distância me restaurasse, do mesmo modo que um sono longo ou umas férias. Se o tempo cura todas as feridas, e um livro pode conter a vida inteira de alguém, então é possível apressar o processo distorcendo o tempo.

— Harold reclamou porque ia dormir no sofá, até que a Peach convidou-o a dormir ao lado dela. E então ele ficou quieto — disse minha mãe, fechando a porta. Larguei o livro no criado-mudo. Minha mãe tirou os sapatos e caiu na cama, do lado mais perto da porta. — Que dia!

Eu tinha me deitado na outra cama e observava um quadro que reproduzia o canal de Veneza. Havia, em cima da cama da minha mãe, a mesma imagem, só que pintada sob outro ângulo.

— Parece que se passaram seis longos dias — eu disse.

Chip Jr. estava no banheiro. Ele queria ser o primeiro a tirar o papel que indica que a privada foi higienizada. Deu para ouvi-lo testar o chuveiro, ligando e desligando. A descarga era tão forte; parecia um motor de foguete.

— Nossa! — disse minha mãe.

— Espero que esteja tudo bem com ele.

Chip Jr. estava ótimo. Saiu do banheiro usando uma toca no cabelo.

— Lindo! — exclamou minha mãe.

— Seu cabelo tá parecendo uma cobertura de *muffin* — eu disse.

Chip Jr. fingiu que ensaboava debaixo do braço:

— "Lá-lá-lá" — cantarolou.

— Você pode levar para casa, se quiser — disse minha mãe. Ela pôs dois travesseiros atrás da cabeça. Chip Jr. examinou o quarto. Abriu as gavetas do armário e encontrou um guia de televisão a cabo.

— *Hot sisters in Waikiki* — ele leu. — Garotas de programa.

— Pervertido — eu disse. — Você tinha de escolher logo este.

— O que você sabe sobre garotas de programa? — disse minha mãe, com uma voz meio engraçada. — Poderia ser sobre freiras[12].

— As freiras do Havaí — eu disse.

— E é claro que elas ficariam quentes nessas roupas — disse minha mãe. — Dê-me isto.

Chip Jr. jogou-lhe o guia de TV, as páginas reviraram, e o guia foi parar na cama ao lado dela. Ele continuou vasculhando as coisas. Encontrou um saco plástico para pôr roupa suja. Começou a brincar com a tampa de uma caneta. Moveu a mesa feita de compensado de madeira e deu uma olhada na lista de serviços do hotel. Abriu uma gaveta e encontrou uma Bíblia.

---

[12] O título em inglês sugere o trocadilho: *sisters*/irmãs/freiras (N. T.).

— "No início Deus criou os céus e a Terra" — leu Chip Jr.

— Isso vai demorar um pouco.

Chip Jr. pulou na cama em que eu estava deitada e ficou de pé. Levantou um dos braços, como um grande orador. Ainda estava de touca de banho.

— "A Terra era sem forma e vazia" — ele disse num tom grave.

— Esta história é muito longa para ser contada antes de dormir — minha mãe falou da outra cama. Não dava para eu vê-la. Tudo o que eu via eram as costas de Chip Jr. Ele começou a pular.

— "E havia trevas sobre a face do abismo" — ele leu, pulando.

— Faça-o parar — eu disse.

— Estou muito cansada para religião — ela disse.

— Não pode dizer isto agora, se está saindo com um pastor — falei e dei um chute no joelho de Chip Jr., que caiu de bunda na cama.

— Ei — ele protestou, mas não muito. Recolocou a Bíblia dentro da gaveta e pegou a lista telefônica.

— Não estou saindo com um pastor — ela disse. E um minuto depois: — OK, talvez esteja.

— Chega a ser engraçado. Você com um pastor — eu disse.

— Engraçado? É uma comédia — ela disse.

— Você vai ter de parar de xingar.

— Merda. Como é que eu vou conseguir? — ela perguntou.

Chip Jr. voltou a pular e a ler. Desta vez era a lista telefônica.

— Salões de beleza; Segurança pessoal, monitoramento e vigilância; Serviços de hotelaria. — Eu não estava ligando muito. Desta vez, ele pulava na cama da minha mãe. — Leitos desaparecidos. — Ele tirou os olhos da lista.

— Leitos desaparecidos?

— Não me pergunte — disse minha mãe.

— Removedor de manchas — ele leu.

— Inseticidas. É disso o que precisamos aqui — afirmei.

Fomos todos para a mesma cama, assistir a um velho desenho dos *Jetsons*, até que minha mãe nos expulsou, porque queria ler um pouco antes de dormir. Fui para debaixo dos lençóis ásperos. Adoro lençóis usados de hotel barato, cheios de vincos do ferro de passar. Fica tudo bem, se você não pensar em todas as pessoas que o usaram antes de você, o que pode estragar tudo em um segundo.

Voltei a pegar o livro de Charles Whitney.

"Claro que Rose era linda. Qualquer homem era capaz de notar isso e considerar-se sortudo. Foi isso o que me cativou e causou aquele sentimento em mim. Ela me fez sentar à beira da cama dela uma vez, e ao invés de tirar o nó da minha gravata e deslizar a mão para dentro da minha camisa, o que eu até estava esperando e não me importaria, ela pegou uma caixa de sapatos de dentro do armário. Abriu a tampa. Lá estavam os sapatos; lembro-me bem deles — era uma sandália preta, de tirinhas. Debaixo deles, havia uma folha dobrada. Eram poemas. Ela era uma poeta. As imagens vinham e inundavam o seu pensamento — um homem numa rua escura, um cachorro preto num campo amarelo. E embora quisesse que ela deslizasse a mão na minha nuca e nas minhas costas nuas, aquelas folhas de papel me alimentaram mais do que nunca. Um dos poemas fora escrito numa sacola de papel: era pura paixão. Eu me controlava — mais linda do que o seu rosto perfeito, mais desejada do que a sua pele."

Larguei o livro. Pensei naquilo. O ventilador do quarto soprou; fazia um zumbido sólido, letárgico.

— Estou quase dormindo — disse minha mãe.

— Eu também — falei.

— Estou no fim do capítulo — comentou Chip Jr. *Hardy Boys*[13]. Minha mãe deu mais um tempo para ele — ela sempre entendia quando a gente estava para terminar um capítulo — e depois apagou a luz.

Na outra cama, minha mãe era uma massa grande e disforme e havia um fio de luz que entrava por debaixo da porta.

— Pare de encostar na minha perna — disse a Chip Jr.

— Pare você — ele disse.

— Silêncio — pediu minha mãe.

---

[13] História em quadrinhos sobre as aventuras de irmãos detetives (N. E.).

Virei o travesseiro de lado e o meti entre os lençóis. Lá, no silêncio entre nós, me senti confortável e plena de certezas. Esforcei-me para não pensar em Travis Becker ou no meu sentimento de culpa. Tentei fazer que minha confissão às Rainhas Caçarolas surtisse efeito. Parecia que elas tinham tirado um peso de cima de mim — levando algo que para mim estava muito difícil de me desprender, tomando aquelas decisões difíceis que trazem certo alívio depois. Talvez Travis Becker fosse mesmo um único evento numa série de acontecimentos que seriam minha vida. Eu me senti em paz e cansada, do jeito que a gente se sente depois de um dia de praia, aquele tipo de cansaço e satisfação que se tem nessas ocasiões. Nós três juntos naquele quarto, mais os quadros do canal de Veneza, e copos cobertos com papel que pareciam chapéus de empregados franceses; tinha a estranha sensação de que estava justamente no lugar certo.

Chip Jr. começou a roncar. O nariz dele estava meio rebelde, querendo chamar a atenção. Lembrei-me de quando costumava acreditar que todas as minhas bonecas iriam acordar no meio da noite e fazer coisas que eu nunca descobriria. Chip Jr. estava dormindo, mas o nariz dele estava dando um concerto de rock.

— Ruby? — minha mãe sussurrou na outra cama. — Você está dormindo?

— Como poderia?

— Pensei que ele acordaria com o próprio ronco, mas ele dorme bem, mesmo com um barulhão destes. O cofrinho dele caiu da cama e ele nem notou.

— Vou chutá-lo ou fazer algo do tipo.

— Espere um pouco. Ruby? Estava pensando. Você sabe, aquilo que a Miz June disse hoje à noite, e tudo o mais. Com toda essa onda de divórcio acontecendo, não sei, esses amores complicados e que dão errado, não queria que você perdesse as esperanças. No amor, quero dizer.

— Está certo — respondi. — Não vou. — Não sei se estava sendo sincera ou não.

— Não perca a fé na pureza, na doçura, na bondade. Elas ainda existem, Ruby. Ainda acredito nisso, de certa maneira. Vejo Charles e Lillian e, então, acredito.

Pensei nos poemas dentro da caixa de sapatos, em Charles segurando-os no colo como uma caixinha de tesouros.

— Está bem.

Ela esticou o braço na minha direção, e eu apertei a mão dela.

— Eu te amo, Ruby — ela disse, com a voz embargada, surfando nas ondas das lágrimas.

— Eu também te amo, mãe.

Minha mãe limpou a garganta, tentando controlar o fluxo das lágrimas. Dava para ouvir a sua luta na outra cama.

— Mãe?

— Humm. — A voz dela era baixa.

— Tá tudo bem?

— Sim.

— Não, não está.

— Eu... é que... Ah, minha nossa — soltou um gemido baixo. — Sinto muito, Ruby, por tudo.

— Por quê?

— Por tudo... — Ela mal conseguia pronunciar as palavras. — Por todos os erros que cometi como mãe. Não sou uma boa mãe.

— Não faz mal.

— Faz, sim. Não está tudo bem. — O peito dela arfava para cima e para baixo, a dor escapava num soluço.

— É que... quando se tem um filho... — Eu esperei. — A gente quer fazer tudo direitinho.

— E você fez. — Saí da cama e me ajoelhei ao lado dela. — Mãe, você fez. — Ela me abraçou, beijou minha cabeça. Senti que ela balançava a cabeça, negando. Uma das lágrimas rolou e pude sentir a temperatura do corpo dela. Fiquei supermal por ter raiva dela na lanchonete. Meus olhos esquentaram, minha garganta fechou. Agora, era eu quem chorava. Segurei o braço dela. A gente se abraçou, envolvidas nos papéis de mãe e filha, sob um lençol de culpa e inocência, boas intenções e falhas, corações plenos, mas imperfeitos.

— E por que temos de ser tão humanas? — perguntou minha mãe.

Ela enxugou as lágrimas com o dorso da mão.

Naquele momento, Chip Jr. emitiu um som, como se a língua dele e a laringe estivessem brigando.

— Minha nossa! — Ela começou a rir. Ria e chorava ao mesmo tempo, tentando se acalmar. Grunhidos escapavam. Também dei risada.

— Parece quando você vira a lata do lixo com uma pá dentro.

— Não se preocupe — ela falou, mas seu peito ainda arfava para cima e para baixo na escuridão, tentando conter o riso, tentando se acalmar. — Minha nossa!

Ela soltou um gemido como se contendo o riso, mas então explodiu.

Eu respirei fundo, solenemente.

— Pense na morte. — Meu comentário causou ainda mais risos.

Nós nos acalmamos. Aquela agitação toda fez Chip Jr. parar de roncar. Minha mãe beijou minha cabeça. Voltei para cama. Fiquei lá por um bom tempo, pensando. Sussurrei em direção a outra cama na escuridão. Não sabia se ela já estava dormindo.

— Mãe?

— Sim — ela sussurrou de volta.

— Acho que a Miz June tem razão quando diz que eu me apaixonei pela moto de Travis Becker.

— Não tem problema, Ruby. Eu também me apaixonei pelo violão do seu pai.

Capítulo 13

A gente não sabia que estava numa corrida contra o tempo. Isso é fato. Com Delores e Nadine detidas por um período, a gente pensou que o maior dos problemas estivesse sob controle, quando, na verdade, o vilão estava à solta. Mas a gente não sabia disso. E ninguém se apressou.

Todos nós estávamos nos divertindo tanto com a viagem que não queríamos correr. Na manhã seguinte, depois do café, quando Miz June ligou a ignição do Lincoln, o rádio estava no último volume, o ar-condicionado, superforte e o limpador de vidros, ligado. Pega de surpresa, Miz June deu um salto para trás.

— Harold! — minha mãe gritou por cima da música, até que achou a maçaneta do carro e abriu a porta.

— Ah! — Lillian deu um gritinho no banco de trás.

— Quase tive um ataque do coração! — exclamou Miz June. Ela não estava brincando.

— Só queria ter certeza de que já estavam acordadas — falou Harold.

— Ver você de pijama me deixou bem alerta. Tenho medo de fechar os olhos e ter de novo essa visão horripilante — comentou Peach.

— Estava sem óculos, mas parecia que o pijama tinha flocos de neve — disse Miz June.

Lillian deu um gemido concordando. Quanto mais perto de Charles Whitney chegávamos, mais ela falava. Peach tinha penteado o cabelo de Lillian e tomado banho. As duas estavam com uma cor de batom bem parecida.

— E o que tem de errado com flocos de neve? — questionou Harold. Ele também tinha tomado banho e encharcou o carro com o cheiro da loção pós-barba.

— Gosto de flocos de neve — disse Chip Jr.

— Bem, estamos em agosto — falei.

— Não são os flocos de neve. É o... — Miz June gaguejou. As três mulheres que tinham visto Harold de pijama soltaram uma gargalhada.

— Hoje à noite, queremos um desfile de moda — pediu minha mãe.

— Primeiro, abram as janelas. Alguém exagerou no perfume — disse Peach. Ela abanou o rosto. Abaixei o vidro um pouco, até que começamos a andar, e Lillian ajeitou o cabelo como se estivesse preocupada com um ventinho que pudesse desmanchar o penteado. Levantei o vidro. A vaidade tinha a sua própria linguagem.

A gente tinha decidido ir até Eureka, na Califórnia, no norte do estado, principalmente porque Miz June tinha encontrado a cidade no mapa e ela adorava dizer "Eureca!", e também porque minha mãe se preocupava em sobrecarregar os velhinhos. Além disso, Harold já tinha estado lá e gostado. Lillian iria ter de esperar um pouco mais para se encontrar com Charles, mas ela parecia não se importar. Parecia estar gostando da aventura mais que todo mundo, batendo os pés no chão ao som do rádio, tamborilando no vidro do carro a fim de nos mostrar algo da paisagem: um cachorro nos observando no banco de outro carro, um caminhão com a lateral pintada de vacas. Ela estava na sintonia que precede um grande acontecimento, quando a antecipação e todas as possibilidades futuras são ainda melhores do que a coisa real. Mais tarde eu me lembraria de sua pele translúcida, irradiando de felicidade. Parecia uma pérola nas mãos delicadas de alguém. Mais tarde também me perguntaria por quê. A gente errara em desperdiçar o tempo? Se a gente soubesse, será que teríamos dormido no carro, trocado de motorista e ultrapassado o limite de velocidade? A gente teria deixado de curtir o antes da festa com Lillian?

Não havia como viajar depressa com pessoas idosas, exceto quando Miz June pisava fundo tão de repente que todas as papadas e rugas dentro do carro se esticavam com essa tentativa de quebrar a barreira do som. Pense em um ataque do coração. Viajar com pessoas idosas também significava extremos de temperatura. Miz June deixava o ar-condicionado no último. Os lábios de Chip Jr. estavam ficando azuis, e eu tive de esfregar os braços para aquecê-los. Quando a gente saísse do carro, viria uma rajada de vento quente. Nenhuma dessas coisas parecia perturbar as Rainhas Caçarolas — a não ser por Harold, que vestia calça comprida, malha, sapato e meia. Só de olhar para aquelas meias, eu sentia calor. Nunca permaneci por tanto tempo tão perto de tecidos ásperos — calças de poliéster roçando pernas de shorts; blusas de lã roçando braços nus.

A gente cruzou a fronteira do Oregon. Chip Jr. ajoelhou e olhou pelo vidro de trás, e eu também, imaginando uma linha sinuosa e cheia como essas que aparecem no mapa. Dirigimos pelas curvas e ladeiras de Portland, permanecendo bem quietinhos a fim de que Miz June não perdesse a concentração; enquanto minha mãe lhe perguntava repetidas vezes se ela não queria passar a direção para ela, e eu orava em silêncio para que Miz June aceitasse. Deus ignorou as minhas preces, e o nariz de Miz June e o espelho retrovisor eram, agora, amigos íntimos. Chip Jr. estudava o relógio como se o tempo fosse a única coisa que pudesse salvá-lo, o que considero bem verdadeiro.

De volta à estrada, Miz June relaxou e ligou o rádio. Sabia que muito em breve, do lado direito, ia dar para ver as curvas, subidas e descidas da montanha-russa do Parque de Diversões Pepita de Ouro. Vi as placas indicando ser logo à frente, mas eu também sabia, como quando se pressente que se está quase chegando em casa, mesmo que tenha passado a viagem dormindo, ou quando se acorda pouco antes de o despertador tocar. Observei o rosto de minha mãe em busca de algum sinal de ansiedade, mas ela tinha a mesma expressão de quando saímos tranquilamente de Portland. Ela olhou pela janela como se cada luminoso de propaganda de colchão ou loja de departamentos captasse a sua atenção.

— Lá está — afirmou Chip Jr. Ah, então ele também estava procurando. E ele tinha razão: as subidas e descidas apareceram a distância, por trás das árvores e do telhado de uma usina de gás.

— O quê? — Harold quis saber.

— O Parque de Diversões Pepita de Ouro — afirmou Chip Jr. A voz dele estava animada, como se estivéssemos passando por um ponto histórico, um lugar onde ocorrera uma terrível, mas importante batalha, e talvez fosse isso mesmo. Parecia requerer um minuto de silêncio.

Mas não foi isso o que ocorreu. Ao contrário, algo muito estranho aconteceu. Se eu acreditasse em sinais e coisas afins, como meu pai, diria que era um. Porque bem naquele instante deu para ouvir o ronco do motor de uma moto e, no momento seguinte, ela inclinou-se para a pista do lado, acelerou e passou para a nossa pista, na nossa frente.

— Deus do céu! — Miz June exclamou.

— Idiota! — Peach comentou.

Observei-a passar. Contra toda a lógica, verifiquei se não era Travis Becker. Se fosse um sinal, este seria bem duvidoso. Afinal, era uma Harley com banco de couro que se vê na entrada de restaurantes, e quem estava sobre ela era um casal, com roupa igual, de couro preto. O que acontecera não fora um evento casual, também: Miz June teve que reduzir bastante a velocidade. Então, a minha mãe pensou a mesma coisa que eu. Na Pepita de Ouro. Na moto. Bem naquela hora. Ela se virou e olhou demoradamente para mim e, em seguida, virou o rosto para frente.

— Tive uma ideia maluca — ela disse.

— Recolher aquela moto e prender o cidadão? — perguntou Miz June. Ela estava prestes a se estressar no trânsito, na real.

— O parque de diversões — disse minha mãe. — A gente podia ir para lá. Acho que a gente deveria ir.

Chip Jr. olhou para mim e eu, para ele. Seu desejo, eu sei, em parte vinha de ela querer mostrar algo importante para mim: a habilidade de superar. Mas eu tinha prestado socorro tantas vezes quando o seu coração ficara partido que não tinha certeza de que esta era uma boa ideia. Obviamente, meu irmão pensava da mesma maneira.

— Eu adoro parque de diversões! — falou Harold. — É o único lugar que serve um verdadeiro *corn dog*[14]! — Quanto mais conhecia Harold, mais achava um milagre que ele não pesasse 140 quilos.

— Parece uma ótima ideia — disse Miz June. Lillian aplaudiu.

---

[14] Espécie de cachorro-quente com uma salsicha especial (N. T.).

— Desse jeito, só vamos chegar a Eureka bem tarde — lembrou minha mãe.

— Não existe nenhum motivo que nos impeça de nos divertir no caminho — declarou Harold.

— De qualquer modo, é mais divertido do que vê-lo com pijama de flocos de neve! — soltou Peach. O fator risadinhas estava aumentando. Muito em breve eles estariam sacolejando no carro.

— Tenho que avisá-los de que não é muito barato — falou minha mãe.

— Desconto para idoso! — exclamou Harold. A ideia de comer *corn dog* tinha agitado-o tanto que ele parecia uma chaleira com água fervendo.

— Merda — Chip Jr. sussurrou.

— Duas vezes merda — salientei.

— Merda merda, você é uma lerda — ele disse. — A gente já brincou disso — ele disse.

— Ah, me desculpe se não estou tão criativa — respondi.

— Vocês dois vão parar com isso? — reclamou minha mãe. — Podem parar de se preocupar. O pai de vocês não está. Ele não trabalha aqui de quinta-feira.

Miz June diminuiu a velocidade e deu seta, desta vez, eu juro, a um quilômetro e meio de distância da saída seguinte. A gente tinha uma fila de carros atrás da gente; mais parecia um cortejo fúnebre.

— Todos concordam?

Ouviu-se um coro louco dizendo sim.

Fiquei surpresa de que ninguém saísse ferido de dentro do carro. Eles se esticaram e balançaram os membros quando desceram, demonstrando um entusiasmo eufórico de gente que gosta de comprar numa liquidação. Aguardamos na fila da bilheteria, construída para assemelhar-se a um monte de toras de madeira.

— Pare com isso, seu pestinha — disse Peach para um menininho na nossa frente que corria atrás dos pombos. Ainda bem que os pais dele não ouviram.

Passamos pelos portões decorados com placas falsas: 'Atenção!", "Caia fora!", "Explosivos". Peach empurrava a cadeira de Lillian. A multidão era uma mistura de visitantes com camisetas e bonés de beisebol, alguns adolescentes de mãos dadas de um modo que me lembrou empresários segurando suas valises, e os trabalhadores do parque, de uniforme, calça preta e colete, sempre com pressa e corados, correndo para um intervalo ou para os seus postos. Observei cada um deles, pensando que, com certeza, esta seria uma quinta-feira em que meu pai na verdade estaria ali. Peach piscou para mim. "Pare de se preocupar", dizia com o olhar. "Relaxe." E ela tinha razão, eu acho. Se algum dia você já catou uma caneta, ou outra coisa qualquer, e ficou segurando por muito mais tempo do que precisava, então você me entende. Às vezes, a nossa mente gosta de agarrar coisas. Ficamos tão acostumados a isso que é difícil soltar.

Separamo-nos. As mulheres iriam atrás de sorvete e de sombra, e Harold e nós iríamos para algum brinquedo. Por segurança, Chip Jr. deixou a velha câmera com as velhinhas. Harold levou minha mãe, eu e Chip Jr. na montanha-russa. O "quase-caindo-aos-pedaços" carrinho de madeira escalava e arrepiava as colinas altas e despencava com você, mexendo com seu estômago, para então o trazer de volta numa curva perigosa. Minha mãe gritou até não poder mais, assim como eu e meu irmão; minha garganta estava seca de medo e euforia quando a gente desceu. Quando voltei a pisar no chão, minhas pernas tremiam do mesmo modo que as mãos de Miz June, e o cabelo de Harold parecia um porco-espinho eletrocutado. Ele estava bem assustado, mas não ia admitir.

— Não foi tão mal — ele disse, mas não me esqueceria do grito que deu no carro, atrás da gente. Ele parecia meio verde. Funcionários do parque tiram fotos de você, quando você desce, e as colocam no mural da lojinha. Então a gente foi lá checar. Minha mãe comprou uma e, em seguida, fomos procurar as velhinhas para mostrar-lhes a foto. Nela, os olhos de Chip Jr. estão contraídos, e minha mãe e eu estamos de boca aberta, mas o Harold parece mesmo petrificado. Depois, minha mãe viria a colocar a foto na sala de estar, onde permanece até hoje.

Miz June olhou com atenção.

— Parece que você viu um fantasma! — ela disse a Harold. As três velhinhas estavam sentadas à sombra de uma árvore: Lillian na cadeira de rodas e Peach e Miz June num banco. Todas tomavam sorvete de casquinha com um guardanapo no fim; alguém comprou um balão com forma de sapo e o tinha amarrado na cadeira de rodas. Chip Jr. catou a câmera e tirou uma foto.

— Minha vida passou num *flash* diante de meus olhos. — Minha mãe estava vermelha, mas parecia feliz.

— Não foi tão mal — Harold repetiu. A cor dele estava voltando ao normal. — Agora vamos à Parada da Destruição.

— Vamos — disse Chip Jr. Ele segurava a mão de Harold.

— Não vou neste — disse minha mãe.

— Covarde — falou Harold.

— Medrosa, medrosa — disse Peach. E fez uma cara de medo.

— Ah, tá bom — concordou minha mãe. Caramba! Essas Rainhas Caçarolas sabiam como fazer minha mãe mudar de ideia. Precisávamos delas em casa.

Fomos à Corrida de Ouro e à Parada da Destruição. Também fomos aos barcos que se chocam, e Harold ficou ensopado. Depois entramos nas Águas Claras e Fortes, dentro de uma barcaça junto a outras pessoas. Transeuntes sádicos poderiam apertar um botão e mandar um jato de água em cima de nós. A gente agradeceu a Peach por não saber disso.

Encontramo-nos de novo com as velhinhas, que agora tomavam sorvete de máquina.

— A gente estava reparando numa coisa — disse Peach. — Os americanos têm um bundão. — A bunda dela não era exatamente pequena, e ela fez o comentário dando uma última lambida no sorvete coberto com calda de cereja.

— Fico contente que tenham progredido na pesquisa sociológica desde que se sentaram aqui, em vez de apenas se empanturrarem de sorvete — disse minha mãe. A boca da Lillian estava toda suja de vermelho.

— Acho que eu mereço um *corn dog* — disse Harold.

— Nós decidimos ir ao trenzinho — disse Miz June.

Harold foi atrás de comida, e o condutor do trem levantou a Lillian da cadeira e a ajeitou no banco para os portadores de deficiência. Era um trenzinho aberto que ia tão devagar quanto Miz June ao sair da pista da estrada. Ia por uma área pantanosa e então pegava um campo largo; um sapo de poliéster cruzava o caminho com alegria contagiante. A plataforma de trem era perto do Salão Palácio, onde geralmente meu pai tocava. Quando a gente desceu do trem, deu para ouvir uma voz — não era a de meu pai — sair com toda a força das portas do salão, bem como os acordes de violão superalegres. Harold esperou a gente na plataforma, tomando algo com canudo num copo de papel.

— Estava bom o cachorro-quente? — perguntou Chip Jr.

— Comi três — foi tudo o que disse. Nossa! Ele havia até soltado o cinto! Dava para ver uma marca branca onde ele geralmente apertava o cinto. — Veja só o que trouxe da lojinha. — Harold estendeu algo para mim e para Chip Jr. Em cada mão havia uma pedrinha marcada com um fóssil. Pegou mais uma do bolso. — Comprei uma para mim também. Tem cinquenta e cinco milhões de anos — ele disse.

— Bem, agora descobriu algo tão velho quanto você — disse Peach.

Nós agradecemos a Harold. Chip Jr. analisou a sua pedra. Por um momento, ficou perdido em 55 milhões de pensamentos.

— Uma bebida gelada cairia bem agora — disse Miz June. Ela estava dando uma xeretada no salão.

— O meu pai toca aí — falou Chip Jr., revelando o óbvio.

— Ah é? Então, a sua mãe pode entrar onde quiser — disse Peach.

— Posso — ela respondeu.

— Além disso, Lillian precisa beber alguma coisa — falou Peach.

— Ela parece tostada — observou Miz June. Lillian se abanou.

— Já fiz tudo o que queria. Agora, posso entrar lá — disse minha mãe. Dava para ver que ela parecia bem contente. Chip Jr. olhou para mim e olhou para cima.

Harold jogou o copo numa lata de lixo próxima.

— Estou pronto para outra.

O ar-condicionado era fresquinho. Um homem vestido de cowboy, substituto do meu pai, mostrava os dentes brancos num sorriso e cantava "Jubilee". Ele puxou uma garotinha da plateia e ela tocava o pandeiro de um modo tão natural quanto um refém com um revólver apontado para si. Os pais dela aplaudiram e tiraram fotos que, com certeza, ela odiaria quando fosse mais velha. Peach levou a cadeira de rodas para uma mesa nos fundos; o balão preso à cadeira ia de um lado para o outro como um bêbado.

Nós nos sentamos. Uma garçonete, com o peito balançando, veio tirar o pedido. Miz June começou a dançar sentada.

— Será que ela espera que a gente lhe dê uma boa gorjeta porque ela mostrou os seios? — Peach disse bem alto, acima do som da música.

Chip Jr. pôs a mão no ouvido.

— Ele odeia que fale de seios — eu disse. Peguei as bebidas. Harold decidiu pagar, a julgar por onde tinha metido os olhos. O cantor cowboy começou a tocar "This land is your land". Meu pai cantava muito melhor que ele. Me lembrei de quando eu e meu irmão tínhamos uma babá. Pensei no cowboy no palco com uma criança ao lado, babando, passando o dedo no nariz, dando tapinhas no microfone. Evitei pensar naquilo. Queria pôr a mão no ouvido também, a exemplo de Chip Jr. O cowboy olhou na direção de minha mãe. Piscou para ela, de um modo um tanto malicioso. Miz June deu uma cotovelada na minha mãe:

— Ele tá a fim de você — Peach disse a ela.

— Ele é amigo do pai? — perguntei.

— E como é que eu vou saber? Eu nunca o vi antes.

Minha mãe parecia convencida. Suguei a bebida. Isso era o fim. Se o cowboy puxasse minha mãe para o palco e lhe desse um pandeiro para tocar, eu daria o fora. Chip Jr. tinha fechado a mão; ainda segurava o fóssil. Ele tomou a Coca-Cola tão rápido que iria arrotar alto.

Todo mundo tinha terminado de beber quando chegou o intervalo. A plateia aplaudiu vivamente. Ele começou a assinar fotos de si mesmo. Eu tinha algumas fotos do meu pai; ele quem me dera.

— Prontos para partir, gangue? — perguntou Peach.

— Sim. Me tirem daqui — disse Chip Jr.

— E você, Ann? — perguntou Miz June.

— Sim — ela respondeu —, estou pronta.

— A placa diz que a próxima atração é um mágico — falou Harold.

— A gente tem de ir para outro lugar — comentou Miz June.

Colocamos as cadeiras no lugar e abrimos a porta do salão.

— Tchau, pessoal — o cowboy nos disse.

— Tchau — respondemos.

— Você pegou uma foto? — Ele estendeu-lhe algumas.

— Não, obrigada — disse minha mãe —, isso não é novidade para mim.

Tenho de admitir que o modo com que ela saiu do salão, batendo as portas, deixaria orgulhosa qualquer cowgirl.

Depois de comer três *corn dogs*, Harold peidou metade do caminho até Eureka, embora ele dissesse que não era ele. Lillian e ele caíram no sono e, finalmente, Miz June deixou a minha mãe dirigir, porque ela não conseguia enxergar muito bem no escuro. Ela nos contou que uma noite deu uma brecada e andou meio quarteirão com o freio puxado, quase batendo no que ela pensou ser um garoto de mochila que esperava para atravessar a rua, mas que, na verdade, era uma caixa de correio. Ela estava contente de nos contar essa história. O engraçado era que, ainda que ela estivesse falando do metafórico Carro da Vida, desta vez ela estava dirigindo de verdade.

Quando a gente chegou ao hotel barato, abriu o capô do carro e pegou as malas, o balão se soltou e minha mãe deu um grito. Subiu para a noite como se estivesse contente com a brincadeira. Lembrei-me da fase em que Chip Jr. se escondia atrás da porta do quarto e pulava, me assustando de verdade.

Nós nos aprontamos para dormir no quarto de hotel. Minha mãe telefonou e fez voz de dondoca ao falar com Joe Davis. Ela se encolheu toda buscando alguma privacidade e nós fingimos não ouvir. Ligou para casa. Havia cinco mensagens de Travis Becker na secretária eletrônica. Cinco.

Sabendo que ele havia me procurado, meu coração disparou. Era algo poderoso saber que eu não estava lá quando ele estava. Tive um desejo urgente, mas ainda assim o nome dele, dito naquele quarto, me fez ter uma sensação esquisita como quando se morde algo que está quente por fora, mas cru por dentro.

— Ligue para ele. Resolva isso — disse minha mãe.

— Você vai acabar me dizendo que custou uma fortuna ligar do hotel — eu disse.

— Ligue para ele. Vai valer a pena.

— Eu não quero ligar. — Não queria ouvir a voz dele. E não tinha certeza de que poderia bancar a fortona como minha mãe estava me pedindo.

— Andei de montanha-russa e fui até o salão.

— É, e até chamou a atenção do cantor — comentou Chip Jr.

— Não chamei nada.

Chip Jr. levantou a sobrancelha e fez um olhar sexy. Minha mãe atirou um travesseiro nele.

— Liga para ele. Resolva isso — ela disse. — Relaxe. Você consegue, Ruby.

Não tinha muita certeza disso. Quis saber se existiam alguns momentos na nossa vida que eram tão grandiosos que não dava para se livrar deles. Alguns acontecimentos na vida antes eram fósseis e agora se transformaram em pedras; veem-se as rugas nas faces, as palavras impressas no livro. Permanentes, permeando. Disse à minha mãe o que pensava.

— Você tem razão. Sim, palavras impressas num livro. Mas, então, Ruby, você tem de virar a página.

— Não consigo com vocês dois aqui.

— Vamos ao banheiro.

Chip Jr. saiu da cama. Minha mãe o seguiu. Eles fecharam a porta.

— Façam algum barulho lá dentro — eu lhes disse.

Chip Jr. começou a cantar "This land is your land". Minha mãe deve ter dado um safanão nele, porque o escutei gritar "ai". Tentei decifrar as orientações para telefonar usando o cartão. Ainda sabia de cor o número de Travis Becker.

O telefone tocou. Ele atendeu rápido. Me dei conta de que ele ainda estava de cama, se recuperando. Imaginei que houvesse um copo-d'água ao lado da cama, com canudinho que dobra. Imaginei a mãe dele lhe trazendo comida e frascos marrom-amarelados de remédio que ele tomaria virando a cabeça para trás, esticando o pescoço.

Mas a voz dele estava mais forte do que nunca. Ele poderia ter acabado de dar uma volta de moto, poderia ter acabado de estacioná-la no jardim. Pensei no cabelo dourado dele, quase descolorido de sol. Pensei na gente naquele dia, nos trilhos do trem, sentindo os batimentos cardíacos um do outro. Sentia um nó por dentro. Eu estava agarrada a ele e era dolorido soltar, dava medo. Não entendia muito bem o que era aquele sentimento. Devia ser de perda.

— Onde você esteve? Eu tentei falar com você. Você nem veio me ver no hospital.

— Como está se sentindo? — Ouvi barulho no banheiro. Chip Jr. estava desenrolando o papel higiênico. Não aguentei; comecei a chorar.

— Não consigo te ouvir. Onde você está?

— Em Eureka. — Lágrimas rolaram no meu rosto. Algumas passavam entre o fone e a minha bochecha.

— O quê? Que merda. Não ouço quase nada.

— Perguntei como está se sentindo.

— As drogas são fortes. Quando passa o efeito, dói para caramba.

— Fico contente que esteja bem — disse. Era verdade. Não conseguiria viver pensando que ele tivesse ficado com sequelas para sempre, ou, Deus me livre, que tivesse morrido. Peguei o fóssil do criado-mudo e corri os dedos nele.

— Vem para cá me ver. Você pode me ajudar a parar de sofrer. Andei pensando aqui, deitado, nas possibilidades.

— A única razão por que liguei para você é para dizer-lhe que não posso mais te ver.

— Claro. — Ele riu.

— Estou falando sério. — Pensei nas portas dos salões, no modo como elas fizeram barulho quando se fecharam atrás de minha mãe. Tive tanto orgulho dela. Queria ter orgulho de mim mesma também. Aquilo que estava agarrando estava sendo arrancado de mim. E doía, mas também fazia bem. — Não posso e não quero.

— Não acredito em você. Você está unida a mim. — Ele riu.

— Eu estou te vendo como é realmente — eu disse, chorando. Queria não estar, mas chorava.

— Claro. — Ele riu de novo.

— Travis? Vai se foder.

Bati o telefone. E olhei para ele. Me surpreendi como tinha sido lindo. Dava orgulho, força, segurança. O telefone num criado-mudo, num hotel barato em Eureka, Califórnia. Ótimo, maravilhoso, fantástico. Um exemplo.

— Nunca ouvi você falar nestes termos — disse minha mãe, saindo do banheiro. Chip Jr. ainda estava lá dentro.

— E nunca falei mesmo. — Ela me abraçou. Enxuguei as lágrimas com o dorso da mão.

— Nossa! — ela disse, admirada.

— Nada mal, hein? — falei perto do seu ombro. De repente, me senti exausta.

— Também não é para sair por aí falando palavrão a torto e a direito.

Alguém bateu na porta. Minha mãe foi atender; primeiro abriu um pouquinho, depois o restante.

— Ai, meu Deus! — gritou.

Eu me aproximei. Chip Jr. se levantou do chão do banheiro, onde, sentado, tentava descobrir como recolocar o Kleenex no porta-papéis. A tampa de metal estava no chão.

— Observe os flocos de neve! — disse Chip Jr.

Peach trazia Harold pelo braço. Miz June trouxera Lillian para o quarto. Ela também já estava vestida para dormir, com uma camisola curta de flores, que deixava à mostra as pernas finas e cheias de veias, bem como a pele empapuçada do cotovelo.

— Não entendo para que tanto drama! — disse Harold. Mas era verdade: era um escândalo. O pijama parecia uma roupa de ursinho de pelúcia, tecido macio de flanela, e a barriga grande e redonda dele estava estufada. Chip Jr. deu um tapinha na barriga dele.

— Gêmeos — disse Peach, e todos nós nos acabamos de rir.

Minha mãe deu a Chip Jr. uns trocados que pegou da bolsa, fomos para a máquina de refrigerante e catamos umas latas de Mountain Dew. Todo mundo foi para o nosso quarto beber em copos de plástico e jogar o baralho que Chip Jr. tinha trazido. Sempre me lembro daquela noite, como nos sentíamos fortes. A gente tinha tanta vida! Como uma tempestade. Harold, de tênis velho, sem meia e pijama de flocos de neve; minha mãe com um lápis atrás da orelha para marcar os pontos do jogo num bloquinho do hotel. Lillian, de camisola curta, de seda, bem feminina. O laço da gola era tão delicado quanto um suspiro, tão terno e vulnerável como um adeus. E mesmo assim havia algo forte ali.

Capítulo 14

"O que se diz é que a vida continua, e isso quase sempre é verdade. O correio funciona e as luzes de Natal vão para cima e para baixo nas casas, nas escadas, e você abre uma nova embalagem de cereal. Com o tempo, os muitos sentimentos se transformariam em gentis somas e, então, em quase quietude, e ainda assim o disco giraria, e giraria. Havia um lugar para Rose tão lá no fundo de mim que era como um outro país, um outro mundo, com sua própria luz, tempo e linguagem. Um mundo perdido. Ainda assim, as suas fundações e limites eram permanentes: as ruínas de Pompeia, os gloriosos vestígios do Fórum Romano. Um mundo que havia durado, mesmo se tivesse de se retratar com o passado. Um mundo visitado, imaginado, ansiado, mesmo se adormecido."

— Ele vai precisar de Jesus. Ele dirige feito uma besta — comentou Miz June a respeito de um motorista de caminhão que passou gritando por nós. Havia uma cruz enorme de madeira balançando no vidro de trás. O motorista mostrou o dedo naquele gesto conhecido que demonstrava tolerância e boa vontade. Abaixei o livro. Ler no carro me dava dor de cabeça.

— Ah. Lembrei-me do sonho que tive a noite passada. Todos nós estávamos num avião que tinha sido sequestrado — disse Chip Jr. — Roubado. Harold teve de entregar o relógio. Peach pôs a mão no bolso e de lá saiu um sapo. — Chip Jr. teve um arrepio. Obviamente, é um daqueles sonhos que você tem que sonhar para entender.

— Foi por causa do parque e da montanha-russa — eu disse.

— E por causa do balão — falou minha mãe. O balão fora recuperado e agora estava no porta-malas: parecia um joão-bobo. Então, ouviu-se uma agitação de proporções desmedidas.

Lillian estava linda. Peach tinha exagerado um pouco no perfume, o que provavelmente também contribuiria para a minha dor de cabeça. Hoje, que seria o dia do reencontro, ela tinha posto uma malha, uma calça cor de lavanda e um cachecol com um nó delicado no pescoço. Tinha um sorriso sereno. O cabelo bem branquinho estava preso atrás da orelha, num penteado jovial.

— Lillian, você está ótima! — eu disse.

Peach gesticulou para Lillian:

— Vida nova, mulher.

— É o dia pelo qual todos esperamos — comentou minha mãe. — Não tinha certeza se ela se referia à vida nova de Lillian ou à sua própria.

A gente tinha passado por fazendas, plantações de milho e algo rasteiro que deveria ser alface. Pomares também, com castanheiras e laranjeiras, que exalavam um cheiro doce e que saciava a sede. Comecei a pensar que estávamos próximos do mar, dava para sentir no ar, no céu um pouco mais amplo, e no estômago, cujo vazio estava prestes a ser preenchido por algo grande. Toda vez que a gente escalava uma montanha, esperava por isso, mas não, ainda não, até que, finalmente, a gente fazia uma curva e via uma pontinha azul, lutando para aparecer por entre a névoa. Ficava sem fôlego. Acho que se o mar não é capaz de te tirar o fôlego, não sei o que mais pode fazê-lo.

— Lá está — disse Miz June. Ela devia estar sentindo a mesma coisa que eu. Estava deixando minha mãe dirigir, graças a Deus. A estrada era sinuosa e estreita. Elas tinham trocado de posição alguns quilômetros atrás, depois que um caminhão cheio de feno passou por nós num trecho estreito, superconfiante, rádio alto, e o Lincoln tremeu.

Mesmo assim, toda vez que minha mãe imprimia maior velocidade, as Rainhas Caçarolas reclamavam: "É melhor ir com calma nesta estrada, Ann", dizia Miz June. "Ei, diminui essa porra! Você quer nos matar?", dizia Peach.

O oceano brincava de esconde-esconde conosco; num momento se ia e depois voltava para nos surpreender com um panorama glorioso. Paramos algumas vezes para Chip Jr. tirar fotos. Um casal de roupa esportiva, abraçado, admirava a vista. Os para-brisas batiam e faziam um barulho que parecia com miniaturas de *paragliders* caindo na Moon Point. Olhar para o mar, do alto, dava a mesma sensação de observar os *paragliders* — o coração apertadinho até que, de repente, criava asas. Agora entendia o logotipo da escola de *paragliders*. Espírito suspenso.

Fiquei com os pelos do braço arrepiados. A sensação era deliciosa. O ar estava meio nublado, meio úmido de sal e mar. Respirei fundo. Era tão bom, tão renovador. As ondas se quebravam nas pedras, espalhavam-se e voltavam de novo. A cor da água era metade azul, agitada, metade tranquila, ainda dormente, relutante e preguiçosa com a névoa. Chip Jr. tirou muitas fotos, mas nenhuma delas substituiria a beleza da cena real. O mar e o céu têm uma habilidade particular de impedir boas fotos, como os homens de tribos que não se permitem ser fotografados porque acreditam que a sua alma possa ser roubada. A memória é o único lugar onde a experiência pode ser capturada e levada.

Minha mãe tinha os braços cruzados.

— June está certa — disse minha mãe olhando para o oceano. Tive uma sensação súbita e estranha de que eu a via apenas, essencialmente ela, e não minha mãe. — Todos nós temos este desejo por algo maior que a vida. — De sua parte, Miz June ficara dentro do carro, com as outras. O rosto dela estava firme, os olhos fechados e o queixo procurando a melhor brisa para inspirar.

— Os homens sairiam nadando — disse Harold. As mãos estavam dentro do bolso.

— E as mulheres se apaixonariam.

— E depois elas te abandonariam porque você bebe leite direto da embalagem.

— Bem, isso é coisa da June — disse minha mãe. — É esperar muito dos outros que possam preencher essa lacuna.

— Mary me abandonou depois que eu finalmente larguei a Marinha e comecei a trabalhar como chef. E ela odiava a Marinha.

Chip Jr. tirou uma foto de Harold. Achei aquilo falta de educação, tirar uma foto quando Harold tinha más lembranças. A minha mãe apertou o braço de Harold. Nunca pensei em Harold daquele jeito — vulnerável, deixando-se magoar. Ele parecia ser o tipo que magoa; não o contrário.

— Por que não se casou novamente? Tenho certeza de que não faltaram oportunidades.

— Sou muito genioso. — Ele passou a mão no queixo. Por ter tido pressa de sair, esquecera a lâmina de barbear. — Muito medroso, para falar a verdade.

Voltamos para o carro. Lillian tinha caído no sono. Era claro que ela dormia bastante. Como bebês. O sono é outra das coisas que voltam para nós, como um ciclo.

Peach decidiu que tinha de ir ao banheiro, e nós esperamos por ela na pequena e sinuosa trilha que dava para as pilhas de madeira. O casal com roupa esportiva voltou a montar na Honda. Um carro estava estacionado ao lado do nosso, em cuja placa se lia: "Capitão Ed", muito embora não houvesse qualquer capitão Ed à vista. Um adesivo dizia: "Casa das grandes sequoias". Por cima do adesivo, havia outra fita colante para reforçar.

— Veja. — Apontou Harold.

Peach vinha vindo, com um rastro de papel higiênico grudado no sapato; papel higiênico com aspirações a sonhar alto, queria ser véu de grinalda preso atrás de carro de recém-casado.

— Isso devia ser proibido — ela disse e fingiu um arrepio.

O papel higiênico se soltou. De algum modo, parecia ter sido abandonado, triste, largado no chão.

— Ruby, recolha isto — disse minha mãe. Chip Jr. fez um gesto como se eu tivesse acabado de ganhar na loteria e ainda não soubesse. Dei-lhe um safanão; ao voltar, joguei no colo dele o papel enrolado num chumaço. Ele rebateu. O papel higiênico era o centro das atenções. Às vezes, fazia uma tentativa de escapar das nossas mãos.

A estrada parecia mais estreita e mais cheia de curvas, enquanto o cenário se tornava mais dramático. Havia mais rochas e, presumivelmente, as ondas quebravam com mais força. Os ciprestes à beira da estrada tinham formas estranhas esculpidas pelo vento, com ramos impelidos pelo mar, como se uma bruxa tivesse lhes feito um feitiço para se congelarem.

— A gente está provavelmente a uma hora do destino final. Está todo mundo bem? — minha mãe perguntou, do banco do motorista. Desde o parque de diversões, estavam todos quietos.

— Estou enjoado — disse Chip Jr. Eu me sentei num vão no banco, onde o rolo de papel higiênico tinha se assentado, esquecido por um momento, largado na Terra dos Dejetos Rejeitados. Salvei-o. E ele foi parar de novo onde tinha iniciado o seu percurso, aos pés de Peach.

— Abaixe o vidro do carro, se se sentir enjoado — falou minha mãe. — Quer uma bala? — Ela sempre oferecia balas se a gente tivesse com algum problema dentro do carro. Se não soubesse, eu acharia que balas podem eliminar tédio, brigas de irmãos, fome e sede, aliviar as necessidades físicas e saber o rumo sem um mapa.

— O que foi isso? — ela perguntou.

Olhei para fora pela janela. Não era ao que estava lá fora que ela se referia. Fui perceber um segundo depois. O carro estava engasgando, o Lincoln tinha algum problema.

— Que merda! — exclamou minha mãe.

Lillian se esticou no banco.

— Puxe o afogador — disse Harold.

— Tá puxado. É isso o que estou fazendo. Que droga!

O carro parou de engasgar. Subitamente, andou macio como um planador, tranquilamente. Parecia que o motor tinha se desligado.

— Merda! — xingou minha mãe. Ela conseguiu segurá-lo um pouco, pisando no breque.

— Merda, merda — sussurrou Chip Jr. — Alguém toca maracas com uma fruteira na cabeça.

— Agora não, bobão — eu disse.

— Ai, meu Deus! Ai, meu Deus! Só faltava uma hora para chegarmos. E olha só para isso: que droga!

Ela estava certa. Se a gente fosse encalhar, ali não seria exatamente o melhor lugar. Havia curvas atrás de nós que nos isolavam; era uma estrada sinuosa à beira do mar, uma serra. Era uma das mais belas vistas para o mar, mas minha mãe não queria reparar nisso agora.

— Ai, ai, ai — reclamou Miz June. Isso era algo que não passaria com uma balinha.

— E eu que me sinto tão poderosa por não ter um celular! Porque não quero ser uma dessas pessoas que está no mercado e liga o celular: "Quer espetinho de peixe hoje, querido?". E agora a gente precisa de um telefone. Ótimo. Perfeito. — Minha mãe encostou a cabeça na direção. Ela não costumava ficar histérica. Isso era ruim.

— Faça alguma coisa, Harold — pediu Peach.

Ele deslizou no assento, olhou pela janela, foi para a frente do carro e apalpou o capô. Um minuto depois, tinha desaparecido atrás dele.

Minha mãe suspirou e saiu do carro também. Eu não tinha certeza de se deveria fazer o mesmo. Era uma daquelas vezes em que qualquer coisa que se faça pode ser um erro. Escolhi descer do carro. Tinha tido umas aulas de leis de segurança no trânsito e aprendera a trocar pneu. Se alguém aparecesse repentinamente, enquanto a gente estava dando uma olhada no motor, eu saberia exatamente o que fazer.

Harold fazia barulho ao examinar o motor: pequenos "humms" e "ahs", como se tivesse batendo um papinho com a máquina. Em minha opinião, ele deveria ter sido menos compreensivo e mais firme. A gente tinha que prosseguir viagem.

O fato de eu sair do carro foi, aparentemente, um sinal de que todo mundo tinha de abandonar o navio: Peach, Miz June e Chip Jr. saíram, deixando Lillian sozinha e parecendo tão desamparada quanto um prato de comida esquecido. Todo mundo se dispôs em semicírculo, ao redor da frente do carro, esperando que um milagre acontecesse, como o carro dar à luz ou contar os segredos do universo.

— Hummm... — disse Harold.

— Você não faz a mínima ideia do que está fazendo, não é? — perguntou Peach.

— Bem, é verdade, não sei — admitiu.

Minha mãe passou a mão no cabelo, tentando espantar os arrependimentos que na certa estavam se amontoando.

— OK! — ela disse com firmeza. Mas depois disso não falou mais nada. Se fosse uma estratégia, precisava ser aperfeiçoada.

— Dá licença — pediu Miz June.

A gente olhou para ela, que girou as contas de pérolas do colar com a mão.

— Acho que sei qual é o problema — ela disse.

— Graças a Deus! — falou minha mãe.

— Eu me esqueci de te dizer uma coisa quando você pegou na direção: a gasolina estava acabando.

— Ainda tem meio tanque — disse minha mãe.

— Tem sempre meio tanque, querida. — Miz June estava tendo um papo de comadres com ela. Provavelmente, tinha medo de ser espancada pelo restante da galera. — O que estou dizendo é que o mostrador está quebrado. Sempre para na metade do tanque. Chester Delmore mencionou isso quando me deu o carro. Claro, ele deu o número do seu telefone para ligar se eu ficasse no meio da estrada. Deve ser por isso que ele não mandou consertar. Eu estava contando a quilometragem de cabeça, mas perdi a conta quando você começou a dirigir.

— Bem, Chester Delmore está um pouquinho longe para uma missão de resgate — declarou Peach.

— Sinto muito — disse Miz June.

Minha mãe suspirou:

— Foi um erro.

O vento castigava, esvoaçando as calças de todos. Pela experiência que tinha na rua Cummings, sabia o que aquilo significava:

— Um caminhão se aproxima — eu disse.

Na verdade, era um ônibus. Virou a curva, na nossa direção. Dentro, tinha um monte de cabeleira grisalha também. Parecia uma gigantesca taturana vista de fora. Harold acenou. Todos se viraram para nós. Podia imaginar o guia turístico falando ao microfone: "E, à sua direita, vocês podem ver um automóvel parado no meio da estrada. Reparem no bando de idiotas sem saber o que fazer ao lado do veículo. Esta região é conhecida por ter muitos idiotas no meio da estrada, desde a invasão dos idiotas em 1800...". Ele passou devagar e sumiu de vista.

— Obrigado de coração, seu grande filho da mãe — Harold gritou para o ônibus.

— Cara, com certeza com isso você o arrasou — disse Peach.

— Cale a boca, reclamona.

— Cale você, égua.

— Defunto.

— "Let it snow, let it snow, let it snow" — Peach cantou. A plenos pulmões: — "Ho! Ho! Ho!".

— Nossa! Estou morrendo de medo!

— Agora chega — disse minha mãe. Ela levantou os braços em um gesto de rendição. Dava para ver que debaixo do braço havia círculos de suor. A gente esperou em silêncio, tensos. Minutos. Mais minutos.

— Um carro! — Miz June gritou.

Era nada mais, nada menos que um conversível. Uma mulher na direção; um homem no banco ao seu lado. Dinheiro. Celular. Eles deviam ter.

A gente acenou, gritou. Ambos acenaram em resposta, gentilmente, e continuaram dirigindo.

— Não acredito! — exclamou minha mãe.

— O que eles pensaram? Que a gente era um comitê de recepção acenando? — perguntou Peach.

Harold estava sem entender. Ele imitou o aceno dos idiotas do conversível para passageiros imaginários.

— Ai, que desespero! — disse Miz June.

Esperamos por um longo tempo. Finalmente, Peach e minha mãe tiraram Lillian do carro. Parecia uma eternidade porque, de repente, tudo de que se precisava parecia fazer falta — um banheiro, comida. Queria poder sair de cena. O mar estava agitado. As pedras pacientes, imóveis, como sempre. A estrada ainda era uma pintura.

— Se alguém contar isso à sra. Wilson, atual sra. Thrumond, morre — disse Peach.

— Estou com sede — Chip Jr. sussurrou para mim.

— Beba o próprio cuspe — respondi.

Eu também tinha sede e estava cansada de olhar para carros imaginários que não chegavam ou para a linha pontilhada branca. Aonde tinha ido todo mundo? Para onde fora o casal com roupa esportiva? E o capitão Ed? As pessoas estacionadas dentro do carro nas áreas de descanso? Os caminhões cheios de trabalhadores do campo?

— Isso não vai funcionar — comentou minha mãe. — A gente pode ficar aqui para sempre. Talvez eu devesse sair andando.

— Queria que alguém pudesse chamar um táxi — falou Peach.

— Você é um táxi — Harold disse, rindo. Pelo menos, alguém ainda mantinha o senso de humor.

Minha mãe pôs a mão na cara. Quando as abaixou, ela disse, ofegante:

— Um trailer. — Respirou. — Ah, meu Deus, um trailer.

Olhei. Era verdade. Um enorme trailer, com janelas gigantes, de porte monstruoso e vindo em marcha lenta como um cara gordo correndo num corredor vazio. Não era o capitão Ed, mas outra pessoa, o maior trailer que eu já tinha visto, com duas linhas verdes nas laterais. Minha mãe acenou, com os dois braços, desesperada. Harold foi para o meio da pista; um gesto heroico, mas desnecessário. Miz June batia palmas. Peach pulava agitada, como se tivesse acabado de ganhar uma máquina de lavar num programa de televisão.

— Ei, pessoal — o homem falou. Ele parecia ser o tipo de cara que dizia "ei, pessoal": era baixinho e gordinho, e tinha cabelo grisalho na metade do couro cabeludo para trás. Ele possuía um nariz generoso, a sua barriga estava para fora da calça, e portava um enorme cinto prateado com um veado no fecho, tentando respirar debaixo da gordura. Na camiseta, lia-se: "Orgulho de ser americano", com uma águia tão careca quanto ele.

— Graças a Deus que você parou! — disse minha mãe. — Acabou a gasolina.

— Bem, isso não foi muito inteligente da sua parte — disse o homem, mas foi instantaneamente perdoado, tenho certeza, por todos nós. Se tivesse um banheiro no veículo, ele poderia nos castigar vorazmente, até. — Frank — apresentou-se, estendendo a mão. Era franco mesmo.

— Ann McQueen — minha mãe disse o nome de todos.

Abriram a porta do trailer e uma mulher pôs a cabeça para fora. Ela tinha cabelos curtos, tingidos na cor laranja, olhos gentis e corpo de mãe. Bem, não se parecia nada com as curvas da minha mãe, mas era como eu via as outras mães — ombros e peitos redondos e gorduchos como um filão de pão. Ela estava com uma camiseta igual à dele, não para dentro da calça, mas solta por cima, tão larga quanto seu corpo cheio de excessos pudesse permitir.

— Você pode sair agora, Marjorie — disse Frank.

— Frank queria se certificar de que vocês não eram estupradores — ela disse.

— São só uns bobos que ficaram sem gasolina — completou Frank.

Minha mãe lançou um olhar para Peach, a fim de ter certeza de que ela ficaria de bico calado, e em seguida deu uma olhada para dentro do trailer. Ela pensava na mesma coisa que eu: será que tinha banheiro?

— É, que bobeira! — disse Miz June. Ela também tentava bisbilhotar lá dentro.

— Não tenho um galão de gasolina, mas tenho um telefone. Para onde vocês estão indo?

— Carmel — disse minha mãe.

— E por que vão para lá? Vocês têm placas de Washington! — Frank era um perfeito agente do FBI.

— Estamos levando a Lillian para morar com um velho amigo dela. — Lillian sorriu.

— Quanta gentileza! — comentou Marjorie.

— Vai pegar o celular, Marjorie.

Marjorie desapareceu.

— De que parte de Washington vocês vêm? — Frank perguntou.

— De Nine Mile Falls, a leste de Seattle — esclareceu Harold.

— A gente é de Woodburn, Oregon. Somos aposentados. Viajamos pelo país. Esse é o melhor jeito de apreciar as paisagens. A gente tem tudo de que precisa. Minha mulher trouxe a máquina de costura. E o videocassete. E todos os filmes da Demi Moore. — Frank piscou para Harold. — Ela também trouxe a louça de porcelana. As crianças cresceram e a gente sempre disse que venderia a casa e sairia por aí. Bem, não conseguimos vender a casa, é claro. Devia ter visto os encanamentos. Então, eu disse: que diabos! Só se vive uma vez.

Descobri que, às vezes, as pessoas fazem uma pergunta porque querem, elas mesmas, responder.

— Encontrei umas pessoas bem legais pelo caminho. Bem legais mesmo. De todas as partes do mundo. Se quiser encontrar pessoas, vá por esse caminho.

— E apontou para a estrada. Lembrou-se do cinto apertado, tentando respirar debaixo da gordura, e ajeitou-o para dentro.

— Não consigo achar, Frank. — Veio uma vozinha de dentro do trailer.

— Embaixo do banco — ele gritou. — Afaste o atlas.

— Atlas? — ela perguntou.

— Embaixo do banco — berrou. — A gente encontrou pessoas até do Japão! *Mooshie mooshie*. — Levantou a mão. — Significa "oi".

— Olha só para isso — disse minha mãe. Ela tinha prática em lidar com o público por ser bibliotecária.

— E você pensa que um só *mooshie* poderia ser suficiente? — questionou Peach.

Frank riu e depois balançou a cabeça.

— Não, você está certa. Um *mooshie* é suficiente.

Ele usaria isso com o próximo motorista parado na estrada. Tenho certeza.

— Achei! — exclamou Marjorie. — Graças a Deus que não acabou a bateria.

— Não aperte nada. Da última vez que mexeu no celular acabou apagando todas as mensagens.

— Foi só uma mensagem que apaguei, só uma.

— Dê-me isto. Esse negócio tem tudo de que você precisa. Dá para saber a que horas começa um filme em Idaho. — De minha parte, eu sabia quantas vezes na vida precisaria descobrir a que horas um filme começava em Idaho.

— De qualquer jeito, era um número errado — explicou Marjorie. — Era alguém que dizia que o conserto do cortador de grama estava pronto. E que não ia cobrar nada.

— *Mooshie mooshie*. — Chip Jr. fez barulho de beijo e soltou para mim. Eu bati nele.

— Verifique isto. Diga o nome de uma cidade.

— Carmel — disse minha mãe. Ela estava dando o melhor de si para mantê-lo nos trilhos.

— Carmel, tá certo. — Ele olhou para o telefone. — Vinte e sete graus, sol.

— Como aqui — disse Peach. — Que coincidência, já que estamos a uma hora de lá.

Minha mãe lançou um olhar para ela.

— Acho que a melhor pessoa para ligar é o amigo com quem vamos nos encontrar. Tenho aqui o número dele.

— Okinawa. Catorze graus, nublado.

— Deixe eles usarem o telefone, Frank — falou Marjorie.

— Aperte aqui. Tá vendo? Pode ligar.

— Obrigada. — Minha mãe se afastou um pouco dali e depois de um momento, graças a Deus, parecia estar conversando com alguém. Ela pôs a mão no outro ouvido para ouvir melhor e abaixou a cabeça.

— E quantos anos vocês têm? — Marjorie se dirigiu a Chip Jr. e a mim. Eu lhe respondi. — Eu já tenho netos — ela disse, como sugerindo que esse fato tivesse algo em comum com a gente. — Justine tem 13 anos. David tem 11. Vou te mostrar a foto deles. — Ela desapareceu dentro do trailer de novo, abaixando a cabeça, muito embora houvesse bastante espaço para ela. Frank contava para todo mundo sobre a vez que, por acidente, deixara Marjorie para trás, numa área de descanso em Little Bighorn Battlefield, Montana. Ele dirigiu mais de trinta quilômetros antes de se dar conta de que ela não estava dentro do carro. Depois que a resgatou, ele teve de levá-la para uma lojinha e comprar uma lembrança de Bighorn Canyon e um ímã de geladeira, para que ela parasse de dar escândalo. Minha mãe balançava a cabeça e caminhava. Parecia estressada. Era como ver as notícias pela televisão sem som. Por fim, minha mãe chegou perto de Lillian e, em seguida, deu o telefone para ela.

— Aqui estão — falou Marjorie. — Foi tirada numa viagem em família que fizemos para a casa do Papai Noel, no verão passado. Esta é Justine e este é David. — Mostrou com o dedo.

Graças a Deus que ela mostrou quem era quem, pois um era um garoto e a outra era uma garota.

— Parecem bem legais — respondi. Duas crianças de shorts e camiseta regata sentadas perto de um cogumelo gigante e cheio de manchas, sorrindo com dificuldade.

— Por que Denise deixou David pôr um brinco na orelha é outra história — disse Marjorie. Olhei mais de perto e percebi um pontinho de ouro na orelha do menino.

— Parece um viado — disse Frank. — Uma frutinha.

Lillian concordou ao telefone e minha mãe pegou-o de volta.

— Não temos limite de minutos. Então pode falar despreocupada. Somos generosos — falou Frank.

— Tudo o que se dá, se recebe em dobro — disse Marjorie. — Dê um sorriso que receberá um abraço.

— Isso é piada — sussurrou Chip Jr.

— Isso foi um sim? — minha mãe perguntou a Lillian, que balançou de novo a cabeça. — OK, é um plano — disse minha mãe.

— A gente adora Natal — Marjorie continuou. Ela tinha perdido o fio da meada da conversa até que percebi que ela estava olhando para a foto da casa do Papai Noel.

— A gente costumava decorar a árvore de natal em novembro — comentou Frank. — Kit completo. Papai Noel inflável no trenó com renas no teto da casa. Tantas luzinhas que, quando o cachorro mastigava o cabo de luz, ele era jogado para o outro lado da sala.

— Isso foi antes de irmos a Winnebago e virarmos vagabundos — disse Marjorie.

— Você podia estampar numa camiseta: "Vagabundos" — disse Peach. Eu dei-lhe um olhar de repreensão, já que minha mãe tinha saído de perto.

— Era isso que eu estava pensando. Ouviu isso, Frank? Eu lhe disse a mesma coisa.

— Obrigada — minha mãe disse para Frank, devolvendo-lhe o celular. — Bem, galera — falou para nós. — Charles vai chegar o mais cedo que puder. E quando ele chegar, vai acontecer um casamento.

— Um casamento! — espantou-se Marjorie.

— Aqui? — perguntei.

— Para que tanta pressa? A noiva está grávida? — Frank gritou, enquanto o veado inocente, no fecho do cinto, vibrava no ritmo do seu corpo flácido.

— Delores e Nadine foram mais rápidas do que a gente pensou — disse minha mãe. — Elas estão num hotel em Carmel e dizem que têm um mandado pela guarda da Lillian, que deve ficar sob os cuidados delas. A sua condição é de pessoa dependente e há muita gente que pode atestar isso. A menos que Charles se torne o seu marido legalmente, Lillian vai voltar para a Casa de Repouso Anos Dourados. Eles querem se casar de qualquer jeito. Vai ser um pouco mais cedo do que a gente esperava. Charles vem com um pastor, que mora perto dele. Vai ser hoje mesmo.

— A gente queria ir para o Festival de Steinbeck em Monterey — disse Marjorie —, mas não quero perder o casamento. Seria perfeito para a *newsletter* do Vagabundo.

— Adoro *Coração das trevas*. Steinbeck é um gênio — disse Frank.

— Joseph Conrad — disse minha mãe. — *Coração das trevas* é de Joseph Conrad.

— Tenho certeza de que é de Steinbeck — disse Frank. — Estudei na escola.

— Ela é bibliotecária — esclareceu Harold.

— Joseph Conrad? Não é ele quem canta "It's only make believe"? — perguntou Marjorie.

— Não, é Conway Twitty — disse Miz June.

— Nunca ouvi falar de Joseph Conrad — disse Frank.

— Bem, então, se não é John Steinbeck, a gente pode ficar para o casamento — falou Marjorie. — Frank, um casamento!

— Ah, está certo — concordou Frank.

— Querem beber algo enquanto esperamos? Refrigerante? Talvez queiram ir ao banheiro.

Finalmente.

Enquanto esperamos por Charles, Marjorie nos levou para dentro e nos mostrou a sua coleção de Natal para Sempre, que eram casinhas debaixo da neve e conjuntos de bonequinhos cantores com fones de ouvido ou cartolas e crianças ajoelhadas embaixo de árvores de natal, tudo de vidro. Os bibelôs estavam grudados com fita adesiva para que não escorregassem nas curvas fechadas da estrada. Ela nos mostrou o que estava preparando para o Natal dos netos — costurava roupas nas cores vermelha e verde para Justine e David. Eu não tinha certeza de quem sentia mais pena: se da avó bem-intencionada, das crianças envergonhadas ou das lojas que ainda vendiam bricabraque. Serviram refrigerantes para todo mundo, e nós vimos fotos da viagem de Marjorie e Frank para John Day Fossil Beds, no Oregon.

Depois de esperarmos tanto tempo, era difícil de acreditar que fosse realmente Charles Whitney quem dirigia por aquela estrada. Para receber Lillian e acomodá-la bem, ele tinha comprado, recentemente, uma van; a placa do carro ainda era provisória. O pastor, Chuck Lindley, sentara-se no banco do passageiro, e quando ele saiu do carro, com o galão de gasolina, descobrimos que ele tinha pintado a casa recentemente; o seu avental estava manchado de tinta e a unha tinha sido mal lavada — ainda se viam manchinhas azuis debaixo dela.

Lillian levou a mão ao coração quando Charles saiu do carro. Ele vestia uma camisa jeans azul, não era uma camisa que ele usava todo dia, eu acho, porque o último botão da camisa estava desabotoado, como se ele não aguentasse o tanto que ela o apertava; e gravata. A barba dele de capitão era branca e bem aparada; seus olhos, pura alegria, raios de luz. Ele cumprimentou a minha mãe; em seguida, juntou as palmas das mãos e apenas olhou para Lillian por um instante com um prazer doce e a reverência que se tem quando se acorda para ver a neve. Depois, ele foi até ela e se ajoelhou. Segurou as mãos dela, que tremiam. E o grande homem, autor de 11 livros, obras-primas como *Chuva branca* e *As filhas do chantagista*, e uma coletânea de poesia escolhida, o duas vezes ganhador do Prêmio de Livro Nacional do Ano, encostou o rosto nos joelhos da mulher que amava, que agora tinha 19, 30 e 82 anos, e todas as idades intermediárias. Na nossa frente, encenavam a história de um homem e uma mulher, a mais simples e a mais complexa história que existe, e ela pousou a mão na cabeça dele com a gentileza de uma bênção.

Foi um casamento lindo, radiante. A voz do noivo falhava, o pastor segurou a Bíblia longe do avental sujo de tinta. Quando Charles se curvou para beijar Lillian, todos nós o ouvimos sussurrar uma palavra: "gratidão". Lillian estava iluminada. Harold não parava de limpar a garganta para evitar o choro. Depois disso, Marjorie tirou um *cheesecake* congelado da geladeira e dispôs um casal de bonequinhos de vidro em cima da torta, e a gente fez um brinde com latas de refrigerante. O vento quente de um caminhão que passou levantou os cabelos de minha mãe, que entraram em sua boca. Chip Jr. registrou o momento com a câmera.

Atrás de Charles e de Lillian, via-se o oceano, azul e branco, ao mesmo tempo agitado e sereno. O cenário perfeito para um casamento. Muito melhor que igreja. Por que o que é o amor senão o mar? Você pode brincar com ele ou se afogar nele. Certamente é luminoso, tanto que pode machucar seus olhos e até mesmo cobri-los de sal e areia. Pode esconder-se numa curva de estrada e então, de repente, resplandecer de glória. Ele vem em ondas como a respiração, para dentro e para fora, para dentro e para fora, o corpo tenso para todas as possibilidades e, ainda assim, o cerne dele se esconde, não é completamente conhecido, inconcebivelmente majestoso.

Capítulo 15

— Aquele cachorro! Não paro de pensar naquele cachorro — disse Chip Jr.
— Que cachorro?
— Aquele que foi jogado para o outro lado da sala quando roeu o cabo de luz. O cachorro de Frank e Marjorie.
— Eles o empalharam — disse Harold.
— Não seja mórbido — comentou Peach.
— Não fui eu quem o empalhou.

Estávamos voltando para casa. Dissemos adeus para Frank e Marjorie e demos uma passada rápida na casa de Charles, um chalé com teto de madeira, com um caminho de pedras para a porta. Dos fundos, via-se o mar. Não me importei quando deixamos Lillian em Carmel. As casas pareciam saídas de contos de fadas, faltava apenas o telhado de sapé, e o ar tinha a umidade do mar. Charles tinha uma casinha de passarinho pendurada na árvore, uma plantação de tomates e um pote de leite para o gato do vizinho. Dentro da casa, ele tinha um bule para chá redondo e um vaso de violeta na pia da cozinha, piso de madeira encerado e com livros o suficiente para ser um lugar circunspecto, mas acolhedor. Não ficamos muito tempo, embora eu quisesse. Tínhamos combinado antes. Abraçamos e beijamos Lillian e prometemos ligar para ela no dia seguinte. Delores e Nadine logo, logo iriam aparecer. Chuck Lindley ia ficar lá para dar apoio. O advogado de Charles também estava para chegar, assim como a filha dele. Minha mãe disse que esse drama não era nosso e nós acreditamos, de verdade, que estava tudo bem. Harold ficou amuado dentro do carro por um tempo. Ele queria ver a cara de Delores quando Lillian lhe mostrasse a aliança de casada, que eles tinham pegado emprestada da mulher de Chuck Lindley.

— E como você sabe que eles o empalharam?

— Eu vi quando Frank me mostrou o seu troféu de golfe depois do casamento. O cachorro estava no quarto deles, se é que aquilo pode ser chamado de quarto.

— É mais um cubículo para dormir — disse Miz June.

— Eles passaram fita adesiva nele para ele não cair? — minha mãe perguntou, rindo bastante.

— Não, mas deveriam. Ele estava de pernas para o ar quando a gente entrou, e Frank teve de arrumá-lo. Quando ele abriu a porta, acabou derrubando o cachorro.

— Então, ele foi eletrocutado — disse Chip Jr. — Pelas luzes de Natal.

Minha mãe se matou de rir. Aliviada de que a nossa missão estivesse cumprida; ela estava de bom humor.

— Não é nem um pouco engraçado — disse Chip Jr.

Miz June fez uma pose de cachorro e abriu bem os olhos.

— Nããão, ele não foi eletrocutado. Ele deve ter sobrevivido. Frank me disse que ele morreu de velho.

Todos nós ficamos quietos. Minha mãe tinha razão. As pessoas mais velhas, agora, tinham uma importância, para mim, que não saberia explicar. Sentia algo estranho por dentro, um vazio, uma tristeza, e percebi que amava as Rainhas Caçarolas.

"Zeus faz milagres", dizia a placa da igreja quando chegamos. Em casa, o buraco da cozinha já estava arrumado e ela cheirava a tinta fresca. Poe parecia quase um *cavalheiro*, exceto por um xixizinho de alegria que fez no chão quando nos viu. Quatro dias depois que voltamos para casa, organizamos uma festinha de casamento para Lillian e Charles na casa de Miz June, ainda que os convidados de honra tivessem permanecido em Carmel.

— Experimente este — disse a sra. Wong. — *Noodles* da longevidade. Dá azar cortar o macarrão, porque o *noodle* indica vida longa. — Ela insistia em preparar a comida. Tinha aparecido cedo naquela manhã, com as sacolas de supermercado, e bisbilhotado no armário de Miz June à procura do restante dos ingredientes. Você poderia sobreviver semanas depois de um acidente nuclear com a despensa de Miz June e o estoque de mantimentos nas prateleiras da garagem. "Ela viveu nos tempos da Grande Depressão", esclareceu minha mãe. Era por isso que dava para construir um forte com as latas de comida que ela tinha.

A mesa estava repleta dos pratos que a sra. Wong preparara. Frango assado com molho vermelho, porque vermelho é a cor da felicidade. Um peixe inteiro, com olhos arregalados e tudo, que fez Anna Bee se arrepiar. Pão doce com sementes de lótus, que significavam muitos filhos, embora, acho, ela pudesse ter pulado essa parte já que era a festa para Lillian e Charles. Chip Jr. tinha trazido as fotos da viagem e as tinha pendurado pela casa de Miz June. Imagens da nossa aventura — Lillian acenando, estacionada perto da banca de jornal ao lado da lanchonete; um campo de laranjeiras; a águia com o cachecol vermelho; minha mãe xeretando por cima de um ventilador que espalhava cartas — foram grudadas nas paredes e em vários outros lugares. Uma fila de cabeças vistas de costas — a de Miz June, a de minha mãe e a de Harold — e o cenário de nossa viagem tremulando no corrimão da escada. Uma foto bem legal do balão de sapo amarrado ao abajur de Miz June. Uma foto de Harold, pego contra a luz, com o cenário de fundo, foi grudada no vaso sanitário. Lá, ele parecia ter sido capturado em um daqueles momentos honestos e simples, como quando você acabou de acordar ou entrou em casa, num dia frio, depois de recolher as folhas secas com o ancinho. Na metade da festa, notei que a foto tinha desaparecido; pega, pensei, pelo próprio Harold, pois era uma foto particularmente muito bonita, embora depois eu tivesse descoberto que Peach a metera dentro da bolsa. Dava para ver o cantinho da foto saindo pelo zíper.

Mais convidados chegaram. Joe Davis trazia um presente de casamento embrulhado num papel branco com sinos prateados. Minha mãe abriu. Era uma caixa de bombons que, em seguida, foi posta na mesa pelas Rainhas

Caçarolas. Fowler, o bibliotecário, chegou com uma acompanhante: uma mulher magra com cabelos escuros compridos, delineador nos olhos e uma blusa com mangas feitas de redinha. "Vulgar", sussurrou Peach na cozinha. Bernice Rawlins, que trabalhava na biblioteca, foi pega batendo na porta do vizinho de Miz June, e minha mãe correu para avisá-la que estava batendo na porta errada. Dava para saber qual era a casa, pois havia muitos carros estacionados na frente. Miz June tinha convidado um novo pretendente, o sr. Kingsley, que chegou de terno e chapéu, e minha mãe havia convidado Lizbeth, Sydney e Libby Wilson. Meu coração disparou quando vi Libby, com saia de *batik*, colorida, balançando, quando entrou pela porta. Eu estava olhando para um prato de tira-gostos que no início tinha a forma de um dragão e uma águia, e agora parecia que tinha sobrevivido a um ataque de bombas.

Libby não era o tipo que ficava insinuando dramas. Ela veio direto para mim, me pegou pela manga e me levou para um canto, perto do armário de louça de Miz June. Fiquei olhando uma xícara que parecia ter sido feita de uma folha de alface e uma miniatura de jogo de chá com maçãs pintadas.

— Ruby — disse Libby. — Olhe para mim. Ainda sou a mesma pessoa.

— É este o problema.

A bondade dela estava surtindo efeito, liberando as lágrimas que, subitamente, apareceram no momento em que a vi. Aprendi que o menor ato de bondade é uma lança no coração culpado.

— Escute — ela disse. — Sua mãe e eu somos amigas há muito tempo para que isso nos atrapalhe. No seu primeiro dia de escola, quando você foi chorando, eu estava lá com sua mãe. — Ela abriu os braços para me abraçar. — Eu precisava de um tempo, só isso. — Então eu a abracei, cheirei o seu perfume de canela.

— Sinto muito — disse-lhe. Lágrimas corriam pelo meu rosto até os ombros.

— Sei disso.

— Sinto muito mesmo.

— Não vai assoar o nariz no meu vestido — ela disse e eu ri. Ela me apertou. — Ruby, lembra-se daquele homem de quem lhe falei, com quem saí enquanto minha mãe fazia quimioterapia?

Eu fiz que sim com a cabeça.

— Ele roubou meu cartão de crédito. Eu paguei a conta. Ele tinha saído para jantar fora muitas vezes, tinha comprado um novo computador pessoal e ainda fizera a assinatura da revista *Christian Computing*.

— Está brincando.

— Não, estou supersséria.

— Nossa! — Pensei um pouco. — *Christian Computing*?

— O que eu queria saber era se a computação para os cristãos é diferente da dos outros — disse Libby.

— E ele vai gastar ainda mais quando o Cálice Sagrado for colocado à venda no eBay — disse minha mãe, abraçando nós duas. — Amigas. — Ela pousou o rosto no ombro de Libby.

Miz June colocou um pouco de música. Um disco duplo de Benny Goodman. Chip Jr. ficou olhando para a agulha, que recolhia um pouco de sujeira, e Miz June começou a dançar com o sr. Kingsley. Anna Bee estava vestida com uma malha com capuz, com estampa de borboletas, e Harold pôs algumas coisas no capuz quando ela não estava olhando — um guardanapo com um dos pães doces com semente de lótus. A namorada de Fowler se sentou no canapé, ao lado dele, brincando com Beauty com os pés. Lizbeth dançou valsa com Sydney, que me mostrava a língua. Miz June e o sr. Kingsley giravam e giravam com velocidade. O sr. Kingsley chocou-se contra o sofá, que bateu na parede e atingiu uma das extremidades do quadro de Miz June, aquele do casal no barco.

— Minha nossa! — disse Miz June, quando a música parou. — Você é um ótimo dançarino, sr. Kingsley.

Ele puxou o corpo dela para perto da sua cintura quando a música diminuiu.

— E você, minha querida, é a Ginger Rogers — ele disse.

Joe Davis pegou a mão da minha mãe e a tirou para dançar. Ela parecia feliz, mas falava de um modo como se não quisesse que ele sentisse seu hálito de camarão com alho. Ela o deixou na pista de dança quando o ritmo mudou para mais rápido, e Joe Davis saiu batendo os pés e mexeu no toca-discos, fazendo que todo mundo perdesse o ritmo por um momento. A sra. Wong levantou Chip Jr. do chão para girá-lo, e ele balançou os quadris e pisou no rabo do gato, quando ela se abaixou para pegá-lo. Sydney, Lizbeth, minha mãe e eu formamos uma fila e levantamos as pernas como dançarinas de cancã.

Pensei em Lillian e Charles, sentados tranquilamente na varanda da casa deles em Carmel, olhando para o mar, sentindo a brisa do mar, enquanto a gente cantava, brindava com champanhe e comia um bolo de casamento de verdade que Harold tinha feito. Pensei neles de mãos dadas, bem calminhos, enquanto nós dançávamos e dançávamos.

— Nossa, Poe, o que é que você está assistindo?

Poe estava sentado no sofá, olhando para a televisão, que passava uma cena de novela com um casal seminu na cama. Ela tinha uma língua de novela; e ele, uma garganta de novela. Poe se virou um instante para mim e, em seguida, voltou a olhar para a TV.

O telefone tocou. Nas últimas três semanas, Travis Becker tinha ligado quatro vezes. E sentia um prazer perverso ao ler o nome dele no visor e ignorar. Pensava se ele podia me sentir lá, do outro lado da linha, com o coração batendo, resistindo fortemente ao olhar para o visor e ver o que eu devia ter visto desde sempre: alguma coisa feia e perigosa, uma bituca de cigarro, uma sirene de ambulância, uma estrada escorregadia, uma aranha venenosa que seria melhor matar com o sapato.

Mas desta vez não era Travis Becker ao telefone. Era a filha de Charles Whitney, Joelle. Lillian estava no hospital. Tinha tido outro derrame. Estava na UTI.

Minha mãe estava prestes a chegar do trabalho, mas eu liguei para ela mesmo assim. Em seguida, fui ao quarto de Chip Jr., que estava sentado no chão com o kit de mágica que pertencera à minha mãe quando criança: copinhos alaranjados, caixa para guardar moedas com dragão verde pintado, cartas e um barbante.

— Olhe só isto — ele disse. Mostrou uma nota de dólar e então a enrolou. Passou um lenço roxo pequeno e quadrado por dentro da nota e abriu a nota, para mostrar que o lenço tinha sumido.

— Nossa! Muito bom! — disse eu. E era.

— Agora vou fazer o lenço aparecer de novo — falou.

— Tenho más notícias de Lillian. — Ele parou de brincar de mágico. Olhou para mim e esperou. — Ela está no hospital.

— Por quê?

— Teve outro derrame.

— Ela não morreu, né? — perguntou.

— Não. Mas ela não está muito bem.

— Ela não pode morrer. Ela acabou de ir para a Califórnia.

A gente jantou em silêncio e lavou a louça na máquina. A máquina de lavar louça, tremendo e fazendo barulho num ritmo estranho, era a única coisa barulhenta. A gente abriu a porta e veio um vapor quente. Tínhamos usado três potinhos de sobremesa para sorvete, e uma camada de sorvete escorreu pela louça. Minha mãe tinha colocado o robe. A gente tinha terminado de jogar uma rodada emocionante de Masterpiece[15], enquanto Poe se sentava na tampa da caixa como um gato. Lá pelo fim da tarde, minha mãe recebeu outro telefonema. Lillian falecera, duas horas antes. Parecia inacreditável que, numa parte do mundo, alguém lavasse a louça e, em outra parte, alguém morresse.

Chip Jr. chorou nos braços de minha mãe, nos seus ombros fofinhos. Ela o segurou com uma das mãos e estendeu a outra para mim. Segurou a minha mão.

— Não era para acabar assim — ele reclamou.

---

[15] Jogo de tabuleiro que simula leilões de obras de arte (N. T.).

Capítulo 16

Agora, de uma coisa eu sei: somos todos um volume nas prateleiras da biblioteca de Nine Mile Falls, uma história sobre nós mesmos, impossível de descrever com uma só palavra, mas também não muito detalhada. Uma pessoa não é, nunca, tão calada ou incontida quanto parece, ou tão boa ou má, ou tão vulnerável ou forte, ou tão doce ou irascível; somos uma grossa camada de páginas atrás de páginas cobertas por uma capa. E o amor não é um livro em si, mas a lombada. Pode nos separar ou unir. Minha mãe sempre diz que um livro vale mais do que um abraço forte, mas também que é preciso ser gentil com todos. Cuidar para saber onde coloca as mãos. Por sua natureza, todas as coisas em camadas são frágeis.

A gente se reuniu com as Rainhas Caçarolas uma vez mais, desta vez na igreja de Joe Davis. Uma foto ampliada de Lillian segurando a casquinha de sorvete tinha sido emoldurada e estava em cima da mesa, na frente da igreja, ao lado de uma pilha de livros de Charles Whitney e um vaso de rosas brancas. Havia um bilhete de Charles, com sua caligrafia firme e delicada.

"Saibam que o que quer que tenha acontecido, todos vocês fizeram algo maravilhoso e significativo. Sempre acreditei que ela esperaria por nós para ficarmos juntos antes que ela se fosse. Foram semanas curtas, mas felizes; e ela morreu segurando a minha mão."

Minha mãe leu um poema de Robert Browning, sobre o amor encontrado e perdido, e Joe Davis falou sobre Deus de um modo que o tornou bondoso e compreensivo, bem ao nosso alcance. A igreja estava cheia de amigos de Lillian, sentimentos misturados, e o som de Harold assoando o nariz. Em algum lugar de Carmel, naquele mesmo dia, no muro de um despenhadeiro, com ciprestes congelados pelo vento, Charles Whitney dizia o último adeus para a sua alma gêmea.

Meu pai me ligou pouco antes de recomeçarem as aulas. O uniforme novo de Chip Jr. já estava pelo chão, como um personagem de desenho animado achatado, de prontidão. Meu pai queria que nós, Chip Jr. e eu, fôssemos visitá-lo. Ele disse que havia alguém que a gente deveria conhecer. Uma irmãzinha. Alguém que tinha algo de nós, ainda que eu não soubesse dizer bem o quê. A cor dos olhos? Um modo de dizer as palavras? Uma parte obscura do material genético que se escondia? A família são as pessoas em volta de você, que te amam e a quem você ama. Quando recebi o telefonema de meu pai, me sentia muito mais ligada à sra. Wong do que a ele, um estranho que não conhecia. A primeira definição para "parente" é "semelhante", certo?

— Me ligue quando estiver chegando em casa — disse minha mãe.

— Você sabe que já vamos voltar amanhã — eu disse.

— Mesmo assim quero que você ligue. Desse jeito, não me preocupo se vocês chegarem tarde.

Suspirei, mas não me importava de verdade. Estava contente de que ela tivesse voltado a ser mãe em tempo integral, com os dois pés no chão.

— Estou com meu fóssil da sorte — disse Chip Jr.

— Um tanque cheio de gasolina e um amuleto da sorte. Não precisamos de mais nada — eu disse.

Nós brincamos de jogos, falamos sobre passarinhos e como eles decidiam quem seria o líder na formação em triângulo, no céu, e paramos para comer batata frita. Enquanto eu estive lá, com meu pai e sua noiva, Cilla, e o bebê, fiquei tentando juntar a figura de pai que eu conhecia com este novo lugar e estas novas pessoas. O pai tinha a mesma voz e uma geladeira cheia de comida (disso eu não sabia). O casaco dele, dentro de um armário que eu nunca vira, perto de casacos de pessoas estranhas. As mãos conhecidas de meu pai segurando um bebê que cheirava a pêssego; o próprio cabelo dele cheirando a xampu cuja marca desconhecia. A noiva dele — aquela palavra era muito esquisita — tinha uma risada alta e um rosto mais franco do que eu pensava. Tinha um sotaque do meio-oeste que revelava que tinha tido toda uma vida em outro lugar.

Chip Jr. e eu sussurrávamos no escuro do quarto, contentes por este espírito de família. Nós nos despedimos na manhã seguinte, e meu pai expressou o desejo de nos ver mais vezes, como se esse bebê o fizesse relembrar da nossa presença. Precisaria de muitas outras viagens até que meu pai aprendesse a mexer naquele determinado controle remoto, naquela determinada casa, cortar aquela grama, cantar para aquela criança, Olivia, até que, finalmente, ela se tornasse alguém para nós.

Ligamos para mamãe, no caminho de volta, logo depois de cruzarmos a fronteira do estado. Chip Jr. e eu nos espremivos dentro da cabine de telefone.

— Adivinhe onde estamos? — perguntei à minha mãe.

— Numa prisão no México — ela disse.

— Não.

— Desisto.

— Na mesma cabine telefônica ao lado da lanchonete em que estivemos com as Rainhas Caçarolas. Aquela em que você entrou para ligar para Joe Davis e para a sra. Wong.

— Diga para ela que tem um cara gordo sentado no nosso lugar. Diga-lhe que está comendo o mesmo *cheeseburger* que ela comeu — disse Chip Jr.

— Ha-ha, muito engraçado. Eu escutei — ela disse.

Eu virei o pescoço para olhar através das janelas cobertas de propaganda do que é servido no café da manhã.

— Ele não está brincando — falei.

— Você viu Randy, o garçom superlegal?

— Hummm, ainda não — eu disse.

— Como foram as coisas? E o bebê? — ela perguntou.

— Tudo bem. É uma graça. Cilla é muito mais franca do que eu pensei. — Evitei dizer a palavra "noiva". Evitei dizer que Cilla era muito mais legal do que eu imaginara. Eu e minha mãe tínhamos uma longa história de proteger uma à outra. Nós nos importávamos bastante uma com a outra para sermos honestas, mas nem tanto.

— Então, dirija com cuidado — ela disse.

— Pode deixar. A gente precisa sair logo desta cabine telefônica, senão vamos pegar alguma doença — falei. O telefone era grudento e havia um ninho de bitucas de cigarro num dos cantos, do qual tentava me manter distante, como de um bando de garotos que você sabe que usam drogas logo ali na esquina da escola. Alguém tinha riscado "Jason rocks" no vidro; um outro tinha riscado o "Rocks" e substituído por "Xupa o pau". Bem, se quer ofender, pelo menos escreva correto.

— Ponha o seu irmão na linha um minuto — ela pediu. — Depois, deixo vocês irem. Até logo. Dirija com cuidado.

— Pode deixar.

Saí da cabine, examinei o vaso de zimbro e as bancas de jornal cheias de revistas de imóveis. Quando voltei, Chip Jr. estava com o fone no ouvido, mas não dizia nada.

— O que está fazendo? — perguntei.

Chip Jr. pôs a mão no telefone.

— Poe está ao lado da mãe. Eu tô escutando a sua respiração.

Ele passou o telefone para mim. Ouvi o que parecia ser um grande chiado de televisão, depois silêncio, depois o chiado de novo.

Chip Jr. tomou o telefone de volta.

— Estou com saudades, cão.

As aulas recomeçaram. Continuei a frequentar o clube de leitura das Rainhas Caçarolas. Era surpreendente que ninguém houvesse notado que eu não era mais quem eu costumava ser. Pelo menos, não no começo. Mas não tinha importância. Eu sabia. O cerne de algo sólido, não a água, ou areia, ou lama que fora antes, mas algo firme e permanente.

Houve outras surpresas. Joe Davis tinha voltado para casa uma vez bem tarde, com minha mãe, e pegou Anna Bee no jardim da igreja, levantando a calça para não molhar de orvalho, as meias brancas na escuridão. E a placa: "Deixe Zeus ser teu guia".

— Ele tem certeza de que era ela? — perguntei à minha mãe.

— Bem, ele tem certeza de que a viu. A menos que ele a pegue trocando as letras, ainda pode ser metade da cidade. Por um tempo, Joe pensou mesmo que fosse metade da cidade; cada um trocaria a placa uma vez.

— É a Anna Bee? Isso é muito estranho. — Eu sempre pensei que fosse Renny Powell, o cara que ajudava Joe na jardinagem.

— Se você pensar bem, ela se encaixa. Anna Bee é uma defensora da natureza, uma vândala rebelde. — Ela riu. — Ele não quer saber quem é, você percebe? Ele até gosta desse vândalo das placas.

— Bom, talvez ela só estivesse fazendo *tai chi* no jardim.

— À meia-noite... — completou minha mãe.

Estava começando o outono. Não sei bem o que era, mas tinha uma sensação de coisas que terminam e outras que começam ao mesmo tempo. Havia uma espécie de resignação no ar, um cheiro agridoce que chegava, talvez quando as folhas começassem a mudar de cor, mas antes ainda de você reparar nessa mudança de cores, que explodiria em um brilho fosforescente nas encostas dos morros dali a uma semana ou duas. Entretanto, do que tenho certeza é que mesmo se a gente não tivesse um calendário, ou árvores para nos ajudar, dava para perceber que era começo de setembro, porque setembro chega como um golpe no estômago. E aquele sentimento tinha me pegado um pouco, confesso, quando voltei para casa a pé, naquele dia do último ano de colégio. Aquele sentimento me fez perguntar por quê? Foi quando passava pela casa de Travis Becker, pela qual havia passado com desinteresse nos dias anteriores; naquele dia eu olhara demoradamente para dentro do portão e decidira novamente que não queria entrar. Às vezes, uma decisão não vem de uma só vez, mas em instantes curtos, ligeiramente instáveis.

Em vez disso, fui para o Moon Point observar os *paragliders*, que, com sorte, ainda teriam outro mês de tempo bom. O dia era muito glorioso para resistir a um voo, eu acho, e o estacionamento e a beira da estrada estavam lotados de carros, inclusive a van engraçada com o adesivo "Eu adoro buraco de estrada" e a baleia pintada. Eu me sentei e observei um pouco: escutei o barulho das asas, como páginas virando em alta velocidade, os *paragliders* voando como borboletas contra a costa da montanha. Vi duas pessoas aterrissarem, e seus paraquedas caindo suntuosamente sobre elas quando pisaram na terra, o rosto delas tão feliz que era como se sentisse felicidade também.

Fui para a casa pequena que servia como escritório da escola de *paragliding*. Como disse Charles Whitney, quando sua vida muda, requer-se uma ação definitiva. Nunca estivera lá antes, muito embora tenha vindo para o campo inúmeras vezes. A porta estava meio aberta. Fiquei surpresa de encontrar o cara da van da baleia atrás do balcão, ao telefone. Não podia acreditar que era ele. Ele usava uma camiseta com o logo da escola, o coração alado. Esperei que ele terminasse.

— Eu conheço você — ele disse, depois que desligou.

— Eu conheço você.

— A garota com cabelos brilhando e um ótimo senso de humor.

— O cara com uma baleia pintada na van. Você trabalha aqui?

— Sim.

— Isso é muito legal.

Ele riu.

— Também acho. — Ele concordou com um aceno de cabeça como se ambos entendêssemos algo sobre o outro. — Bem — ele disse, por fim —, o que posso fazer por você?

E foi isso o que aconteceu. Escutei as vozes das Rainhas Caçarolas. E o brinde que fizeram: "À aventura".

E segui o chamado.

— Quero voar — falei.

GUIA PARA GRUPOS DE LEITURA

Meu amor, Meu bem, Meu querido

DEB CALETTI

Sobre o livro

Ruby McQueen nunca tivera problema sendo boazinha — se dando bem com sua família, indo bem na escola e tomando boas decisões. Este é o motivo do porquê ninguém fica mais surpreso do que ela mesma quando o mau caráter Travis Becker a suga para seu mundo de privilégios e ilegalidade, e ela o segue voluntariamente. No entanto, quando Ruby faz o impensável, ela começa uma proposta de aventura louca de várias gerações, conforme as pessoas mais íntimas dela fazem de tudo para salvá-la de si mesma. Será que um verão pode mudar o que Ruby sabe sobre o verdadeiro amor, a família, o destino e seu próprio coração?

Questões a serem discutidas

- O envolvimento de Ruby com Travis Becker está fora de questão para ela, mas ela diz: "Foi um momento, um único momento que pode mudar as coisas se você decidir tentar ser uma pessoa diferente". Qual momento Ruby acha que é especial? Você concorda? Quem mais, na história, tem momentos iguais aos que Ruby descreve?
- Travis acredita que Ruby é corajosa e então ela começa a conviver com ele. Quanto da nossa personalidade é definido pela maneira como os outros nos veem? Ruby consegue se tornar verdadeiramente corajosa? No que você acha que Travis está se baseando para ter essa visão de Ruby?
- Em quais aspectos Ruby e sua mãe são similares quando se trata de relacionamentos amorosos? Em quais aspectos elas são diferentes? O que elas aprendem sobre romance durante o verão?
- Discuta o relacionamento entre Ruby e Chip Jr. Qual é o papel de Chip Jr. na vida dela? Qual é seu papel em relação à família como um todo?
- Em que aspecto Joe Davis é diferente do pai de Ruby? O que ele leva à família McQueen? Como seus esforços em relação às placas da igreja refletem sua crença na espiritualidade?
- Como os membros de Rainhas Caçarolas se sentem em relação à Ruby? Em relação a si mesmos? Por que Ruby aprecia tanto seu tempo com eles?
- Por que é tão importante para as Rainhas Caçarolas que Charles e Lillian façam as pazes? Como cada membro do grupo contribui para o plano? Qual é o benefício dessa união para cada membro?
- Ruby diz que se soubessem o pouco tempo que Lillian tinha, teriam se apressado para a viagem. Você acha que isso é ver-

dade? O que eles ganharam por não se apressar no caminho para encontrar Charles? Você acha que Lillian gostaria que eles se apressassem?

- Por que Ruby é tão fascinada por *paragliders*? O que eles representam para ela? Alguma outra coisa, na vida dela, a faz se sentir da mesma maneira?
- Ruby diz: "E acho que, num verão, somente naquele verão... Eu tinha mesmo uma vida emocionante e cheia de aventuras". A quais eventos você acha que ela está se referindo? Você acha que houve alguma aventura em sua vida antes desse verão? Você acha que a vida dela continuará emocionante e cheia de aventuras?

Atividades

- Comece seu próprio grupo de leitura, como as Rainhas Caçarolas. Convide todos seus amigos, decida quantas vezes por semana você gostaria de se reunir e peça a alguém que leve comida.
- A história por trás do relacionamento de Lillian e Charles inspirou as Rainhas Caçarolas a se aventurar. Que histórias estão escondidas em sua árvore genealógica? Entreviste seus pais, avós, tios e tias sobre a vida deles. Escreva essa história contada e compartilhe com outros membros da família.
- Procure se voluntariar em uma clínica ou casa de repouso de seu bairro.
- Há algo na sua vida que você quer aprender — como Ruby, que quer voar de *paraglider* — e gostaria de fazer agora? Veja se há algum lugar da sua cidade em que possa frequentar aulas.